AMOR entre AMIGOS

AMOR entre AMIGOS

FERNANDA DIOLY

CAPA Karen Andrade	Copyright © 2023 Fernanda Dioly
CRIATIVIDADE E CENÁRIO Andréia Cardinali e Valdirene dos Santos	
ADAPTAÇÃO DA CAPA Morello Serviços Editoriais	
REVISÃO E DIAGRAMAÇÃO Carla Santos	Instagram: @livroamorentreamigos

TEXTO REVISADO SEGUNDO O NOVO ACORDO ORTOGRÁFICO DA LÍNGUA PORTUGUESA DE 1990, QUE ENTROU EM VIGOR NO BRASIL EM 2009.

```
Dados Internacionais de Catalogação na Publicação (CIP)
           (Câmara Brasileira do Livro, SP, Brasil)

    Dioly, Fernanda
        Amor entre amigos [livro eletrônico] /
    Fernanda Dioly. -- 1. ed. -- Campo Grande, MS :
    Ed. da Autora, 2022.
        PDF.

        ISBN 978-65-00-49430-3

        1. Amizade 2. Ficção brasileira I. Título.

22-119976                                      CDD-B869.3
                   Índices para catálogo sistemático:

        1. Ficção : Literatura brasileira    B869.3

    Aline Graziele Benitez - Bibliotecária - CRB-1/3129
```

Todos os direitos reservados.

Nenhuma parte desta obra pode ser reproduzida ou transmitida por qualquer forma e/ou quaisquer meios (eletrônico ou mecânico, incluindo fotocópia e gravação) ou arquivada em qualquer sistema ou banco de dados, exceto para o uso de breves citações em resenhas, sem permissão por escrito da autora.

A violação dos direitos autorais é crime estabelecido na lei nº 9.610/98 e punido pelo artigo 184 do Código Penal Brasileiro.

Aos meus pais, Luiz e Dilce; às minhas irmãs, Flávia e Ferdinanda; aos meus professores, alunos, amigos e parentela com amor.

PRÓLOGO

Eu não saberia informar se é verdade ou lenda deste lugar, mas há muitos séculos, em um dia qualquer de primavera, um misterioso poeta esteve por aqui, meu estimado leitor, e dizia aos passantes:

— Esta é a praia de Marissal, e tanto aqui quanto em Verona todos os sonhos de amor são possíveis!

Desde então, o povo de Rélvia passou a se apaixonar perdidamente...

A história que contarei hoje é sobre uma dessas paixões...

1

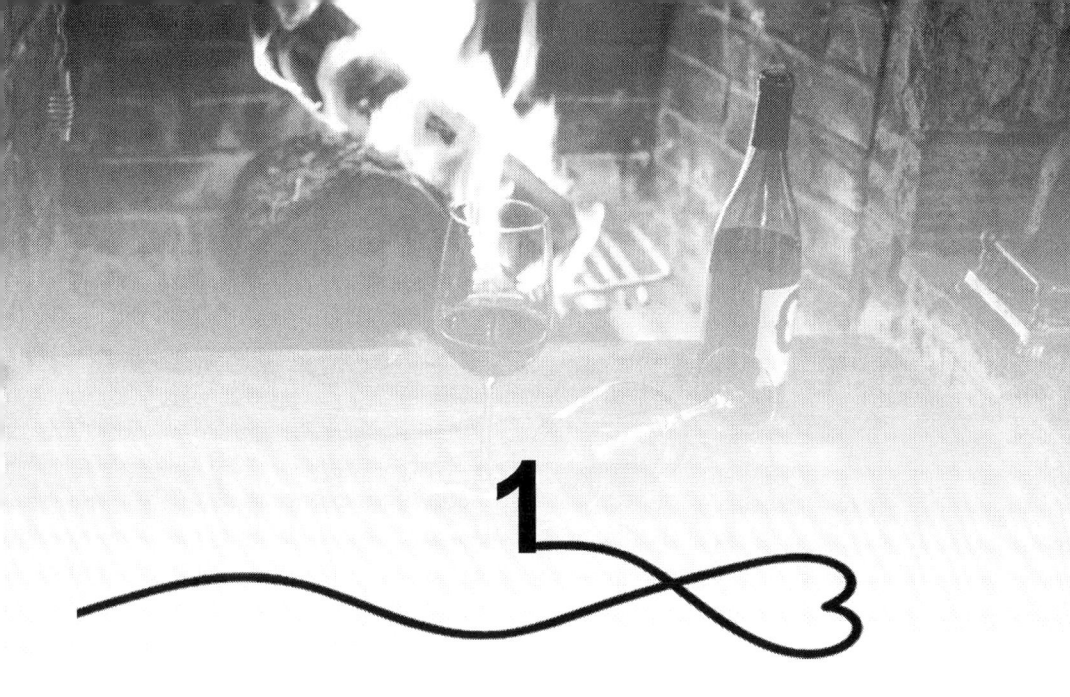

DESPEDIDA

Era uma sexta-feira chuvosa de abril de 1989. Os Scatena Amorim — uma família de posses, considerada pela sociedade de Marissal — se reunia no interior de sua mansão no bairro de Verdemonte.

Na ocasião, em sua sala de visitas, o Sr. Vito Scatena Amorim, patriarca do clã, com sua esposa Henrica e a neta Ana se despediam da filha Madalen e do genro Jorde, pois, naquela manhã, o casal de médicos partiria em viagem do aeroporto militar de Marissal rumo a Mossanês, para cumprir missão humanitária em uma região que se encontrava em guerra civil.

Ana, a filha do casal, de apenas seis anos, ficaria sob os cuidados dos avós, pois a viagem exigia cautela.

O mordomo adentrou a sala de visitas.

— Com licença, senhores! A limusine já os aguarda.

— Obrigado, Caline — agradeceu o senhor Vito. — Não irá se despedir de Madalen e Jorde?

— Sim, claramente — Caline apressou-se atencioso. — Como poderia esquecer? Até breve, estimo vê-los tão logo — desejou com lealdade.

Jorde e Madalen despediram-se dos demais funcionários da mansão e entre lágrimas, vozes e olhares emocionados, o senhor Vito e sua esposa acompanharam a limusine partir do jardim da residência, enquanto seguravam nos braços a herdeira que chorava inconsolável.

Algumas horas se passaram após a partida de Madalen e Jorde. Muito se conversou até que o dominante silêncio do anoitecer na mansão foi quebrado pelo barulho do telefone, e, como era de costume, um dos empregados atendeu, transferindo a ligação para o escritório, pois buscavam falar com o proprietário do casarão.

— *Boa noite! Falo com o Sr. Vito Scatena Amorim?* — perguntou uma voz masculina.

— Sim, ao seu dispor! — respondeu curioso pelo motivo do contato desconhecido tão aquém do horário usual.

— *Senhor, infelizmente meu telefonema não possui um motivo agradável* — anunciou o desconhecido.

Houve um breve silêncio entre os interlocutores.

— *O avião militar em que viajavam os membros de sua família desapareceu de nosso radar no Oceano Vivo ao se aproximar do litoral do país de Mossanês e...*

O senhor Vito não ouviu mais nada. Seu coração acelerado, suas mãos e pernas trêmulas, seus olhos cheios de lágrimas, sua boca seca e o peito arfante denunciaram a dor trágica que sobreveio sua família naquela noite de luto.

A neta, Ana Scatena Amorim, embora tivesse apenas seis anos de idade nesta época, nunca esqueceu o cenário fúnebre daquela noite, os gritos de desespero, o choro alto, os soluços e a movimentação dos funcionários da mansão, que socorreram e consolaram como puderam os avós, Vito e Henrica.

As buscas foram feitas até morrer também a esperança de encontrar o casal de médicos e os demais tripulantes do voo militar.

Ana se lembrava, com o coração apertado e uma antiga angústia, tão insistente, o modo como nunca mais encontrou seus pais.

Porém, como a névoa que o sol rapidamente dissipa, com a passagem dos dias, os jornais e as revistas da época foram esquecendo o sumiço do avião militar que levava os cidadãos do país de Rélvia para servirem como voluntários na guerra civil de Mossanês. As buscas se tornaram raras até cessarem. Policiais e autoridades públicas já não entravam em contato com tanta frequência para atualizar informações com o Sr. Vito Scatena Amorim e, ao final daquele ano, a trágica notícia foi enterrada.

Para os pais e a filha do casal de médicos, a saudade e a ausência eram latentes, mesmo que os deveres da vida despistassem o luto. Por este motivo, o senhor Vito e a senhora Henrica, além de assumirem os negócios do casal desaparecido no voo, ainda zelavam da criação da neta. Apesar da máxima dedicação dos avós, Ana ficara visivelmente afetada com a morte dos pais.

Os anos decorreram-se, não como os melhores, pois, além da saudade que o senhor Vito e a senhora Henrica sentiam dos desaparecidos, ainda notavam o sofrimento da neta refletido no relativo isolamento da garota em casa e na escola — lugar que se tornou insensivelmente incompreensível com a filha de Madalen e Jorde.

A escola que Ana frequentava era um estabelecimento de ensino bastante tradicional de Marissal, lugar de gente bem-acomodada socialmente, com posses e tradições, mas a frieza com o qual ignoravam um ser bruscamente arrancado do convívio com os pais, como Ana, e que em seu peito guardava toda a dor daquele corte cirurgicamente prematuro, tornava duvidoso até o caráter solidário de tais nobres famílias.

Ana foi à escola, frequentou-a por anos, sem reclamar aos avós sobre os olhares debochados, as atitudes segregativas, os comentários ao canto da boca, chamando-a de sonsa, esquisita, desatenta. Nem um dia ao menos se queixou da inevitável coletividade que passou a ignorar sua necessidade de interagir, mesmo que de maneira retraída.

Foi no início de dezembro de 1998, quando a neta dos Scatena Amorim já cursava a oitava grade do primeiro ciclo, que os colegas de turma resolveram explicitar todo o desprezo que sentiam por aquela jovem calada por uma fatalidade do destino.

A professora de História Antiga, numa última tentativa de enturmá-la com os companheiros da classe de aula, convidou Ana para uma brincadeira que aconteceria dentro de breves dias, mas a expectativa converteu-se em fracasso, meu ilustre leitor.

O dia de revelação de amigos secretos chegou e logo que iniciaram as premiações, muitos presentes lindos começaram a enfeitar os sorrisos e as mãos dos participantes, que, felizes, batiam palmas, gargalhavam, assoviavam e abraçavam-se.

A vez de Ana não demorou a chegar, para a sua infelicidade, pois, assim que a aluna, que revelou ter tirado seu nome na brincadeira, se pronunciou, começaram as fortes caçoadas, o deboche cínico; e ela, no meio da roda, teve seu sorriso transformado em lágrimas quando a tal amiga secreta começou a discursar:

— Eu quase desisti da brincadeira quando vi que tive o azar de ter logo a Ana como amiga secreta, essa abóbora muda e sonsa plantada aqui no meio de nossa sala. Quem quer ser amigo desta toupeira? Nem de brincadeira! Por esse motivo, eu trouxe isso aqui...

Entre risadas e algazarras dos demais estudantes, a garota abriu uma caixa e, surpreendendo a todos, jogou um ovo com força na cabeça da neta dos Scatena Amorim. Os demais alunos da turma seguiram-na, criando um ambiente de farra, que, para eles, parecia muito engraçado.

Imediatamente, os professores presentes acudiram:

— Não façam isso! Parem! Parem! — E retiraram Ana do ambiente, coberta de gemas de ovos, confusa, soluçando, com o peito dilacerado por aquela manifestação explícita de desprezo dos colegas da turma escolar.

Dona Henrica foi chamada às pressas ao colégio para tomar ciência dos fatos.

— Minha neta não fica mais nem um minuto nessa escola! — decretou após ver Ana chorando inconformada por conta do tratamento em sala de aula.

Ana também chorou durante todo o trajeto de volta para a mansão dos avós, a jovem não entendia o modo como era tão caçada na escola, não compreendia o porquê de tanto desprezo; e com o rosto encoberto no ombro da avó, entre um soluço e outro, só sabia perguntar a si mesma o motivo pelo qual os alunos a odiavam tanto.

Nas lágrimas de Ana havia um pranto antigo, carregado de mágoas passadas, de piadas e maldades sofridas na escola pelos estudantes que a circundavam e sua dor feria em cheio o coração da avó, que, silenciosamente, acalentava seus cabelos negros enquanto Teófilo, o motorista, dirigia o carro da família pelo bairro de Verdemonte.

2

COLÉGIO NOVO

A NA NÃO RETORNOU AO COLÉGIO ANTIGO e seus avós, confiantes na mudança positiva de ambiente escolar, pesquisavam uma nova instituição para que a única neta pudesse cursar a primeira grade do segundo ciclo. Essa escolha era muito importante, pois antecedia os três anos de caminhada rumo à faculdade.

A neta também foi esquecendo os dias ruins da escola antiga e começou a sonhar com novos amigos e um bom convívio rodeado de companheirismo e diversão, porém ela sabia que deveria se abrir mais para que os estudantes se aproximassem.

Caro leitor, eu posso ver em seu rosto que está aqui curioso ao pé desta leitura! Deseja apostar algo para daqui em diante? Tudo bem, sem palpites ainda! Então continuemos que esta história é longa...

O ano de 1998 findou-se e iniciou 1999, cheio de esperanças, cheio de vontade de ver mudanças, o último ano antes da virada do milênio, e logo em janeiro Ana completou seus dezesseis anos, sem amigos para confraternizar, apenas os convives dos avós vieram até a mansão, o que fez com que a jovem se sentisse tão desmotivada, que subiu logo para os seus aposentos, assim que seu bolo de aniversário foi servido aos presentes.

Ao final das férias, a rotina de estudante seria retomada pela herdeira da família Scatena Amorim, e ela mal dormiu ansiosa pelas surpresas.

O dia amanheceu tão radiante, com o sol gritando pelas janelas de Marissal, e não era um dia qualquer, era o primeiro dia de aula para Ana na escola nova.

Ana queria viver tudo diferente do passado de mágoas do colégio anterior.

Ao atravessar os jardins da mansão, o motorista Teófilo já a aguardava e o caminho seguiu diferente da velha rota para a antiga instituição de ensino. Não mais que dez minutos e o condutor do veículo estacionou na calçada, relativamente longe do portão de entrada, conforme sua passageira desejou.

Ana observou rapidamente as pessoas, encontrando nelas as semelhanças e os diferentes traços físicos e comportamentais relacionados à escola passada. Ela adentrou o portão, cabisbaixa, andava rápido para não ser percebida, foi até a secretaria da escola e pediu em voz soturna, quase inaudível, informações sobre o bloco da primeira grade. Uma moça simpática apresentou-se como Sione e disse-lhe:

— É o primeiro bloco à direita, ao subir a rampa, saindo do bebedouro central de chafariz. Qual é o seu nome para que eu lhe informe a turma?

— Ana Scatena Amorim, senhora — murmurou cabisbaixa, em um gesto de ansiedade.

— Primeira grade, turma C. — Sorriu Sione com a voz branda.

Ana assentiu com a cabeça e se afastou do balcão enquanto percebia-se observada com curiosidade por outros alunos. Ainda pôde ouvir a voz da atendente desejando uma boa aula, assim que iniciou a caminhada em busca da turma C, pensando no quanto seria melhor se pertencesse à turma A.

Ana era novata, no caminho sentia-se vigiada; ouviu alguns risinhos, observou alguns risonhos, outros olhares sérios ou cheios de desprezo ou indiferença, mas a neta dos Scatena Amorim seguia, e foi nesse instante que algo ocorreu: um barulho, um tremor das rampas suspensas foi sentido sob seus pés, a escola de três andares movimentou-se em meio aos gritos, assovios, aplausos e ela quis saber o que acontecia.

Surgiu um rapaz e, pela barba e cabelo um pouco grandes para o padrão colegial, Ana suspeitou que ele fosse aluno da terceira grade, e a inveja descontrolou sua organização mental, paralisou suas ações. Ele deveria ser o mais popular da escola, pela forma como os alunos foram recebê-lo; abraços, gritaria, assovios, parceiros. Era notório que todos os alunos tinham uma história individual de amizade com aquele ser que Ana tanto quis ser naquele momento, e isso a abateu visivelmente; ela o odiou logo à primeira vista.

Desequilibrou-se, hesitando entre recuar os passos ou prosseguir. A balbúrdia de alunos atrapalhando sua passagem, sumiram sacudindo as rampas na subida, se acotovelando por conta da presença do rapaz que reverenciavam e Ana sentia sua mente involuntariamente menosprezá-lo *"gente como qualquer um de nós, bobagem essa gritaria toda..."*, e assim alcançou a sala da primeira grade C.

Conforme o esperado, a classe estava vazia, aquele estudante metido a astro de cinema arrastou a todos os alunos para algum lugar daquele colégio...

Ana escolheu um assento próximo à parede e à porta da sala de aula, assim poderia observar despercebidamente os ocupantes do espaço, até vencer a timidez e tornar-se mais espontânea com todos. Ela suspirou assim que o sino soou lá fora e a aproximação dos outros estudantes foi ouvida.

Todos chegaram à sala de aula naquele burburinho típico do cotidiano escolar, que logo cessou com a presença do professor.

As aulas transcorreram dentro da normalidade esperada por Ana, afinal, estava bem justificado o silêncio dos demais alunos com ela, uma vez que todos já se conheciam de outras escolas, de outros anos escolares, e ela era a novidade no ninho.

Do início da manhã até o final do turno letivo, desde sua chegada ao colégio até a saída, Ana percebia que era observada, mas, junto ao portão da escola, o motorista aguardava a herdeira dos Scatena Amorim para levá-la até o almoço na mansão dos avós novamente.

E a semana escorria pelo vão das horas em Marissal, os olhos eufóricos dos alunos pareciam já se acostumar uns aos outros, divertiam-se, buscavam seus pares nas identidades, alegres por estarem compondo a face de um novo episódio escolar.

Ana, ao longo do tempo, foi percebendo que estava novamente sendo isolada e isso a angustiava muito, era como uma bolha que só aumentava; e ela, sufocada, não sabia como furar tais bloqueios.

Tudo se normalizava com a passagem daqueles dias, os estudantes conversando, o recreio, a presença do jovem mais popular da escola. Quem era ele?

Ana, no início da semana, lembrou-se dele tê-la cumprimentado no bebedouro, mas, surpresa, não retribuiu o gesto, afinal ninguém sequer havia lhe dirigido a palavra na nova escola até aquele exato momento, foi pega de surpresa e, além de tudo, ela invejava-o pela popularidade frenética que cultivava no colégio.

No recreio daquela quinta-feira, Ana, novamente sozinha, meditava sobre sua primeira semana de aula. Com os olhos margeando lágrimas, ela pensava no quanto nada mudou desde a troca de escola e como eram frios, ríspidos, indiferentes os alunos que a cercavam, pareciam julgá-la apenas pelo que viam ou ouviam dos outros, e aquela forma de exclusão doía como uma ferida exposta no peito. Ela se sentia vulnerável e tentava conter as lágrimas na sala de aula vazia, pois só tinha os dez minutos do recreio para aliviar a tensão do desprezo que vinha sentindo na pele.

Ana sofria, com a cabeça baixa durante toda a manhã, mas o olhar de desalento na saída da escola era substituído por uma alegria arranjada para os avós no caminho de volta à mansão dos Scatena Amorim.

A neta inventava nomes de amigos e diálogos, para driblar a curiosidade dos avós e tranquilizá-los quanto às intimidações dos outros alunos, mas, no silêncio do quarto, sabia bem o quanto era segregada por ser diferente, retraída, e sangrava sufocando seus gemidos de dor.

Felizmente, a sexta-feira chegou e Ana ganharia um fôlego no final de semana, para ensaiar diante do espelho estratégias de abordagem de colegas que se acomodavam próximos a ela na sala de aula, enquanto o motorista da família percorria as poucas ruas até a escola, este pensamento preenchia sua tímida mente estudantil.

Despediu-se dizendo um sussurrante *"até breve"* e adentrou os portões de seu novo pesadelo diário.

Como sempre, os risos e os acotovelamentos por algo que vestia ou calçava e até mesmo por seu modo de andar, abria precedentes para fuxicos femininos, caçoadas masculinas, no entanto Ana, com os olhos fixos no chão, atravessava a impiedosa onda e subia para a sua sala de aula.

Aqueles calafrios na entrada da escola, logo na chegada, foram tão desconfortáveis que Ana permaneceu de jaqueta mesmo com o dia já começando a acalorar, a aula iniciou e uma sensação nada boa parecia avisar sua intuição de que algo diferente poderia acontecer.

Foi um pouco antes do intervalo, na aula de Química, com a ausência do professor da classe, que o assunto surgiu.

O nome da garota era Berka. Ana pouco a conhecia, mas, por suas observações, notou que era de um gênio bastante fervilhante e com essa ousadia que, após muitos cochichos com as outras garotas da turma, a tal aluna veio posicionar-se em pé ao lado de sua mesa.

— Devolve a minha agenda, agora! — ordenou Berka com o tom de voz impaciente.

Ana ficou olhando-a, tentando unir as palavras proferidas daquela boca para formar um nexo de perguntas e fatos, o que fez com que a garota repetisse a pergunta com um tom mais agressivo na voz:

— Devolve minha agenda, sua ladra!

Ao olhar em volta, Ana percebeu os demais colegas de sala de aula observando a cena, pareciam esperar algo maior da ocasião.

— Eu não sei — Ana conseguiu sussurrar algumas palavras com o rosto enrubescido de vergonha, e sua mente finalmente entendeu que era uma acusação de Berka e que a garota, com a pergunta, deixou em suspense, no entendimento dos alunos, que ela havia roubado algo.

As acusações prosseguiam:

— Conheço todos desta turma, a única pessoa diferente aqui é você! Se minha agenda sumiu, meu sexto sentido não falha, foi você que a pegou!

Ana negou fazendo gestos com a cabeça, os olhos cheios de lágrimas, tentava falar, mas os gritos e assovios dos outros estudantes faziam-na engasgar-se nervosa.

— Mas fique tranquila, novata! — continuou Berka. — Se o que me pertence não aparecer até o final da manhã, a gente acerta na saída da escola.

A gritaria só foi calada com o retorno do professor.

— Algo errado por aqui? — disse o químico fazendo com que sua presença organizasse novamente a sala de aula, e o turno matutino seguiu de alegria para todos, mas de agonia para Ana.

O recreio não demorou a chegar e Ana foi até a sala da direção escolar disposta a contar o ocorrido, mas, ao forçar a maçaneta da porta, viu que estava trancada. Ela tentou depois de cinco minutos e confirmou que a porta continuava como antes, então seguiu para a coordenação escolar e não encontrou ninguém. Ouviu apenas a voz da secretária escolar, pela janela de vidro informando-a:

— Estão em reunião com a diretoria.

Ana virou-se em silêncio, com seu pensamento gritando de aflição, e seguiu novamente para a sala de aula. Como demorara ali, o sino tocou no trajeto anunciando o final do intervalo, no caminho, uma garota e um garoto desconhecidos, sorridentes, chamaram-na. Desconfiada, ela aproximou-se de ambos.

— Ei, novata! É Ana seu nome?

Ana assentiu seriamente com a cabeça e um deles continuou em tom confidencial:

— A Berka disse para nós que vai te dar uma boa surra hoje.

E saíram às gargalhadas pelo corredor.

Ana pensou em voltar à direção escolar, mas o professor já a observava na porta da sala de aula.

Um silêncio de morte percorria a aula de Matemática, até mesmo os alunos mais participativos pareciam ansiosos. Hora ou outra, alguns estudantes de outras turmas escolares apareciam na porta, pediam permissão para falar com Berka e riam olhando para Ana. Ela erguia o olhar, disfarçava não ver tais provocações, mas por dentro não acreditava que todos aqueles fatos estavam ocorrendo na escola nova. Ela que chegou ali, fugindo de tantos infortúnios, agora enfrentava intimidações piores do que aquelas sofridas no antigo colégio.

Ao folhear seu material escolar, percebeu que alguém havia escrito em seu estojo e caderno a palavra ladra, olhou em volta e todos disfarçavam a concentração nas explicações do professor.

Ana não conseguia manter a atenção nas explicações do professor, seu pensamento confrontava a todos, percebia o quanto era evidente que queriam aquela situação humilhante para ela na saída do colégio, e se questionava sobre o que fizera para que aquelas pessoas, que mal a conheciam, desejassem ver sua degradação humana.

Ela, aproveitando um momento em que seu temor superou a timidez, levantou a mão e fez um gesto para que o professor se aproximasse, mas ele disse que a atenderia assim que corrigisse os exercícios propostos na lousa e, desta forma, esqueceu-se dela tão logo terminou a demanda, e a garota perdeu a única oportunidade de voltar à diretoria.

A mente de Ana não parava de refletir, sentia agonia por estar ali, pensava em sair correndo, fugir... Pensava em ficar, mesmo que sua adversária tivesse aquela estrutura de moça feita, a altura superior a dela...

E o tempo foi passando, o sino anunciou o último período de aula, vieram mais tarefas, os alunos entretidos com as atividades do professor, com as brincadeiras e cobranças, pareciam não mais se lembrar das ameaças que Berka fizera à novata.

A hora de partir chegou, assim que o sino tocou, Ana arrumou os cadernos em sua pasta, demoradamente, o que era costume, e saiu fechando a porta, pois os alunos rapidamente esvaziavam a sala de aula. Ela desceu as rampas estranhando não ter ninguém nos corredores, a escola estava vazia.

O otimismo alegrou o coração da neta dos Scatena Amorim, aliviada Ana caminhava, com o silêncio em sua companhia, sabia que Berka não tinha motivo para agredi-la, ainda mais um motivo tão tosco, pressentiu que a tal agenda poderia ter sido encontrada e tudo se resolvera sem nem ela ter percebido, provavelmente no recreio.

Sua certeza foi confirmada ao olhar para o portão, não havia um ser humano mais ali, sendo que nos outros dias sempre muitos estudantes ficavam assuntando na despedida da sexta-feira escolar. Ela respirou aliviada e atravessou a portaria com os olhos alegres que buscavam pelo motorista de sua família.

Ana foi surpreendida pela multidão de alunos que a fechou, olhou para trás e percebeu que estava cercada, rapidamente seu coração acelerou, constatando que não haveria saída, e que foi enganada outra vez. Olhou para Berka, pois a opositora não demorou a aparecer, triunfante, certa da vitória, inflamada pelo ódio inexplicável que a multidão estudantil nutria pela novata ao longo da semana.

Berka chegou empurrando.

— Agora eu quero saber onde está! Vou fazer você vomitar minha agenda!

Ana gritou com a face trêmula, que desvendou todo o corpo estremecido de medo, de vergonha, de rancor, por ser vítima do desprezo daquela gente que mal a conhecia:

— Eu já falei que não sei! — As lágrimas encheram seus olhos e as vaias vieram ensurdecedoras. Ela virou-se rapidamente para ver: faces ansiosas, outras raivosas, outras cheias de deboche, muitas risonhas, prontas para o início do espetáculo na rua, mas mal deu para concluir o raciocínio e sentiu a mão espalmar fortemente em seu rosto, desequilibrou-se com o golpe inesperado de Berka e caiu diante do alvoroço insuportável dos outros estudantes, tudo repentinamente, os cadernos saltando dos braços ao chão e o choro na garganta preso, sufocante.

Ana esperou por mais, esperou a prometida bela surra, ali caída sentia-se tão humilhada, sentia-se vencida e odiada sem motivo: "O que fizera?".

Alguém gritou e o silêncio da multidão veio a surpreendê-la, imaginou que sua adversária a levantaria pelos cabelos e ergueu a cabeça retirando as mechas do rosto para evitar o golpe, foi então que viu o tal garoto popular segurando Berka pela cintura, falando firme, sua opositora prestando atenção nele.

Ana resolveu fugir, levantou-se depressa, juntou seus cadernos do chão, saiu com a cabeça baixa, latejante, ouvindo as vaias que recomeçavam e sentindo o corpo dos estudantes esbarrando contra o seu...

Faltava-lhe o ar, ofegante, sua mente de vez em quando girava, ela perdeu a direção do carro do motorista da família, saiu percorrendo a rua, dobrou, virou várias outras ruas e só pensava em despistar aquele inferno que vivera.

Ana sentia a sensação de um desmaio que chegava, mesmo com lágrimas torrentes nos olhos conseguiu atravessar a Avenida Democrática, que, em poucos quarteirões da escola, dava acesso à praia de

Marissal, e, ao pisar no calçadão, sua visão escureceu. Despertou sentada na guia asfáltica, com três senhoras e um jovem jogando-lhe água no rosto, ela virou-se e vomitou.

Ana manteve-se ali por alguns minutos, disse que estava bem e saiu chorando, deixando os quatro socorristas sem nenhuma compreensão dos fatos.

Em pouco tempo, fraca e consumida pela dor no peito e na mente, desacelerou o andar, arfante pelo choro durante a caminhada, foi quando ouviu o som insistente de uma buzina.

Ana olhou e era o tal garoto da escola, mas ela não queria mais encontrar-se com ninguém daquele ambiente odiável e, mesmo fraca, apressou seus passos para despistá-lo.

O rapaz, insistente, gesticulava com a mão esquerda na janela do carro, para que ela parasse, mas Ana corria e ele acelerava, seguindo-a.

Foi com uma formidável manobra corporal que Ana virou-se e voltou de onde viera, mas o tal aluno deu ré no carro e gritava para que a garota parasse, provocando um verdadeiro caos na pista de rodagem. Ela atravessou a rua entre os carros, ouvindo as reclamações dos tantos motoristas, e continuou o retorno a fim de despistá-lo, adentrou uma alameda calma e vazia, sentindo, aos poucos, a pulsação cardíaca voltar ao batimento natural.

As lágrimas iam dando lugar aos olhos secos de raiva e Ana começou sua introspecção, pois percebeu que, ao dobrar a esquina, estaria na rua de casa, mas foi neste exato instante de alívio que viu o carro alto cruzar a esquina, escondeu-se rapidamente na curva de um muro com acesso ao portão menor de uma mansão gigantesca, o peito arfante novamente, o cérebro gritando *"ele de novo, ele de novo!"* e encolheu-se entre os arbustos.

O susto foi enorme ao ouvir a frenada do carro, era o jovem da escola, estava realmente perseguindo-a. "O que ele quer?", pensou e com raiva correu, chorando, odiosa de si e do mundo, ouvindo os pedidos insistentes dele, até alcançar o portão da mansão dos avós e adentrar a propriedade, para o espanto do motorista que fora buscá-la na escola e não a encontrou. Ana pôde ouvir ao adentrar os jardins do casarão, o rapaz acelerando o carro e saindo com pressa do lugar.

Ana penetrou a mansão dos Scatena Amorim com cuidado, ela estava suja, cabelos badernados, havia vômito em sua camisa, o rosto marcado pelo tapa humilhante que levou sem culpa, ela temia por encontrar os avós, mas logo percebeu a ausência deles e subiu as escadarias com muito rancor no peito.

Despiu-se e foi para o banho chorar ocultamente.

3

VISITA

ANA DESPERTOU COM OS RAIOS de sol penetrando sorrateiramente pelo vão das cortinas de seu quarto, era sábado e ela sentiu-se aliviada assim que sua mente completou tal informação. Levantou-se devagar, percebeu que dormira chorando porque os olhos ainda estavam muito inchados, e tentou recobrar todos os fatos da terrível sexta-feira.

Henrica interrompeu seus pensamentos com duas batidas leves à porta, chamando-a para o café da manhã.

— Vou tomar um banho e já irei, vovó! — Ana respondeu ainda com a voz enrouquecida.

Durante o banho olhou-se no espelho, ainda havia uma leve vermelhidão no lado esquerdo do rosto, os sulcos dos olhos inchados denunciaram sua decepção com a nova escola, mas ela decidiu esconder a intimidação sofrida até ter forças para revelar o vexame, sentia-se culpada, estranha, às vezes odiava-se por ser tão odiada, e chegou à conclusão de que ninguém sentiria sua falta, por isso seria melhor que morresse, que se matasse...

Neste ritmo, o dia já iniciava tedioso para a neta dos Scatena Amorim. A dor de cabeça, a falta de apetite, todo o mal-estar da nova escola foi disfarçado, como sempre, no café da manhã. Ana nada comentou e seus avós nada desconfiaram.

O dia de Ana alçou seus voos baixos, sem novidades, as horas prosseguiram enquanto ela elaborava um bom plano para não ir à escola na segunda-feira. Almoçou junto aos familiares e foi para o quarto descansar, com o cabelo solto sempre tampando o rosto marcado pela injusta acusação.

A neta dos Scatena Amorim não poderia mesmo adivinhar que, no meio daquela tarde em que o sol inundava tudo, um carro alto e escuro estacionaria no portão da mansão dos avós, demorando alguns instantes para dele descer o tal rapaz da escola, que a seguiu até ali no dia anterior. Sim, caro leitor, ele mesmo, o insistente estudante da escola nova desceu do carro e caminhou para falar com o porteiro com seu andar bastante juvenil.

O portão abriu-se e ele seguiu em direção à piscina. Admirando a bela mansão, logo expôs elogios aproximando-se dos avós de Ana e cumprimentando-os:

— Boa tarde, sou Wesley Amarante Paes, estudo na mesma escola que Ana.

Os avós se entreolharam surpresos, com o olhar de cúmplices daquela felicidade. Esperavam amiguinhas para a neta, mas um amigo já era um bom começo.

Wesley recebeu os cumprimentos acalorados e sentiu a segurança de que precisava para continuar falando:

— Lindíssima casa! Eu estou encantado com essa piscina e esta vista do bairro é incrível!

— Obrigado, rapaz. Observo que tem bom gosto também — disse Vito demonstrando sua simpatia, despertada pela presença do jovem.

— Desculpe-me, Wesley, mas eu não me recordo de minha neta comentar sobre você. Ela sempre conta de muitas amizades que tem na escola nova, mas sua identificação é desconhecida para mim.

Wesley percebeu na fala da avó que Ana inventava boas histórias de amizades, para, talvez, supôs ele, não preocupar os familiares.

— Ana e eu temos um dia ou dois de contato, mas ela se mostrou uma amiga sem igual — respondeu Wesley ajeitando o cabelo, despistando o casal e entrando no jogo de mentiras que ele sempre detestou, mas o fez porque também notara que a neta nada contou da tocaia sofrida na nova escola.

Wesley e os avós de Ana conversaram um pouco sobre a vista do bairro, a casa comprada há quase um século e a enorme extensão do terreno com o belo jardim, até que a anfitriã o convidou para a sala de recepções e oferecendo-lhe um chá, que fora imediatamente aceito, pela educação do visitante, pediu à governanta que chamasse a neta em seus aposentos, pois havia uma visita aguardando-a.

A funcionária rapidamente atendeu ao pedido e num átimo bateu à porta da herdeira.

— Ana, sua avó pediu para descer até a sala principal. — E repetiu o nome para confirmar a escuta: — Ana! — Encostou o ouvido na porta para checar sinais de vida.

Ana demorou a responder:

— Por quê? — perguntou espantada. Geralmente sua presença era solicitada para que os amigos dos avós observassem seu crescimento físico ou comparassem suas semelhanças com a aparência de seus falecidos pais.

— Porque tem uma visita da escola para ti. — A governanta desceu as escadas como sempre, fazendo barulho com os saltos do elegante sapato.

A informação perturbou ainda mais a consciência da estudante: *"Só poderia ser o diretor para contar os fatos da sexta-feira!"*, e ela estava se preparando, esperando o melhor momento para revelar aos avós aquela humilhação passada. Eles agora saberiam que ela escondia os fatos verdadeiros sobre o colégio, sentiu vergonha das lembranças sofridas. "O que fazer?", pensou, penteou os cabelos, perfumou-se e, num ímpeto de coragem, iniciou a saída do quarto, dando logo no corredor para a descida da escada. Suspirou fundo para avistar o diretor escolar.

Tamanha foi a surpresa de seu olhar curioso e assombrado ao ver o aluno famoso da escola nova, que a perseguiu até em casa na sexta-feira, no sofá com seus avós, saboreando o chá da família. Ana ensaiou voltar ao quarto, mas foi imediatamente avistada pela avó.

— Lá está ela! Olhe aqui, querida! Wesley veio vê-la! — exclamou muito sorridente.

— A nova escola já começa a romper bons frutos — completou o avô Vito.

E a neta sorriu dissimulando uma ferida aberta no peito.

Ana cumprimentou Wesley normalmente quando percebera que ele nada contou aos avós, mas sua raiva em vê-lo não era algo bem disfarçado, no entanto os avós, muito satisfeitos, deixaram-nos a sós no ambiente.

Foi ele quem quebrou logo o silêncio entre ambos, porque a anfitriã continuava em pé, de olhos estreitos observando-o, de braços cruzados, indicando ao visitante que esperava dele uma breve demora:

— Sua casa é formidável, Ana.

— Obrigada — ela agradeceu e continuou observando-o intrigada com a visita. — Berka que te pediu para vir aqui, ver se estou pronta para uma nova surra? — perguntou com um tom de voz abaixo do comum. Permanecendo em pé, olhava com raiva nos olhos do garoto.

— Não! — negou ele com assombro.

— Eu já não pertenço mais àquela escola, estou recobrando a coragem para contar aos meus avós...

Wesley interrompeu-a:

— Eu percebi que eles não sabem.

Ana fez um movimento de impaciente concordância com a cabeça, sentou-se para não ser ouvida pelos funcionários e continuou:

— Vou contar tudo e pedir um tempo com os estudos. Não me sinto bem na escola, todos lá me odeiam, eu também odeio todos eles... Estou com tanta raiva, que facilmente mataria toda aquela gente ordinária. — E o olhou com muita raiva, analisando se realmente o estudante estava interessado ou era apenas um curioso que viera buscar informações para os demais.

Wesley manteve a cabeça baixa por algum tempo.

— Eu lamento muito por tudo que aconteceu conti...

— Lamenta? — A neta dos Scatena Amorim mudou o tom de voz. — Você veio até aqui para isso? Na verdade, não precisava vir porque você é um deles, eu não deveria sequer recebê-lo em casa! Olhe isso! — E revelou o rosto ainda um pouco marcado pelo golpe de Berka, o que surpreendeu o visitante. Ela continuou com o tom irritado. Pela janela, seus avós, à beira da piscina, pareciam distantes do assunto ali tratado. — Você estava com eles, é um deles, meu Deus! O que está fazendo aqui?

Wesley revidou imediatamente com voz firme e reflexiva:

— Não, eu não sou...

Ana continuou:

— Você é amigo de todos eles, sempre estão juntos, eu vejo! Os alunos da escola te veneram. — E as lágrimas desceram grossas, sufocantes, até os lábios da herdeira.

Os dois jovens ficaram calados por algum tempo, Wesley sentia-se desconfortável ao ouvir aquelas palavras junto aos soluços de Ana, pois ele foi até lá porque não queria que ela nunca mais sofresse intimidações na escola.

Ana pensava... Tudo vinha à sua mente novamente: a situação vergonhosa e degradante pelo qual passou na saída do colégio, a raiva por não ter notado antes o isolamento que ofereceram a ela, até chegar à armadilha com Berka, e continuou:

— Por quê? Eu não entendo... — ela calou-se novamente.

Wesley mexeu os lábios, mas calou-se percebendo que as lágrimas silenciosas voltavam a descer intensas pelos olhos de Ana.

Os dois jovens emudeceram por um tempo, então Wesley voltou a falar. Não sairia dali sem oferecer segurança para que a possível amiga recomeçasse a vida escolar.

— Essa casa tem uma estrutura tão clássica — ele retomava o assunto banal. — Há quanto tempo mora aqui?

— Desde que meus pais morreram, há uns dez anos — a garota respondeu ajeitando-se no sofá, limpando com as mãos algumas lágrimas ainda insistentes, decidida a saber afinal quem era Wesley e o que ele pretendia.

Wesley, por sua vez, olhou-a.

— Eu sinto muito — ele lamentou percebendo que a jovem foi criada pelos avós e que o trauma da morte dos pais, talvez, fosse o motivo do retraimento dela.

— Você tem quinze ou dezesseis anos? — perguntou.

— Dezesseis anos e você? — ela devolveu a pergunta por curiosidade.

Wesley hesitou em responder, sabendo que seria analisado por ela.

— Dezoito — respondeu fazendo-a rir pela primeira vez desde que chegara. — Eu não sou um aluno tão disciplinado.

— E você sempre estudou no colégio Lótus? — A pergunta dela revelou um interesse pelo ambiente, que o deixou surpreso.

— Não, eu vim de outro colégio, fui para o Lótus por causa dos meus irmãos.

— Quantos irmãos?

Wesley sorriu e respondeu:

— Alguns. — Ambos riram. — Somos cinco: eu, William, Welner, Wellington e Wéllida. E você?

— Somente eu.

Wesley então começou a contar para a novata sobre como foi que cursou a primeira grade, porque atrasou em um ano seu ingresso na universidade. Ana observava-o e, sem perceber, começava a se divertir. O tempo voou e, assim que as sombras da tarde se fizeram presentes nas janelas do casarão e o sol já estava morno para o ambiente, ele levantou-se para partir, sentindo que, por trás de todo o clima de rancor e tristeza tão hostil no qual foi recebido, se revelava uma promissora amizade.

Os jovens caminharam até a piscina da mansão onde os avós de Ana ainda dialogavam, pois Wesley queria despedir-se do casal.

— Foi um prazer enorme recebermos sua visita, estamos honrados, Wesley. Volte sempre que quiser! — disse o senhor Vito ao despedir-se do rapaz.

A senhora Henrica, calorosa, abraçou Wesley, parecia ser a mais empolgada do quarteto.

— Venha sempre — desejou ela ao pé do ouvido dele, em seguida olhou-o nos olhos e afastou-se para que a neta pudesse passar com o visitante.

Ambos percorreram o jardim lado a lado conversando, Wesley prosseguiu elogiando tudo a sua volta. O porteiro Sullivan abriu passagem e os dois jovens logo estavam na calçada.

— Eu quero que vá a escola na segunda-feira, Ana.

Ela encarou-o com a face de negação e ele continuou:

— Quero que confie em mim, ofereço a você minha amizade.

Ana pensou por alguns instantes, sem responder. Apertou a mão do visitante, despediu-se e retornou à mansão, enquanto ouvia o carro de Wesley afastar-se.

4

NA ESCOLA

Ana passou o final de semana refletindo sobre a visita de Wesley, nem mesmo ela soube explicar a si própria o verdadeiro motivo dele tê-la feito. Recordou-se das palavras do rapaz, que dissera só saber do embate entre ela e Berka quando tudo ocorreu e que a primeira atitude dele foi tirar sua oponente de cena.

Na verdade, os avós também estavam lisonjeados e contentes com a nova companhia da neta. Esperavam amigas, com troca de roupas e maquiagens, mas aquele rapaz, de cabelos longos até os ombros, barba por fazer e altura projetada, já era um bom começo para romper o isolamento ao qual notavam viver a neta.

Durante a noite de domingo pesou muito o retorno às aulas, Ana pensou mil formas de desvencilhar-se do compromisso, mas algo dentro de seu ser pedia que confiasse no convite de Wesley.

A segunda-feira veio como um sopro de vento sobre as cinzas de fogueira morta, reacendendo toda a sorte de incertezas nela. Mesmo com tudo isso, Ana resolveu levantar-se da cama, realizar o ritual de organizações matinal e seguir para a aula.

Teófilo, o motorista da família Scatena Amorim, estacionou o carro e ela desceu. Mal caminhou na calçada e já avistou Wesley, que saltou do carro alto e achegou-se a ela com um aperto de mãos. Ana não escondeu sua surpresa com um discreto sorriso e iniciaram a conversa falando sobre os fatos do final de semana, mas ela, disfarçadamente, observava em volta enquanto olhava-o e percebia a aflita surpresa com que os alunos fitavam a dupla que passava.

Muitos estudantes se aproximavam para cumprimentar Wesley e ignorá-la propositalmente, mas ele não parecia se importar nem um pouco com a opinião do grupo sobre ela, era seu amigo agora e usava esse respeito para privilegiá-la, por sua grande popularidade no colégio Lótus.

Wesley acompanhou Ana até a porta da sala de aula, e, como eles demoraram ali, o sino já havia batido e a professora, ao vê-lo, veio ao encontro dele e abraçou-o.

— Meu aluno preferido, com exceção da conversa no meio da exposição!

Ele riu e retribuiu o elogio, em pouca demora deixou que Ana seguisse para a sua acomodação e logo alguns amigos surgiram para acompanhá-lo até a terceira grade escolar.

Ninguém ousou falar com Ana, nem comentar sobre a briga da sexta-feira, mas todos pareciam indignados, com o olhar irado, pelo fato dela, a novata esquisita da escola, agora estar na companhia do popular Wesley.

Durante os três primeiros períodos de aula houve algumas piadinhas e falas dissimuladas, mas nada que se comparasse às provocações e ameaças da semana anterior. Ana sentia que queriam ofendê-la, mas a amizade que eles tinham com Wesley pesava na decisão de persegui-la novamente.

Para melhorar a surpresa da entrada na escola, Wesley apareceu assim que o sino para o recreio escolar tocou e Ana sorriu aliviada. Ele aproximou-se, cumprimentou a galera, que, ao vê-lo, já não sabiam se sairiam para o pátio ou se ficariam ali durante o intervalo, mas ao vê--lo aproximar-se do alvo de agressões, esvaziaram o ambiente, e Wesley pôde ajudar Ana na resolução de um exercício de Biologia entre risadas e assuntos juvenis.

Durante toda a semana conversavam na escola, Wesley estava firme em seu propósito inconsciente de salvar Ana dos infortúnios que a garota colecionava em seu histórico escolar: para o rapaz, aquela caçada à novata era algo inédito. Ele nunca tinha visto comportamento semelhante em dois anos que frequentava o colégio Lótus, não queria que nem ela, nem outro estudante, se sentissem desprezados e sozinhos na escola. Ana percebeu, pela primeira vez em sua jornada colegial, a proteção de um amigo e quis ficar sob aquelas asas até que a tempestade se acalmasse.

Aos poucos, alguns colegas de Wesley passaram a cumprimentá-la, na sala de aula também começou a ser surpreendida por um ou outro "Olá!" ou "Até breve!", que a faziam sorrir, mas a mágoa de Berka, a maneira que a olhava com ira, sempre beijando o rosto de Wesley e mirando-a de cima a baixo com desprezo, ainda eram feridas recentes de sua história.

O diretor, como de costume, ao saber da briga, chamou Berka na coordenação escolar para dar a ela uma advertência e, posteriormente, pediu que Ana também comparecesse até o local. Ele recomendou duramente que qualquer novo equívoco entre as alunas fosse legalmente resolvido naquela sala de gestão escolar.

Ana não compreendeu o motivo de, mesmo sendo inocente na situação, ter levado aquela bronca junto com Berka. Pensou em falar das intimidações sofridas por parte dos alunos, mas suas forças tão pequenas reduziram-na a concordar:

— Sim, senhor diretor. — E trêmula de medo de que seus avós soubessem de fato, seguiu para o último período de aula da manhã.

Ana não sabia qual a intenção de Wesley, pensara que talvez ele sentisse pena de tudo que lhe acometeu, mas ela não queria afugentá-lo, estava gostando muito de poder ter e desfrutar da presença de um bom amigo em sua vida.

Wesley sentiu certo êxito na aproximação que tentava com Ana, revezando a atenção entre os amigos antigos e a novata do colégio. No final de semana foi inquirido em casa pelos irmãos, no café da manhã à mesa com os pais:

— Nosso mano agora está curtindo com a novata mais esquisita do colégio! — provocou Wellington fazendo os pais se entreolharem interrogativos enquanto os demais irmãos riam alto.

— Essa garota até já arrumou encrenca na Lótus, apanhou feio no colégio! — completou William.

Rubá Amarante Paes, o pai de Wesley e famoso desembargador de Direito em Marissal e cercanias, fez a primeira observação:

— Gente como essa não deve ser boa companhia.

A mãe continuou:

— Cuidado, meu filho! Não demorará nada para que você também esteja em complicações por causa dessa novata.

Wesley olhou para os irmãos, risonhos, com o olhar de cobrança. Não queria que os pais soubessem de Ana daquela forma e respondeu cabisbaixo, amanteigando o pão:

— É Ana o nome da novata e ela estava sofrendo intimidações na escola, muita gente veio falar coisas ruins a seu respeito, mas eu não vou me afastar dela por causa desses assuntos, são opiniões deles e eu terei a minha.

Seus pais se entreolharam novamente e, desta vez, a matriarca Ríccia interrogou:

— Existia algum motivo aparente para esta atitude dos seus amigos? Eu os conheço, a escola é muito boa.

— Ela virou alvo por causa do seu comportamento — interrompeu Wesley.

— É arrogante, não fala com ninguém na escola! — completou Wéllida.

— É retraída e tímida, acho que a perda dos pais na infância deixou-a mais fragilizada — revelou Wesley causando silêncio à mesa. — Têm alunos que acreditam se fortalecer no grupo e ganhar respeito quando intimidam os mais fracos. Eu não sou otário ao ponto de rir ou aceitar uma atitude dessas nem dos meus melhores amigos.

Rubá quis saber mais sobre a história.

— Ana contou-me que os pais dela morreram há dez anos em um acidente aéreo — disse Wesley no intervalo de uma mordida e outra na refeição. — A guarda-costeira e diversas equipes de busca encontraram os destroços do avião militar. E pelos cálculos, a aeronave atravessava o Oceano Vivo e estaria para pousar no continente Refloral, onde estes médicos atenderiam uma missão humanitária por seis meses durante a guerra civil dos mossaneses.

— Nossa! — Suspirou Ríccia, mãe de Wesley. — Que história mais triste... Recordo-me da queda desse avião em 1989...

— Acho estranho um avião militar sumir assim, estamos no final do século, em pleno ano de 1999. Há dez anos, a tecnologia não era tão rasa. Essa história deixou-me intrigado, vou pesquisar mais sobre isso em arquivos da prefeitura da cidade — afirmou Rubá, deixando Wesley curioso.

— O que você encontrar, divida comigo, por favor! — pediu Wesley, observando o desembargador assentir com a cabeça.

5

DESPEDIDA

Após a aula daquela primeira quarta-feira insuportavelmente quente de março, Wesley resolveu compartilhar com Ana um pequeno segredo rotineiro, pois, mesmo sentindo a resistência dos estudantes do colégio Lótus em se aproximar da nova aluna, ele gostava de conversar com a amiga; percebia a semelhança nos assuntos e personalidade com sua irmã caçula Wéllida, o que gerava nele um sentimento fraterno bastante intenso.

Wesley queria refrescar-se e assim começou o assunto com Ana no final das aulas do período matutino:

— Você costuma sair de casa à tarde?

Ambos se entreolharam e riram, pois Ana raramente deixava a mansão.

— Aonde você quer ir? — ela o encorajou.

— Eu tenho um lugar, ninguém nunca foi lá comigo, ninguém sabe de lá, mas eu quero te levar. Você será a primeira visitante, porque eu confio em ti. — A última frase de Wesley deixou-a com os olhos brilhantes.

— Eu também confio — respondeu de supetão e abaixou a cabeça assim que percebeu a intensidade com que aquelas palavras saltavam do coração.

Caminharam um pouco em silêncio olhando os demais alunos que saíam da escola cumprimentando Wesley ao longe.

— E onde fica esse lugar? — continuou Ana curiosa. — Porque eu terei que avisar aos meus avós — justificou.

— Fica na floresta.

Os dois jovens se entreolharam novamente, desta vez às gargalhadas.

— Estou falando sério — prosseguiu Wesley. — Fica no alto da floresta, seguindo a corredeira de água, quase no final da velha trilha do parque da cidade.

Ana apertava as mãos uma contra a outra, num gesto de nervosismo, talvez não confiasse tanto no novo amigo, mas decidiu arriscar.

— Então nos vemos no começo da tarde? — E estendeu a mão direita para cumprimentar Wesley em despedida, pois o motorista dos Scatena Amorim já aguardava a herdeira para levá-la de volta à mansão da família.

Antes das duas horas da tarde, Wesley apareceu com uma bicicleta bem diferente daquela que Ana utilizava para passear nos jardins do casarão.

O senhor Vito e a senhora Henrica novamente o recepcionaram.

— Você estava desaparecido — comentou o senhor Vito abraçando o jovem.

— Fico muito feliz em revê-lo, menino — continuou a avó de Ana. — De ti só chegam até mim boas histórias — revelou fazendo a neta, que surgira no ambiente, corar.

Todos conversaram um pouco sobre o tempo, a situação econômica em Marissal, rindo dos turistas desabituados com os costumes locais e tudo isso para que Wesley chegasse ao assunto principal:

— Eu vim até aqui respeitosamente pedir a vocês que autorizem um passeio com Ana de bicicleta pelos arredores.

O casal Scatena Amorim se entreolhou e, em seguida, olharam

para a neta compreendendo que a ideia de pedir autorização da saída com Wesley vinha dela.

A senhora Henrica interveio:

— E estes arredores são seguros?

— Sim, eu sempre pedalo por estes trajetos — Wesley prontamente respondeu olhando nos olhos do casal. — Garanto que trarei Ana a salvo.

— Estou pensativo! — exclamou o senhor Vito fazendo todos rirem um pouco nervosos. — Mas já é hora de pedalar além deste jardim! — completou fazendo a neta abraçá-lo cheia de alegria.

Saíram pelos portões assim que Sullivan, o porteiro da mansão, deu-lhes passagem. Pedalando pelas largas calçadas do bairro de Verdemonte, os risos e a algazarra eram ouvidos de longe.

— Se eu pedisse, eles jamais deixariam, Wesley — comentou Ana com muita certeza.

Pedalaram cerca de meia hora até o fim do perímetro de caminhada do parque ecológico e, disfarçadamente, adentraram a mata seguindo a corredeira. Esconderam as bicicletas atrás da moita de capinzal e seguiram subindo a pé pela antiga trilha.

Ana quis saber desde quando Wesley descobriu o lugar ao qual chamava de esconderijo.

— Até os meus treze anos, meu avô me trazia aqui para respirar, depois disso ele se mudou e não sabe que eu continuei visitando — disse ele fazendo com que a amiga percebesse que o companheiro de todos, que sempre estava disposto a ouvir e ajudar os amigos, também gostava de ficar só e refletir.

— Muitas pessoas vêm aqui contigo? — continuou ela alterando a voz à medida que o alvoroço dos pássaros aumentava floresta adentro.

— Não, você é a primeira.

Os jovens andaram um pouco em silêncio. Ele à frente, abrindo caminho; e ela logo atrás, desviando-se dos galhos das árvores mais baixas.

Os dois amigos começaram a suar por conta do mormaço quente da floresta, hora ou outra Ana se assustava com um barulho, o que fazia Wesley rir da garota e socorrê-la.

— Com o tempo você se acostuma — disse ele e continuaram a caminhada.

Demoraram cerca de quarenta minutos de subida. Quando Ana se viu exausta, percebeu a planície bem verde, um lago azul transparente cercado por pedras e, ao longe, uma cabana um pouco mais alta que Wesley. O amigo correu em direção ao lago tirando o tênis e a camisa, Ana descalçou-se e correu atrás dele, e ambos saltaram quase juntos na água.

Passaram a tarde naquele paraíso natural e conversaram muito sobre tudo.

— A mata vai se fechando cada vez mais lá em cima nas rochas, dá um certo medo — ponderou Ana observando em torno enquanto deitava-se numa espécie de rede de palha dentro da cabana, admirando um fogareiro improvisado no canto do abrigo.

— Não precisa ter. — Sorriu Wesley. — As feras se abrigam no alto do morro, nunca chegariam até nós. Aqui têm alimentos muito mais atrativos para elas do que dois jovens invasores — opinou e ambos riram.

A conversa seguiu até que perceberam o entardecer chegando e decidiram voltar ao desassossego da cidade.

— Você pode me convidar para o seu esconderijo sempre que quiser — disse Ana assim que ela e Wesley contornaram a moita gigante de capim para apanharem suas bicicletas no final da descida da antiga trilha.

O amigo sorriu e aquiesceu com a cabeça.

— Acho que temos um pneu murcho — disse Wesley fazendo Ana lamentar o ocorrido. — Mas se acalme, porque aqui perto eu conheço um local que faz um bom remendo. Sobe aqui que eu te levo, isso sempre pode acontecer aqui na mata. — Piscou acalmando a amiga.

A carona era na bicicleta de Wesley e a amiga, assim que se ajeitou, sentiu bem de perto a respiração do rapaz e aquela aproximação tão incomum incomodou-a, por isso achegou-se mais para o guidão da locomoção.

Assim que deixaram o parque da cidade, Wesley pedalou mais rápido; em uma mão segurava o guidão da bicicleta da amiga e com a outra segurava o punho da própria bicicleta, equilibrando-se com segurança.

Logo após saírem do conserto para a rua com suas bicicletas novamente, uma garoa fina começou a cair sobre eles na travessia pela orla da praia de Marissal enquanto o sol ainda dava suas últimas pinceladas douradas no horizonte azul daquela quarta-feira.

Ana instintivamente quis abrigar-se.

— Não! — Wesley segurou o braço da amiga suavemente. — Por que fugir da chuva? Ela é tão boa quanto o sol — disse fazendo com que Ana parasse de tentar se abrigar e permitisse que as gotas de água molhassem todo o seu corpo pelo restante do caminho de retorno.

A semana seguiu-se para os dois amigos e, mesmo estando com Wesley sempre, Ana sentia a hostilidade dos alunos do colégio Lótus, de forma mascarada. Eram olhares reprovadores, comentários propositais em sua passagem ou estada, risos debochados, mesmo que de maneira reduzida, disfarçada.

No entanto, na quinta-feira, enquanto lavava seu rosto na pia do banheiro feminino, Ana foi cercada por quatro garotas da segunda grade do segundo ciclo estudantil. Uma delas, atrevida, iniciou a agressão psicológica.

— Bom dia, Dona Esquisita! — provocou fazendo o grupinho rir.

Ana virou-se e encarou-a com surpresa.

— Eu e minhas amigas estamos achando que você, Ana, tem se aproximado demais do nosso amigo Wesley, isso está nos incomodando bastante. — E parou de falar para capturar a reação que suas palavras causavam na ouvinte.

Como a neta da família Scatena Amorim continuou a encará-la com ódio aparente no olhar, outra garota do grupo prosseguiu com um tom superior:

— O que você acha de se afastar de Wesley antes que possa se machucar gravemente? — afrontou de forma explícita.

— Não vou me afastar do Wesley — Ana respondeu com um tom embargado de raiva e saiu do banheiro deixando o grupo de garotas paralisado pela sua ousadia.

Ana sabia que ninguém ousaria agredi-la novamente, essa certeza fazia com que sentisse, a cada dia, mais segurança na companhia de Wesley, para encarar as intimidações escolares. Por isso considerou não contar a ele mais aquele infame episódio no colégio Lótus. As agressoras sabiam que, caso avançassem com o plano, poderiam perder Wesley para sempre.

A atitude de coragem no banheiro cresceu com força para Ana; em outros tempos, a garota certamente choraria diante dos adversários, mas agora sentia uma mudança positiva no medo e na vergonha da exclusão que sofria. Era a revolta vinda à tona... E assim março chegou ao fim.

6

VÍCIO

O MÊS DE ABRIL ABRIU caminhos para o fortalecimento de Ana, pois, convivendo com Wesley, ela estava se sentindo encorajada a sair um pouco de seu resguardo e se achegar às pessoas, dialogar, olhar nos olhos, sem temer tanto como antes, quando a timidez a imobilizava.

Wesley era muito popular entre os garotos e as garotas, entre os professores, a coordenação e a direção escolar. Todos pareciam apreciar aquela animação natural e o clima amigável que ele proporcionava ao colégio. Qualquer pessoa tinha acesso a Wesley, sem cerimônias, nem arrogância. O sorriso largo e a espontaneidade com que ele cativava a todos de igual forma tornava-o um ser social diferenciado.

Não somente no colégio Lótus, mas, convivendo com Wesley em muitos lugares, Ana logo passou a ter contato com os amigos do rapaz, que estudavam em outras escolas; os que moravam em outros bairros; o pessoal que frequentava a praia, as festas noturnas, os clubes de leitura, porque ele era um curioso das tribos urbanas e todos esses jovens queriam saber quem era Ana, a garota que estava junto a ele por todos os cantos agora.

Olhavam-na com curioso ciúme, perceptivelmente receosos de que a novata os afastasse do melhor amigo.

Obviamente que Wesley não era o melhor amigo de todos que o conheciam, mas os outros jovens, com pouco tempo de amizade, já passavam a confiar nele. Ana percebia que Wesley guardava muitas conversas secretas com muitos alunos da escola, conversas que nem ela ou outra pessoa saberiam.

Por estes atributos que os diretores Nabúdio e Hervino chamaram-no à sala da gestão escolar na primeira manhã de abril. A coordenadora escolar Fátina também estava presente e iniciou o principal assunto logo após os calorosos cumprimentos entre os quatro e breves comentários triviais:

— Wesley, você foi chamado por nós porque estamos com problemas — iniciou Fátina, com franqueza — e, antes de tomarmos alguma decisão injusta, queremos ouvi-lo.

— Pode contar comigo — voluntariou-se imediatamente ele, que era também o líder do grêmio estudantil.

— Alguns alunos novos, da primeira grade, até onde sabemos, doze ou quinze irresponsáveis, estão consumindo drogas ilícitas nas dependências do Lótus — a afirmação do vice-diretor Hervino fez com que Wesley arqueasse as sobrancelhas balançando a cabeça em sinal de concordância.

O diretor Nabúdio tomou a palavra então:

— Nós decidimos, junto ao conselho de professores, pedir que se retirem deste ambiente. Iríamos expulsá-los, mas houve sugestões de que o melhor seria consultar um aluno, o líder do grêmio estudantil, que é você.

— Queremos uma opinião — interrompeu Hervino.

Wesley conhecia o grupo novo que estava fora dos padrões, já havia conversado com eles duas ou três vezes para que parassem com o vício, mas agora percebia o quanto uma topada no banheiro ou uma encarada nos fundos da escola não foi o suficiente para conter o avanço dos rebeldes em questão.

— Eu realmente não sei o que fazer — disse Wesley confuso, encarando os presentes com muita sinceridade. — Nunca me envolvi nestes assuntos. Um amigo ou outro viciado eu já ajudei, mas nunca foi em bando.

— Então não nos restará alternativa senão pedir aos pais a saída destes garotos — concluiu Fátina.

— Mas se eu tiver uma semana, ou duas, talvez possa tentar ajudá-los com isso — sugeriu o aluno, pensativo.

— Era essa a atitude que eu esperava de ti — disse o vice-diretor pousando a mão esquerda sobre o ombro do rapaz.

Agora Wesley tinha um grande problema em seu caminho e aquela conversa era uma novidade bastante arriscada, pois, caso não revertesse a situação, seus amigos seriam convidados a deixarem o colégio Lótus.

Durante aquela primeira semana do mês, Wesley procurou frequentar mais o grupinho dos alunos-problema a fim de ganhar maior intimidade com o bando e entender quem trazia a droga para o colégio, o que não foi difícil. Era um aluno chamado Loan, que conseguia a euforia para a turma.

No final de semana, Wesley conversou com o pai sobre o desafio de ajudar um grupo de amigos da escola a deixar o vício das drogas.

— Acho isso muito perigoso — alertou Rubá. — Mas tenho uma amiga psicóloga no Fórum onde trabalho, que é especialista em problemas deste tipo com jovens — opinou resistente.

Na semana seguinte, lá estava Wesley para consultá-la, e assim passaram todos os dias úteis do período, estudando alternativas com outros psicólogos, pais de amigos que passaram pela mesma situação, companheiros libertos do vício com tóxicos, e tomou a decisão de diálogo.

Ana percebeu a distração de Wesley, tanto nos passeios às quartas-feiras ao esconderijo quanto nos encontros regulares na escola. Em tudo, o amigo andava bastante pensativo.

— Tenho percebido a sua preocupação — comentou ela ao final da segunda semana de abril.

— Eu mudei em algo? — perguntou ele, um pouco desconcertado.

Ana sorriu e continuou:

— Parece-me reflexivo, Wesley.

O amigo suspirou profundamente, manteve um relativo silêncio e voltou a conversar com a garota:

— Vou falar porque confio em ti, Ana. Estão usando drogas na escola.

Após a surpresa dela, ele prosseguiu:

— Os diretores e a coordenadora pediram-me para intervir. Caso contrário, o grupinho da rebeldia será expulso.

— Mas você não considera que mereçam ser? — concluiu ela.

— Não antes de serem ouvidos — respondeu ele muito sério.

Wesley iniciou o que compreendeu sobre como ajudar o grupo de viciados do colégio, não havia outro caminho senão o diálogo com todos os alunos envolvidos, para poder entender o que estava atraindo os estudantes para aquele desastroso caminho.

Todos os psicólogos com quem havia conversado disseram-lhe que o melhor a fazer era se aproximar de cada um e perguntar o que estava rolando, isto ele fez, mas poucos confessaram que haviam se metido com drogas.

Não tardou para Wesley chegar até Loan, o aluno que trazia as drogas para o colégio.

Como o caminho do diálogo individual havia revelado para Wesley que muitos do grupo de viciados tinham se envolvido por conta das famílias desestruturadas ou desatentas, ou por quererem o entrosamento, o líder do grêmio estudantil passou a estar muito unido aos dependentes químicos. Passou a ser a sombra deles.

O grupo de viciados, inclusive Loan, estranharam um pouco a presença de Wesley. Gostavam dele como se fosse um irmão, mas, desde o início do ano, o rapaz lhes dava umas broncas quando os avistava esconderem-se para consumir drogas.

A presença de Wesley no bando desencorajava-os de alimentar o vício.

Ana sabia que o afastamento do amigo era por conta da missão dada pelos diretores: conversava ou expulsariam os desordeiros.

Wesley passou a contar com a ajuda do grupo de psicólogos e toxicologistas no final das aulas matutinas, com autorização dos pais dos alunos viciados. Eles assistiam palestras e conversavam sobre o problema, faziam testes sanguíneos, eram orientados por profissionais de saúde, intensificando a missão naquele mês.

Ana sentia-se sondada pelo amigo, que, mesmo ocupado, sempre passava por perto para cumprimentá-la, e muitas vezes, ao longe nos corredores, surpreendia-se com o olhar dele a observá-la, o que deixava a neta dos Scatena Amorim confiante.

Ela compreendia o afastamento do amigo, a boa causa que ele estava defendendo, mas à noite, antes de dormir, abraçava o travesseiro sentindo uma imensa saudade de conversar suas futilidades com Wesley.

Na escola, em sua sala de aula, Ana passou a receber cumprimentos de um casal de namorados, o costume esporádico passou a ser rotineiro, até que, na penúltima segunda-feira de abril, no início do intervalo, resolveram abordá-la:

— Nós também somos próximos de Wesley — disse o rapaz, abraçado à namorada, achegando-se à mesa escolar que Ana ocupava.

Ana por sua vez, com a face rubra de vergonha, somente assentiu com a cabeça baixa e voltou a folhear o caderno, pensando que poderia ser ameaçada novamente, então foi a vez da namorada:

— Esta é uma grande novidade! Quem aqui no colégio não é parceiro de Wesley? — finalizou fazendo com que os três presentes rissem.

— Eu sou Carol, ele é Givago, e você é Ana? — disse estendendo a mão.

Conversaram muito durante aquele recreio e passaram a demonstrar grande apreço pela companhia da neta dos Scatena Amorim. Ela sempre estava com a dupla e, no fundo, Ana sabia que poderia ter partido de Wesley o pedido para que o casal de namorados a acolhesse.

Givago e Carol eram muito engraçados, um casal bem diferente dos pombinhos colados que Ana sempre encontrava pelos cantos da escola no recreio. Ambos eram comunicativos, estudiosos, briguentos entre si e muito bem-humorados. Era a sorte de Ana trabalhando para que ela encontrasse pessoas com aquele temperamento aliando-se no colégio.

Wesley hora ou outra aparecia, apressado, somente para cumprimentar o trio animadamente e todos os demais amigos dele do colégio sabiam da missão difícil que o rapaz estava enfrentando.

Não seria bem mais fácil deixar com que os diretores Nabúdio e Hervino expulsassem os alunos usuários de drogas, caro leitor?

O consumo de drogas, com poucos dias, foi eliminado dentro da escola, mas isso era para Wesley uma pequena vitória, porque, no caminho para a escola e na partida das aulas, ele descobriu que Loan e os outros viciados se encontravam para consumir substâncias ilícitas, isto sinalizava para o líder que os amigos permaneciam presos na dependência.

Como teve apoio da gestão escolar para seguir com o projeto, Wesley reforçou o tratamento convidando mais médicos e psicólogos do Fórum de Marissal para apoiá-lo, pois sabia que muitos de seus amigos viciados precisavam retomar a autoconfiança, a identidade, os domínios das emoções.

Wesley também estava aprendendo muito sobre drogas, pois agora, após as aulas, reuniam-se no projeto, e após os encontros seguia com os recuperados até suas casas, o que garantia a ele que os amigos não iriam voltar a reencontrar outros garotos e garotas de outras escolas para consumirem drogas, isto despendia tempo, mas o rapaz precisava mostrar-se disponível para ajudar.

Com a passagem dos dias, aquela euforia que provocava modificação brusca de personalidade, o medo constante, as mudanças de humor repentinas, a irritabilidade fácil e a baixa autoestima, deram lugar a um maior interesse pelos estudos, maior frequência nas aulas, menos brigas e brincadeiras perigosas na escola. E os olhos avermelhados, as pupilas e fala alteradas, o tremor nas mãos, perda de peso, tudo isso deu lugar a sorrisos discretos e naturais.

Wesley, como bom jogador, precisava segurar este primeiro resultado positivo; e na reunião noturna com os líderes escolares do grêmio estudantil, expôs o nome de dois ou três do grupo que estavam mais resistentes a deixarem as drogas, justamente porque aprendeu com os médicos e psicólogos do projeto, que essa resistência era muito comum na adolescência e suas mudanças constantes, típicas desta fase da vida.

O grupo de alunos viciados era complexo: alguns tinham depressão, outros apresentavam histórico de consumo de drogas em familiares, até mesmo a ausência de apoio dos pais, ou simplesmente cederam à pressão de amigos para usar e assim sentirem-se incluídos na turma.

Wesley, no auge de seus dezoito anos, enxergava tudo isto e, preocupado, precisava conversar sempre com os recém ex-viciados, porque sua paciência e compaixão poderiam salvar não somente o ano letivo dos companheiros, mas uma vida inteira.

O projeto e sua ajuda especializada trouxeram uma boa acolhida para a vulnerabilidade dos alunos do grupo, a decisão inicial de deixar as drogas seria algo que precisaria ser amparada por até um ano, ou mais tempo, foi então que o professor Dino veio conversar com Wesley, chegou até o líder do grêmio estudantil com a proposta de trocar o vício por um esporte, pelo voleibol, mesma atividade física no qual ambos se aproximaram.

Wesley conhecia o histórico de vida do professor Dino e o modo como o esporte, o vôlei, também tirou o mestre do caminho das drogas.

Com o aval dos diretores Nabúdio e Hervino, que observavam de longe a movimentação do projeto na escola, mas não queriam envolver-se afetivamente, preservando a liberdade para uma decisão mais dura, os treinos começaram por conta do professor Dino.

Wesley, que já jogava vôlei há um bom tempo, incentivava os novos voleibolistas. Sua agilidade despertava notório interesse nos demais e o professor soube aproveitar isto para introduzir valores e disciplina aos novos atletas escolares.

Os uniformes, o reconhecimento da escola com eles por serem o time titular do vôlei no colégio, todo aquele respeito e adrenalina que o esporte escolar oferecia, foram tomando por completo o lugar do antigo prazer que o consumo de drogas causava, e Wesley percebeu que o convívio se tornara muito bom.

Infelizmente dois dos doze ou quinze alunos sondados pela gestão do colégio tiveram que ser retirados do Lótus, os pais compreenderam que Nabúdio e Hervino não poderiam permitir que, após tantos sacrifícios de tantos profissionais envolvidos, houvesse uma recaída desastrosa, uma vez que o processo de abstinência do uso de entorpecentes já havia sido passado para os novos atletas.

Wesley foi chamado para despedir-se dos amigos na sala da direção escolar e foi com lágrimas nos olhos que ambos agradeceram a vivência.

— Eu não vou desistir da superação de vocês — prometeu ele abraçando fortemente os agora ex-alunos da escola Lótus.

Um sentimento de fracasso pelos dois alunos que não conseguiram trocar o vício em álcool e drogas pela endorfina tomou o semblante de Wesley, e foi assim, sem disfarçar a tristeza daquele fato, que ele retornou à sua sala de aula na terceira grade do segundo ciclo escolar.

Um dos estudantes, que não deixou o consumo de entorpecentes, era Loan. Ele trazia as drogas e, por mais que Wesley houvesse quitado sua dívida com o chefe da área próxima ao colégio, Loan voltou a procurar dinheiro fácil e rápido das mãos dos criminosos das redondezas.

O outro aluno era Nicar, que insatisfeito com os problemas familiares, com as constantes brigas e consequente separação dos pais, refugiou-se nas drogas e precisaria de muito mais tempo para recompor sua personalidade e autoconfiança.

Ana acompanhou tudo de longe, a luta de Wesley, o esforço do amigo para ajudar os envolvidos a sair daquele problema delicado, o distanciamento dele era preenchido pela admiração, pelas histórias que chegavam até ela, os comentários satisfeitos dos professores sobre o projeto, o respeito que a atitude dele despertava em outros alunos, tudo isso era motivo de orgulho para a jovem.

O professor Dino, com sua fenomenal experiência, tomou conta de todos os espaços do projeto, os treinos intensos, as palestras médicas e consultas psicológicas, e isso permitiu a Wesley descansar um pouco naquela missão, afinal de contas, agora restava a ele somente treinar com o time de vôlei e permanecer vigilante se o problema de drogas na escola estaria realmente afastado.

    Wesley tirou a última tarde do mês para visitar a amiga Ana. Caminhava segurando sua bicicleta pelo guidão, ele seguia a alameda rapidamente com seu andar jovial, observando as árvores do outono intenso, as folhas amarelo-laranja-avermelhadas, ao encontro da amiga, sentindo saudade da companhia dela. Queria vê-la, levá-la ao esconderijo na floresta e contar tudo que aprontou ao longo daquele distanciamento. Como se ela não soubesse, meu caro leitor.

TREINAMENTO

Assim que o porteiro Sullivan abriu o grande portão da mansão dos Scatena Amorim, a herdeira da família surgiu ao encontro de Wesley, o que fez com que o visitante suspeitasse de que a amiga estivesse vigiando sua chegada desde o momento que ele telefonou deixando o aviso de que iria vê-la.

Wesley aproximou-se dela e, ignorando a mão estendida de Ana, deu-lhe um forte abraço, beijou-lhe a testa, mesmo já havendo percebido que a amiga não era adepta ao contato físico, mas naquela tarde somente o tradicional aperto de mãos não demonstraria a falta que ele sentiu da neta dos Scatena Amorim durante sua luta para retirar as drogas do colégio. Wesley sorriu vendo que a amiga ficara desconcertada com o gesto de carinho dele.

— Já estava me esperando? — perguntou ele.

— Sim — Ana respondeu sem perceber qualquer armadilha na pergunta do rapaz.

Os avós de Ana não estavam em casa, era sempre a rotina deles, passarem o dia no hotel pertencente à família, fonte da fortuna dos

Scatena Amorim e grande referência turística à beira do Oceano Vivo, que banhava todo o litoral de Marissal.

Os dois jovens sentaram-se no jardim. Wesley gesticulava e, em alguns momentos da conversa, levantava-se, embalado pelo riso de Ana. Ele contava tudo do projeto que recuperou os viciados em drogas da escola. Como não podia levar a amiga para dar uma volta pelo bairro, por conta da ausência dos avós dela, ambos iniciaram uma boa brincadeira com uma bola de vôlei perdida entre os arbustos da mansão.

Maio chegou com seu segundo domingo de feriado maternal, que, conforme os avós de Ana contaram a Wesley, deixava a neta bastante deprimida. Esta informação preocupou o amigo, que intensificou suas visitas vespertinas à jovem órfã.

No colégio, Wesley voltou a frequentar a cantina no recreio escolar, sempre com os parceiros de vôlei; Givago e Carol também costumavam ir até o local no intervalo de aulas e surpreenderam-se com a presença de Ana, discretamente ao lado do aluno mais popular, sempre observada em silêncio pelos demais estudantes.

Não demorou muito para que Ana percebesse no recreio escolar, na cantina, a presença constante de uma antiga namorada de Wesley. O nome dela logo foi descoberto: Micely. Era bela com exageros — os cabelos ondulados e claros, o corpo de mulher desejada e dentro de seus olhos, uma floresta densa...

Era perceptível que muitos garotos a admiravam e que Micely, sabiamente, escolhera Wesley para o amor.

Havia uma torcida grandiosa, uníssona, de professores e estudantes antigos ou novatos, para que os dois jovens não retomassem o namoro desmanchado. E Wesley, segundo os mais próximos, em atendimento à vontade popular, preferia sair para as festas colegiais sem deixar alguém trancada num quarto qualquer, sofrendo por isso.

Carol estava cansada de observar os olhares curiosos de Ana para Micely durante aquela semana que alguns estudantes no recreio pediram, entre muitas brincadeiras com Wesley e a ex-namorada, até mesmo um beijo.

— Não deu certo — iniciou Carol, enquanto Givago se distanciava de ambas para cantar ao som do violão de Wesley na cantina.

Ana assustou-se, confusa sobre o assunto, mas Carol prosseguiu:

— Micely e Wesley — completou a informação sob o olhar ainda embaraçado de Ana. — Eles namoraram por quase dois anos, mas no último verão ela resolveu deixá-lo, acreditando que toda essa beleza e estilo fino fariam Wesley abandonar os amigos e isolar-se no mundo dela.

Ana já havia notado o comportamento eufórico do melhor amigo em relação à ex-namorada sempre que ela surgia, um sorriso fácil, olhos abrilhantados: ele não enterrou aquele sentimento de amor inquietante pela bela estudante.

E Carol continuou a história até então desconhecida:

— Wesley sempre foi esse cara maneiro, Ana — ponderou. — Ele gosta de conversar com todos, ajudar, é um grande irmão, nunca teve conflito com ninguém da escola, guarda bem os segredos e pensa junto para solucionar problemas. Sou suspeita para falar sobre ele, é meu melhor amigo.

— Eu também sinto como você — disse Ana em voz baixa.

— Agora, alguns daqui fazem questão de ajudar o antigo casal a reatar o namoro, mas existe muita gente sensata como eu, que acha essa Micely uma metida — começou a rir, fazendo com que Ana risse também.

Carol e Givago eram muito legais com Ana e estavam honrando o pedido de Wesley, conforme ela desconfiava, para se aproximar. Aliás, a jovem suspeitava que Wesley pedia a todos os estudantes da escola que se aproximassem dela.

Não demorou muito para que o professor Dino inventasse um desafio atlético para o time de voleibol, e, na tarde da penúltima sexta-feira do mês, chegou a notícia de que o time do colégio Lótus estava inscrito no campeonato interescolar.

Os atletas, assim como Wesley, foram chamados ao ginásio no recreio para serem apresentados e jogarem uma partida. Ana nunca tinha visto os alunos tão alvoroçados com um evento — qualquer entretenimento que não fosse assistir às aulas convencionais era extraordinariamente aceito. Ela desceu as escadarias do ginásio ao lado de Carol, Givago e Guthe, outro aluno da sala que agora passava a acompanhá-los.

Sentaram-se nas primeiras arquibancadas, o clima era de muita animação. A torcida organizada com cantos e gestos ensaiados não deixava os alunos desligarem-se do evento.

O professor Dino começou a apitar os lances assim que Nabúdio avisou sobre a disputa entre o colégio Lótus e as outras instituições de ensino que começariam em breve na cidade.

— Esse time que temos, nos representará em Marissal, e trará mais um troféu para a nossa escola no campeonato municipal de voleibol deste ano! — falou em meio à algazarra frenética dos estudantes.

O time de voleibol era excelente, muitos dos alunos que antes eram viciados em drogas, agora pareciam cada vez mais viciados no esporte, e formaram junto a Wesley uma atuação sem retoques que levava os alunos do colégio Lótus a ovacioná-los em pé fortemente, encantados com o alto nível esportivo da equipe de Dino.

— Você se divertiu hoje? — perguntou Wesley para Ana assim que a encontrou na descida das rampas do primeiro piso da escola após o jogo. Ele estava tão ofegante por ter corrido para alcançá-la, que puxou o fôlego apoiando as mãos no joelho diante dela ainda com o uniforme do time.

— Tenho certeza de que ganharão o primeiro lugar no torneio municipal. — Sorriu Ana diante dele e saíram caminhando até o portão do colégio.

— Quero que você assista aos jogos — Wesley convidou a amiga porque, durante a partida, percebeu que ela ficara muito alegre com o movimento da torcida. Considerou que aquela prática de o acompanhar nos treinos poderia animar ainda mais aquele coração solitário e ajudá-la a vencer o isolamento.

O time de vôlei vivia cercado de garotas, todas queriam ser amigas dos jogadores da equipe, cumprindo a antiga lei de seleção natural na qual os homens mais altos e fortes sempre tinham a preferência feminina.

Muitos alunos acompanharam os jogos que eram sempre cheios e animados, e os treinos que eram dois encontros semanais: às terças e quintas-feiras.

O que foi se tornando interessante para Ana foi exatamente o comportamento observado em Micely, o jeito como a ex-namorada de Wesley o abordava, aquele modo tão pretensioso de quem ainda considerava dominar o espaço entre o rapaz e as outras pessoas, colando nele e se fazendo prioridade.

Era certo que, pelo olhar, Micely a desprezava, mas um dia no treino, para a surpresa da novata, a ex-namorada do melhor amigo sentou-se ao lado dela na arquibancada.

— Você está sempre com Wesley, não é mesmo? — Micely iniciou a conversa.

— Sim, estou sim — respondeu Ana sorrindo, surpresa, mas feliz com a abordagem de uma garota unanimemente popular.

— Isto não te faz mal? — perguntou fazendo com que Ana se aproximasse para ouvi-la porque a algazarra dos alunos no treino era frenética. — Saber que Wesley sente pena de ti porque a escola te despreza?

A pergunta ficou sem respostas, Ana engolia cada palavra venenosa que Micely disse sobre a amizade entre ela e Wesley e encarou-a buscando na face da locutora um menor vestígio de compaixão, mas Micely somente ria do que falara, o que fez com que Ana se levantasse e saísse do treino antes mesmo do seu encerramento.

Ao cair da noite, Wesley ligou na mansão dos Scatena Amorim, mas Ana pediu à governanta que avisasse que ela retornaria mais tarde o contato.

No dia seguinte, na quarta-feira, já estando eles no passeio tradicional ao esconderijo na floresta do parque, Ana perguntou a Wesley se ele tinha se aproximado para ser seu amigo por pena dela.

— Espero que essa seja a coisa mais absurda que eu tenha que ouvir hoje — respondeu ele e saltou no lago azul, banhando-se.

Na escola, a tal Micely olhava-a com indiferença, mas Ana resolveu manter a amizade com Wesley porque, no fundo do seu coração, sabia que só poderia confiar realmente nele, pois a escola, com poucas exceções, silenciosamente, continuava a excluí-la, e isto lhe doía da carne até a alma.

Naquele fim de tarde, no retorno ao bairro de Verdemonte, onde os dois jovens moravam a poucas quadras de distância um do outro, Ana e Wesley animadamente compuseram o que passaria a ser uma canção de sorte para os dois jovens antes dos jogos escolares:

— Vamos vencer mais, vencer mais, vencer mais...
— Vamos ir além, ir além, ir além...
— Cheio de coragem está o nosso coração...
— Entenda que aqui só existe campeão...

Todos os dias de jogos do campeonato, na hora de despedir-se, empolgados, Ana e Wesley cantavam alto esses versos, assustando ou chamando a atenção de quem passava pela rua.

Os treinamentos e os jogos do campeonato de voleibol eram algo muito sério para o professor Dino. Ele cobrava excelência do time, um erro era comentado, um lance que esquecessem, uma bola passada sem ofensiva, o cansaço, algum desgaste em quadra ou oscilação de humor, tudo, o professor de educação física cobrava na roda dos esclarecimentos. Competitivo, ele parecia estar mesmo decidido a mostrar aos moradores de Marissal que o colégio Lótus encarava seriamente o voleibol e, como o time já ganhara três partidas dos sete confrontos estabelecidos pelo campeonato municipal, as disputas e treinamentos se tornaram prioritárias para todos.

Wesley estava se esforçando muito para permanecer no time titular, pois muitos outros garotos bons concorriam com ele ao bracelete de capitão do grupo pelo alto rendimento na modalidade esportiva.

Como estavam sempre juntos, naquele final de tarde Ana tomou uns bons goles de coragem e resolveu telefonar para a residência de Wesley. Era tradicional que ele sempre ligasse na mansão dos Scatena Amorim às sextas-feiras para conversar durante horas ao telefone e, por fim, desejar um bom final de semana para a herdeira da família ou combinar uma visita no período.

Uma vez que o contato previsto não ocorreu ao fim do vespertino gelado de outono, Ana discou o número e o telefone chamou do outro lado da linha. Ela respirou profundo, tentando fazer com que o coração desacelerasse, dando suavidade à voz.

Não demoraram três ou quatro soadas para que ocorresse o atendimento, sem tempo para maior desistência.

— *Alô* — disse.

— Oi, sou eu, a Ana — disse ela empolgada, reconhecendo a voz de Wesley.

— *Ana de onde?* — perguntou a voz masculina, um pouco dessituada.

— Do colégio Lótus — respondeu ela.

— *Ana? Ana? Tantas Anas em minha insignificante existência* — riu debochado.

Ana franziu o cenho desconhecendo o comportamento do amigo tão hospitaleiro e gentil, apesar da voz tão familiar.

— Wesley? — perguntou rouca de decepção.

— *Não é o Wesley não, otária!* — A voz engrossou o tom fazendo com que ela tivesse um sobressalto no coração, mas a narrativa continuou do outro lado. — *Eu sou o irmão dele. O que você quer?* — riu. — *Já não basta ficar cercando meu mano na escola? Agora liga aqui em casa? Você é maluca? Qual é a sua, garota? Está apaixonada por ele, é?*

— N-não, não, s-somos amigos... — gaguejou Ana rouca, sentindo o calor das lágrimas aquecerem involuntariamente a cavidade de seus olhos.

— *Está sim! A quem você pensa que engana? Meu irmão não se envolve com garotas do seu tipo, ele saiu, foi para a aula de Literatura. Sabe aquelas aulas que os garotos têm nas sextas-feiras à noite com professoras experientes? Agora vai caçar algo importante para fazer e deixe-o em paz, horrorosa!*

O barulho do telefone sendo desligado abruptamente fez com que Ana enrubescesse de vergonha. Como contaria a Wesley tamanha humilhação?

A jovem sentiu o peito vazio e uma dor estranha tomou conta de todo o seu ser. O que machucava não eram as ofensas, nem o modo como fora tratada por um dos irmãos do melhor amigo, mas a forma como ele revelou o que Wesley fazia com outras mulheres. Toda a imagem angelical que ela construiu do melhor amigo, se transformou em algo carnal.

Ana conhecia a tal professora de Literatura. Uma jovem educadora, cercada e bajulada pelos alunos. Ganhava desde assovios a presentes, longas cartas de amor, e sua fama corria aos quatro cantos do colégio, que ela tinha essa preferência por Wesley, mas Ana nunca poderia imaginar que toda aquela lenda escolar fosse real.

A herdeira da mansão percebeu a saudade que sentia de Wesley transformar-se em um ódio inexplicável. Não era ódio do modo como foi tratada ao telefone, mas do conteúdo revelado na conversa, da castidade transformada em volúpia. Agachou-se ao lado da mesa onde ficara o telefone, chorou com as pernas encolhidas, os braços agarrados ao joelho, o rosto apoiado neles com uma raiva profunda da revelação escutada.

Para a surpresa da neta dos Scatena Amorim, após alguns minutos, o telefone tocou. Sem pensar, ela atendeu disposta a devolver as ofensas do locutor recente, mas percebeu na alegria do tom de voz que era Wesley.

— Alô — iniciou com voz trêmula.

— *Oi, oi, oi, Aninha! Wesley na área! Eu vi aqui na secretária eletrônica que você ligou, eu estava na aula de...*

"Era verdade!", pensou e involuntariamente Ana pôs fim à ligação, com a cabeça explodindo de raiva, imaginando Wesley junto à professora de Literatura. Tentou se lembrar do nome da mulher para amaldiçoar melhor a criatura. O telefone tocou mais duas vezes, insistente, e ela paralisada de surpresa, pavor e ódio, não conseguia se mexer. Sua mente desdobrava o fato recente enquanto estava encolhida ao lado da mesa onde o telefone tocava. Chutou-o com o aparador, arrancou o conector da tomada, chorou, mordeu-se, arrastou-se, despenteou-se, odiou-se.

Saiu chutando tudo que via pela frente: o aparador, as almofadas; quebrou espelhos, frascos de perfume; rasgou roupas; jogou sapatos; xingou, esbravejou, sem ao menos entender por que estava tão furiosa, e caiu cansada sobre a cama. Encolheu-se chorando até que o sono chegasse.

O típico sábado frio de maio, com o céu nublado de outono, trouxe um vento gelado pela janela e Ana levantou-se de supetão, assustada com uma possível perda do horário de aula, então lembrou-se de que não era dia de ir à escola e voltou a recostar a cabeça no travesseiro. Sentiu dor de cabeça ao tentar abrir os olhos novamente. Puxou o lençol e cobriu-se, foi então que observou o modo como havia deixado seu quarto durante aquele ataque de fúria inexplicável, levantou-se e começou a arrumar tudo em seu devido lugar.

Enquanto arrumava tudo, recolhendo os cacos de vidro, recuperando o que sobrou do dormitório, Ana refletia sobre a possibilidade de afastar-se de Wesley.

Sentia rancor? Repulsa? Desprezo pelo melhor amigo? Não! Será que você acertou o que a herdeira da família Scatena Amorim sentia, caro leitor?

Ela sentia ciúmes.

O sentimento novo pegou-a de surpresa, Ana estava enciumada e não sabia explicar o motivo daquele torpor, enquanto reorganizava seus pertences, sentindo o cheiro dos frascos de perfumes quebrados no ambiente.

No jantar do sábado à noite, o senhor Vito perguntou à neta sobre Wesley, percebendo a jovem recolhida durante o dia todo, e o melhor amigo não ter aparecido ao longo do período. Ela, por sua vez, disse não saber e continuou a refeição notando que os avós se entreolhavam.

No domingo, sendo manhã alta, o carro estacionou e Wesley desceu do veículo cumprimentando a todos. Da janela de seu quarto, Ana pôde observá-lo sentar-se à beira da piscina com seus avós. Um misto de ódio e carinho movia-se em seu peito e ela sorriu desejando suprir a falta que sentiu do melhor amigo.

Wesley ficou até o almoço, ele conversava muito e gostava de ouvir as histórias contadas por Vito, de como enfrentou a guerra contra os calteses, retornando a Marissal com honrarias para fundar o hotel Comodore Palace à beira-mar e se tornar um grande empresário do turismo. Eram tantas histórias... O melhor amigo de Ana, vez ou outra, também perguntava dos pais dela, coisa que ela nunca tivera a ousadia de saber, ele de forma indolor deduzia dos avós da amiga.

— Jorge era órfão, ele cresceu em um abrigo aqui da cidade. Ganancioso, sabia que só tinha a si mesmo, eu admiro a coragem do meu falecido genro — desabafou Vito como Ana nunca escutara.

— Mas não foi assim que ele recebeu o rapaz aqui em casa quando descobriu as intenções dele com nossa filha — revelou Henrica fazendo todos à mesa rirem enquanto degustavam uma tradicional nolean.

— E como foi isso? — perguntou Wesley curioso para saber da encrenca entre o sogro e o genro.

— Minha filha e Jorde se conheceram no primeiro ano da faculdade de medicina dela. Ambos eram muito jovens, recém-chegados à maioridade — disse o senhor Vito fazendo com que Wesley erguesse involuntariamente as sobrancelhas em sinal de espanto.

— Muito jovens mesmo — replicou o rapaz.

— Jorde sofreu muito na vida, imagine! Criado pelas mãos de orfanatos, mas sempre teve no estudo um forte aliado. Sonhava em ser médico.

— Eu sinto tanto orgulho — disse a avó emocionada.

Após um breve silêncio, o anfitrião continuou:

— Minha filha, Madalen, conheceu-o na universidade Vanguarda, na festa dos calouros. Ali começou o namoro dos dois...

— E a sua implicância com ele — Henrica interrompeu novamente, fazendo os presentes rirem muito.

— Meu genro conquistou-me aos poucos, mas de maneira definitiva — Vito retomou a fala.

— Mas por que havia tanta rejeição, vovô? — perguntou Ana curiosa.

— Um menino de origem humilde, criado em orfanatos, qual a educação, os princípios e os valores dele? — respondeu Henrica justificando o cônjuge.

— Foram tantas tentativas de afastá-los. Troquei sua mãe de faculdade, fiz com que fosse passar um tempo longe, em outro país, mas eles trocavam cartas, telefonemas. Depois fiquei sabendo que não deixaram de se falar por um só dia — revelou o avô observando Wesley alimentar-se.

— Eu nunca saberia... — balbuciou Ana.

— Jorde formou-se na faculdade antes de Madalen, tornou-se um bom residente, e logo depois era um médico requisitado em Marissal. Veio até aqui, pediu para entrar e pediu-a em casamento. Desafiou-me aquela bagaceira de moleque! — o avô gritou a última frase fazendo com que todos os presentes gargalhassem com ele.

— Mal casaram-se e Ana já apareceu em nossas vidas. Após o almoço, quero te mostrar as cartas apaixonadas e os álbuns de fotos.

— Não, vovó! Eu estou horrível — disse Ana fazendo com que todos rissem outra vez.

Era outono, final de maio... E aquele vento gelado tão típico da época fazia com que os estudantes se agasalhassem para a aula. A rotina de Ana e Wesley era estarem sempre juntos.

Encontraram-se no intervalo, Ana aproximou-se, sorriu e cumprimentou-o com o velho aperto de mão, ele por sua vez puxou-a, abraçou-a, beijou a testa da amiga, mesmo percebendo o incômodo da garota pelo gesto tão íntimo diante dos outros estudantes.

Na verdade, Wesley não compreendia o porquê de Ana ter aquele comportamento arredio quando ele a tocava. Eram tão amigos, conviviam há quase meio ano; até no esconderijo, onde ninguém havia chegado, ela esteve com ele... Esses pensamentos inquietavam-no, mas não deixaria que isso o atrapalhasse de salvar a garota da exclusão escolar.

Wesley sorriu, ajeitou os cabelos, alisou a barba e puxou uma cadeira para que a recém-chegada participasse do grupo animado de conversa.

Assim que Ana acomodou-se, o jovem teve o braço tocado por uma aluna. Após ele levantou-se e saiu de mãos dadas com a estudante, tudo muito rápido, mas Ana e alguns alunos perceberam que a tal garota chorava.

Wesley não voltou.

Ana andava bastante confusa com aqueles sentimentos tão turbulentos por Wesley nos últimos dias.

Deveria confiar e dividir com Carol tudo aquilo que a perturbava em relação ao melhor amigo?

O que, afinal, ela sentia, caro leitor?

Mais tarde após a aula, como se tratava de uma quarta-feira, dia dos dois amigos subirem até o esconderijo para aproveitar a natureza, Wesley contou à amiga o que de fato ocorreu no recreio, entre um assunto e outro desabafou o porquê de estar tão pensativo:

— Aquela moça que me chamou para conversar no recreio...

— Não precisa me dizer nada se não quiser — interrompeu a amiga porque seu coração negava-se a ouvir o restante da informação.

— Eu quero dividir isso contigo — afirmou ele. — Ela está grávida...

— Grá-vi-da... — balbuciou Ana encarando o amigo bem nos olhos e sentindo o coração acelerar inexplicavelmente. Pensou em perguntar se ele então seria o pai da criança, mas engoliu a questão com a saliva, que quase a engasgou.

— Sim, Zaira disse que descobriu essa semana — Wesley continuava falando enquanto Ana, de cabeça baixa, processava suas palavras. — Eu nunca pensei, vou ter que ajudá-la agora, levar muito a sério isso, não posso abandoná-la com um filho.

— Sim, claro! — Ana concordou olhando-o com raiva.

Ambos se encararam, ele parecia trazer uma alegria no fundo daquela preocupação, mas Ana estava indignada: primeiro, a professora de Literatura; agora, esta garota grávida?

Ela tentava entender quem era Wesley, mas foi interrompida:

— É isso mesmo, amiga. — Pausou a voz. — Eu serei tio, meu irmão William nos dará este presente de Natal.

Ana sorriu aliviada, as lágrimas que dançavam nos seus olhos saltaram sobre as bochechas encontrando-se no queixo, ela rapidamente secou-as com o dorso da mão direita e recebeu o abraço cheiroso do melhor amigo, torcendo muito para que ele não percebesse o quanto seu coração estava acelerado. Wesley não compreendeu muito bem as lágrimas de Ana com a revelação, mas entendeu como manifestação de uma forte emoção pela notícia da gravidez da cunhada, aliás, os comportamentos da amiga ultimamente estavam bem atípicos.

Não demorou muito para que a escola toda soubesse que William e Zaira estavam grávidos e que Wesley seria tio. Segundo ele, a notícia não foi tão bem recebida pela família de Zaira e a futura mamãe teve que se mudar para a casa dos Amarante Paes às pressas.

— O William quase apanhou do sogro — revelou Wesley para os amigos, fazendo-os rir da situação.

A novidade de que a família dos Amarante Paes aumentaria não impediu Wesley de continuar se esforçando incansavelmente para manter a vaga no time de voleibol da escola. Além disso, o professor de Educação Física, Dino, contava com a força e a popularidade do capitão do time, para motivar os esportistas. A semifinal do campeonato estava marcada para junho e, após as férias de julho, teriam a final do confronto municipal interescolar.

Maio arrastou-se como a lânguida luz de um candelabro até a mediação das ruas, os acontecimentos não aguardavam reflexões mais profundas e o tempo, implacável, trouxe o novo mês numa piscadela de olhos.

Junho chegou com uma chuva fina e um vento gelado durante toda a semana em Marissal, e com este clima comum do pré-anúncio do inverno na cidade, a euforia estudantil começou a perder espaço para os longos mutirões de dedicação às provas finais do segundo bimestre.

Ana resolveu esforçar-se muito nas avaliações escolares, visto que, no primeiro bimestre, ainda se encontrava bastante abalada com tudo que sofrera entre afrontas e desprezo dos alunos da escola. Wesley confessou a todos que, no primeiro bimestre, estava interessado em fazer amizades, paquerar as garotas e se dedicar aos esportes, mas que, naquele momento do ano escolar, também precisaria empenhar-se para não chegar ao final do quarto bimestre reprovado em plena terceira grade do segundo ciclo de ensino.

Os diretores do colégio, Nabúdio e Hervino, sempre juntos, visitaram todas as salas de aula, reforçando a importância de dedicação máxima durante a semana.

— Eu quero saber se teriam mentes mais brilhantes do que as dos estudantes do colégio Lótus para garantir o progresso de Marissal? — provocava Nabúdio.

— Eu já contei a vocês o motivo de nossa escola ter este nome? Porque a flor-de-lótus continua florescendo belíssima, mesmo no meio do lodaçal! — repetia Hervino pela milésima vez.

A coordenadora escolar cumpria seu papel de cobrar do colégio a excelência no topo das melhores instituições de ensino da cidade. Fátina aparecia sempre enérgica, soltava as exigências, autoritária, e saía do ambiente pisando firme com seus sapatos elegantes arrancando ruídos da cerâmica límpida.

Wesley e Ana se uniram para estudar, durante as tardes, sempre estavam juntos, dedicados aos deveres escolares, firmes no propósito de boas notas, uma vez que o colégio era exigente com os alunos.

A felicidade de Ana dobrava ao encontrar Wesley todos os dias após o compromisso escolar matutino, e, quando ele não estava junto a ela, começou a sentir muito, de forma exagerada, a falta do melhor amigo.

Givago, Carol, havia outros estudantes que, vagarosamente, achegaram-se a ela na escola e que lhe faziam boa companhia, mas Wesley ainda era a pessoa que a garota mais confiava, poderia dialogar sobre qualquer assunto, tolo ou íntimo, que ele estava disposto a ouvir. Ana sentia também um egoísmo crescente em relação ao rapaz, era horrível sentir, mas não poderia mais negar que começou a odiar ter que dividir o melhor amigo com os demais estudantes, com alunos de outras escolas, universitários, professores, vizinhos dele, times de esportes que ele praticava, tanta gente o cercava.

A princípio fingiu aceitar as interrupções de conversas no intervalo do colégio, ver o melhor amigo atracado com outras garotas, recebendo tanto carinho delas, ver alunos que o tiravam a qualquer pretexto para algum canto, tantos segredos, tanta intimidade, tanto desejo, concorrer à atenção de Wesley começou a deixá-la mal-humorada.

— Eu lhe fiz algo? — perguntava ele diante de uma resposta ríspida ou de um semblante desanimado da amiga.

Ana já estava cansada de inventar tantas desculpas que colocavam em risco aquele convívio que ela amava.

— Não, somente estou indisposta... Uma dor de cabeça, logo passa. Acordei cedo hoje, estou cansada.

E Wesley, sem entender muito dos fatos acontecidos com a amiga, tentava ser cada dia mais agradável para aquela que ele tanto queria ver feliz.

Ana estava exausta de engolir em silêncio as investidas explícitas de Micely, os olhares da professora de Literatura, os beijos e abraços das garotas no melhor amigo.

"Precisavam ser tão longos e fortes aqueles abraços?", perguntava ela à própria mente, esboçando um sorriso forjado diante de tais cenas.

A verdade é que ultimamente Ana vinha pensando demais no melhor amigo, quando não era a mente, era a boca que falava sobre ele, do café da manhã até ao jantar com seus avós. Era um encanto, uma agonia, uma dor sufocante para a garota de dezesseis anos, que encontrou pela primeira vez um peito amigo para se aninhar.

Ultimamente os dias estavam insuportáveis ao lado de Wesley. Era só vê-lo que os olhos acendiam todo o interior de seu corpo, o coração saltava à boca, e, ao mesmo tempo, em pensamento se alegrava e doía por ter que ocultar o próprio egoísmo e dividir o melhor amigo com todos.

A primeira semana de junho findou no sábado em que Wesley aparecera na mansão, após o jogo de voleibol do campeonato municipal que levou o time à final. A vinda tinha o propósito de convidar os avós da amiga para o almoço de aniversário de seu pai, pois o desembargador expressou o desejo de conhecer os avós da amiga órfã de Wesley e saber detalhes acerca do desaparecimento do avião militar.

Ana não compreendia o porquê de o egoísmo machucar sua relação com Wesley, ele também era íntimo das outras garotas, tratava a todos da mesma forma que ela, e estas observações passaram a incomodar a herdeira da família Scatena Amorim de tal modo, que tentou afastar-se do melhor amigo novamente.

— Vovó, eu não gostaria de dividir a amizade de Wesley com todos da escola — disse Ana ajeitando a cabeça no colo de Henrica, que adentrara o quarto e sentou-se na cama da neta.

— Eu tenho uma opinião diferente, de que você é privilegiada por ter Wesley tão próximo — disse a avó sentindo as lágrimas quentes da neta molhando seu vestido acetinado.

Caro leitor, eu concordo contigo! Eu não subestimei seu raciocínio tão lógico desde o início desta história. Você está correto, corretíssimo, aliás! E garanto-lhe: não demorou para que Ana percebesse que o egoísmo dela em relação a Wesley era ciúme.

Era ciúme... E, para a salvação da garota, o melhor amigo não se deu conta disso. Preocupado, naquela segunda semana de junho, em recuperar as notas escolares após o período de provas, ele mal cumpriu a jornada de treinos para o campeonato de voleibol.

Havia nos olhos de Ana uma verdade sobre Wesley, que tudo que ele fazia era tão grandioso. Admirava o sorriso, as mãos fortes e o andar jovial, o cabelo ancorado sobre os ombros que ele arrumava regularmente, os gestos, a altura de atleta... Sua atenção andava sufocadamente voltada a ele.

E foi assim, nesta segunda semana de junho, em que os dois amigos estavam abarrotados de trabalhos escolares, ajudando a si próprios e aos outros alunos, que ela entendeu, negando-se, debatendo-se, que caíra em uma armadilha tão comum da convivência, olhando o céu estrelado, com o rosto enluarado, da janela da mansão, o mesmo firmamento que imaginava Wesley onde quer que ele estivesse, naquela noite misteriosa... O que fazia ele àquela hora? E num sobressalto de angústia entendeu que estava se apaixonando por seu melhor amigo.

Ana negou-se a aceitar algo tão inoportuno, buscando na mente o discernimento de que se tratava apenas de uma enorme gratidão, pela luta dele para que ela fosse aceita pelos demais estudantes da escola, mas sabia que o desejo de estar com ele, poder tocá-lo do mesmo modo que muitas garotas faziam, era tão evidente, que mentir para si mesma seria ridículo.

Deitou-se, revirou-se na cama, mas dormiu pensando em Wesley outra vez.

Duas semanas de junho e lá estavam os moradores de Marissal, engaiolados em mais um final de semana, muitos aproveitando os dias à beira-mar, outros lotando os *shoppings* locais, os cinemas, muitas badalações pela cidade e Ana encontrou-se em pleno café da manhã, imaginando as festas que Wesley estaria assim que o sábado à noite se apresentasse. Culpou-se pelo pensamento, tentou se distrair com os assuntos financeiros dos avós sobre o suntuoso Comodore Palace Hotel, elogiou a mesa farta e foi pedalar pelos jardins da mansão sentindo a ausência daquele que tanto a cativava.

Wesley não deixou de ligar no final da tarde, disse que iria a duas ou três festas na cidade, mas que, no domingo, esperaria os avós da amiga em sua casa para comemorarem o aniversário de seu pai.

A noite demorou a partir, a madrugada tão insone, as luzes da cidade cintilantes, o som de música ao longe e aquela curiosidade sobre a vida do melhor amigo não permitia que Ana dormisse em paz...

Estaria com Micely? Com alguma outra garota? Quem eram os amigos que frequentavam as baladas juvenis ao lado dele? Meditou sobre tudo isso até que o sono a venceu em mais uma batalha.

Ana não conseguiu descansar como queria, a noite mal dormida foi piorada assim que o dia amanheceu com sua avó à porta de seu quarto avisando-a de que o almoço na casa de Wesley teria início às onze da manhã.

— Eu sei, ainda são oito... — balbuciou a neta tentando abrir os olhos na direção da fresta onde sua avó falava.

— Esse seu banho... — disse baixinho Henrica fechando a porta sobre si.

A residência de Wesley estava a duas quadras da mansão dos Scatena Amorim, mas Vito preferiu que o motorista Teófilo os levasse até o local do almoço. Fez bem, pois, caso optasse por dirigir, teriam que estacionar a certa distância e caminhar um pouco até a casa do aniversariante.

Assim que chegaram, Wesley avistou-os, levantou-se da roda de amigos e recebeu seus convidados da melhor forma possível, abraçou-os, apresentando aos presentes à família da herdeira dos Scatena Amorim. Ana não demorou a perceber que a maioria dos convidados eram todos amigos do desembargador Rubá Amarantes Paes.

Os irmãos de Wesley cumprimentaram-na com menos frieza que no colégio Lótus, e a irmã Wéllida, junto à cunhada Zaira, prontamente ajeitaram uma mesa para que os três visitantes pudessem confraternizar.

A mãe de Wesley, Ríccia, logo surgiu com tantos assuntos, que mal deixava os outros opinarem na prosa, fazendo-os rir de suas histórias de professora universitária.

O desembargador sentou-se à mesa com os amigos do filho, e olhando para Wesley iniciou um longo diálogo com os porquês da morte de Jorde e Madalen. Parecia extremamente interessado nos detalhes daquelas vidas tão importantes para os convivas de seu aniversário.

A mansão de Wesley era enorme, com uma piscina moderna, jardins bem-cuidados, pista de caminhada e algo parecido com uma quadra de tênis ao fundo. Wéllida, quando percebeu que o assunto entre os adultos circulava somente em torno da morte dos pais de Ana, convidou-a para conhecer a residência.

Wéllida mostrou todo o interior do casarão, explicou sobre os móveis ganhados de outros países, contou histórias divertidas dos irmãos.

— Eu durmo neste quarto, e aqui neste outro lado do corredor dorme ele, amontoado — revelou Wéllida tocando na tomada e iluminando o cômodo. — Sente-se aqui na cama de Wesley — informou enquanto movia as cortinas e tentava abrir a janela. Ana ajeitou-se no leito e cheirou o travesseiro do melhor amigo antes que a irmã dele tornasse a olhar em sua direção.

Ana tinha certeza de que o comportamento gentil dos irmãos de Wesley, com toda certeza era derivado de algum pedido especial dele para que o clã a tratasse com dignidade, mas isso não a ofendia: estava intimamente deleitada por tudo que vivera naquela data.

O aniversariante almoçou e partiu o bolo confeitado com seus convidados, além disso, envolveu a todos na história do avião dos pais de Ana e prometeu em alto e bom som que encontraria a aeronave, nem que para tal tivesse que mergulhar profundo no Oceano Vivo. Todos riram e brindaram a nova idade do desembargador.

Durante o treino para o jogo final do campeonato de voleibol naquela segunda-feira, Givago e Carol perguntaram a Ana sobre a festa de aniversário do pai de Wesley, parecia que todos na escola sabiam que ela esteve na casa do melhor amigo no final de semana.

Assim que a dupla de namorados, eufórica, perguntou sobre o avião que desaparecera com seus pais, Ana pôde perceber que Wesley contara sua história de vida aos alunos. Incomodou-a saber que agora os estudantes olhavam-na com piedade, mas teria forças para questionar o amigo que tanto a ajudou?

Ao perguntar a Wesley sobre a expressa curiosidade do senhor Rubá em saber sobre o avião militar que decolou com seus pais do Aeroporto de Marissal há dez anos, o melhor amigo minimizou o esclarecimento:

— Ele gosta. — Sorriu tocando o ombro de Ana.

A garota estava feliz, afinal todos os irmãos de Wesley e boa parte dos amigos aproximaram-se dela. Ana não queria errar com nenhum deles e procurava ser muito agradável sempre. Ela estava conseguindo mostrar um pouco do quanto poderia ser uma boa companheira.

Após o treino, Ana e Wesley seguiram com os amigos para a praia, estavam em busca de uma boa água de coco, conseguiram, e após a diversão o grande grupo de estudantes dispersou-se para as suas residências.

Uma chuva espessa começou a cair do céu, ambos se entreolharam como se estivessem afirmando um ao outro que nenhum deles fugiria das gotas, em pouco tempo estavam molhados, chutando a água que escorria no asfalto para todas as direções.

— Não vai parar tão cedo essa água toda — comentou Ana ao chegar ao portão da casa da família Scatena Amorim.

— Hoje vamos dormir com o barulho da chuva. — Wesley observou o céu sacudindo os cabelos compridos em direção à amiga, que gritou e riu.

Quando Wesley partia, tudo ficava vazio, era tudo sem cor e sem alegria. Ana queria apenas permanecer em silêncio, imaginando o que o melhor amigo fazia a algumas quadras de sua casa. Seria loucura sentir-se assim?

Berka aparecera durante o recreio da escola na cantina, parecia um pouco intimidada com a presença de Ana e sem mais argumentos decidiu iniciar um pedido de desculpas.

A conversa entre as duas opostas no início do ano letivo foi breve:

— Eu percebi que sempre está aqui na cantina com Wesley. Ana, você não é quem eu imaginei e peço desculpas pelo incidente em fevereiro.

Ana olhou-a nos olhos, buscando verdade no que ouvira, e, ao encontrar o que procurava, sorriu emocionada.

— Não há o que desculpar — respondeu fazendo Berka abaixar a cabeça. — Eu também estava errada.

Wéllida aproximou-se preocupada com as duas garotas frente a frente dialogando, mas, ao ver o abraço diante de si, sentiu-se aliviada, percebendo um selo de paz entre ambas.

— Eu vi Berka conversando contigo no recreio — revelou Wesley mais tarde ao telefone.

Ana desconfiou que era Wesley quem estava organizando toda aquela aproximação dela com os outros alunos do colégio, mas estava se sentindo tão aceita que não quis questionar o melhor amigo sobre tudo o que vinha acontecendo em sua vida escolar.

Na última semana de aula, Wesley viajou com os alunos da terceira grade e os professores Vaguer e Katyla para uma feira de trabalhos científicos numa cidade próxima: o Arraial de Nova Lhéa. Esse lugar também era litorâneo, com águas marítimas cristalinas entre muitas rochas, onde a diversão seria garantida para os viajantes, para Wesley... para Micely...

Ana sentiu muita dificuldade em ir para a escola, desmotivada pela falta do melhor amigo, mas não era ela a única aluna frustrada daquele período. O colégio Lótus tornou-se muito vazio, descer até a cantina para aproveitar o recreio já não tinha mais o mesmo sabor de adrenalina e a garota, assim como muitos, resolveu iniciar suas férias, assim que as notas estudantis do segundo bimestre foram divulgadas no mural do pátio central.

A quinta-feira e a sexta-feira foram insuportáveis! Qualquer assovio ao longe, qualquer abre e fecha dos portões da mansão, se o telefone tocava... Ana levantava-se pensando ser o melhor amigo retornando da tal viagem com os formandos.

A feira científica era tradicional, tanto pelas viagens pelo país de Rélvia quanto pelas exposições de pesquisas, isso fazia a fama do colégio Lótus, das terceiras grades de ensino, era um diferencial mantido pelos professores Katyla e Vaguer, verdadeiros cientistas de Marissal, exploravam todo o conhecimento biológico que os alunos acumulavam durante os três anos de ciclo final, assim o clube de ciências ganhava uma notoriedade significativa.

Logo a notícia de que o colégio Lótus conseguiu se destacar na mostra nacional de ciências ganhou destaque no noticiário local, todos ficaram muito orgulhosos com a aparição televisiva e as entrevistas com alunos da escola, entre eles estava Wesley que enviou em rede nacional na televisão aberta seus cumprimentos aos estudantes de seu colégio, em nome de toda a expedição científica.

Ana sabia que os viajantes retornariam durante a noite de sexta-feira, e da sacada de seu quarto, num vai e vem da rede, ficou imaginando que os pais dos alunos que retornavam do Arraial de Nova Lhéa já deveriam estar com seus carros estacionados em frente ao colégio Lótus aguardando para levar os membros da caravana de pesquisadores de volta para casa. Imaginava o quanto Wesley estaria se divertindo e sorria, balançando cada vez mais forte seu corpo sobre a rede, acabou por dormir ali e só despertou com o clarão dos primeiros raios de sol da aurora despontando no horizonte verde-água do mar de Marissal.

Todos os estudantes do país de Rélvia iniciaram as férias escolares no primeiro dia de julho, era um domingo fresco, ainda de terra muito molhada por conta das chuvas frias de outono, mas o sol, envaidecido, não deixou de aparecer.

"Será que Wesley apareceria para vê-la?", este pensamento povoou sua mente durante todo o sábado, no entanto o melhor amigo dormiu o dia inteiro, descansando da viagem pesada e do esforço intelectual com a apresentação dos trabalhos científicos, mas, ao final da tarde, o telefone tocou e era ele.

— Você passou a semana toda no Arraial! — cobrou Ana impaciente e ele, sem entender o tom agressivo da amiga, iniciou a narrativa de todas as aventuras vividas na cidade vizinha.

8

FÉRIAS

À NOITE, AS TEMPERATURAS ATMOSFÉRICAS baixaram muito em Marissal após as chuvas, havia alerta de nevasca, e não demorou muito para que as pétalas brancas desabotoassem das nuvens úmidas e invadissem as ruas, as casas, gelando o solo de boa parte do país de Rélvia.

— Agora que ele não aparecerá mesmo! — lamentou Ana encostando levemente o rosto pálido no vidro cristalino da janela.

A neve densa clareava a vista e permitia que se enxergasse mal algum ser errante pela via... um animalzinho procurando abrigo... um farol de carro...

Os avós pediram a famosa sopa acebolada no jantar, servida com pão cajaleno e plonas frescas, tudo para espantar o frio que a neve seca trouxera.

Todas as coisas voltaram ao hábito de repente, casacos, meias, luvas e o cobertor grosso e felpudo, que Ana herdou da mãe. Esticou-o sobre a cama após ligar o aquecedor e encolher-se abraçando o travesseiro, pensando na companhia do melhor amigo.

Henrica bateu duas vezes na porta e a neta pediu que adentrasse o quarto, ela aproveitou e ajeitou-se ao lado da garota na cama.

— Ele não veio novamente... — desabafou Ana.

— Eu já senti o que você sente... — revelou a avó. — Eu já tive amigos aos quais me apaixonei.

Ana calou-se até ouvir a própria respiração, depois soltou o ar dos pulmões, aliviada por alguém tão íntimo ter reconhecido aquela agonia secreta e ergueu-se um pouco do ombro da avó, encarando-a com os olhos rasos de lágrimas.

— Eu não quero sofrer por isso — revelou enquanto lutava para que nenhuma lágrima desautorizada fugisse de seu controle.

Querido leitor... querido leitor? Ainda estás a rodear esta história? Pois bem... já lhe adianto que caso avançares, serás testemunha do pecado de Ana e álibi dos crimes de Wesley... Cativar seria um crime? Apaixonar-se seria um pecado? Se já tens a resposta, pode parar com a leitura e retornar à sua rotina leve. Caso decida prosseguir, saiba que poderá encontrar a pesada dor de um amor não correspondido.

Para piorar as hipóteses, Wesley surgiu no domingo à tarde, do meio do nevoeiro, com o rosto avermelhado pelo gelo seco da neve, cheio de casacos grossos, úmidos. Foi recebido pelo Sr. Vito Scatena Amorim na sala da mansão, que sorriu e abraçou-o forte, surpreso pela visita.

Com a permissão dos avós, Ana, invadida por uma felicidade estranha, saiu para aproveitar a neve com Wesley, patinaram até cair atrapalhando a pista de gelo no meio do parque da cidade, depois foram correndo até o carro, jogando flocos fartos de neve um no outro, rindo muito e cambalhotando em meio aos monturos espessos que cobriam de gelo as calçadas do bairro.

Os jovens entraram trêmulos no carro de Wesley, batendo os dentes, sentindo o frio congelante daquela primeira semana de julho, a claridade do dia se recolhia e as lâmpadas acesas dos postes de iluminação pública já começavam a ser percebidas.

Wesley deixou-a na calçada de casa. Repleta de bons momentos com ele, Ana já não sabia nem o que dizer para agradecer aquela felicidade transbordante com o melhor amigo.

A neve continuou por mais dois dias, piorando todo o fluxo de pessoas em Rélvia, mas, após este período, todo o céu amanheceu limpíssimo, as nuvens apartaram-se dando lugar a um azul de perder os olhos e o sol venceu outra vez.

Era outro dia, outro clima, o corpo encolhido agora se espalhava pela cama e Ana, logo que percebeu isto, correu para a janela, escancarou as cortinas e observou o enorme jardim da mansão, a neve não o cobria mais, o verde aparecera com uma força incrível, era hora de guardar agasalhos e cobertores outra vez.

Todos os estudantes do país de Rélvia entraram em férias. Ana soube por amigos que Wesley estava aproveitando tudo: as festas, os encontros, o cinema, pegando ondas gigantescas no mar de Marissal, tomando um sorvete com Micely, passando um dia na piscina com a tal professora de Literatura, e outros encontros com outras meninas, que não eram apenas amigas, simples amigas, como ela.

Existia agora uma angústia em Ana, o medo de ser rejeitada por Wesley, fazendo com que ela escondesse tudo o que sentia, só assim poderia mantê-lo próximo, não poderia correr o risco de perder aquela valiosa amizade por um equivocado capricho do coração.

Quanto a Wesley, ele era apenas mais um jovem preocupado em salvar o mundo, queria ajudar a humanidade, queria tanto cooperar para motivar os amigos, que nem sequer percebeu que o sentimento de Ana por ele havia mudado.

Quanto a mim, continuarei contando essa história para ti, meu companheiro, venha comigo.

Mesmo com o sol lancinante, ainda havia um ventinho gelado, que exigiu um casaco leve para os dois estudantes em férias, Ana e Wesley estavam novamente juntos, subindo a serra por dentro da mata viva para chegar até o que chamavam de esconderijo.

Um animal ou outro se mexendo nos galhos das árvores costumeiramente assustavam a amiga, e Ana sempre alardeava aproximando-se de Wesley, que ria de modo infantil.

Estavam outra vez no lago prata, mergulhando após dar uma ajeitada na choupana que os abrigava.

— Meus avós não sabem deste lugar, o esconderijo sempre será só nosso, enquanto você quiser, é claro — declarou Ana querendo saber se Wesley tinha a intenção de levar outra pessoa até aquele lugar que era secreto para ambos.

— Somente você esteve aqui comigo, terei que eliminá-la — respondeu com humor, alheio ao ciúme da amiga.

Naquela tarde, como tinham tempo de sobra, pescaram peixes no lago prata, assaram-nos em uma fogueira improvisada e deixaram a floresta do parque ao anoitecer.

Quando Ana chegou em casa, a avó, preocupada, estava espreitando-a pela janela da sala de visitas.

— Evite chegar tarde! Isto me preocupa — recomendou, pois temia que o sentimento da neta fizesse com que ela se desdobrasse a todos os desejos do melhor amigo.

Estar de férias, longe dos cadernos e livros apinhados de tarefas e das cobranças diárias dos professores por dedicação aos estudos, dava aos estudantes uma sensação fantástica de leveza. E era assim que Ana estava se sentindo, e esse era para a garota o melhor momento de 1999 até então: todos os dias da semana com Wesley pedalando pela cidade.

Marissal exibia uma urbanidade incrível, com seus parques enormes, pistas de skate, ciclovias, surfe na praia, vôlei de areia, bibliotecas, museus, lanchonetes, clubes e cinemas, passeios de barco, voos de asa delta, todo o tipo de entretenimento era ofertado por aquele lugar abençoado e divino, que estava sendo aproveitado por Ana e Wesley naquele período de recesso letivo.

Naquela manhã cheia de luz da segunda quinta-feira de julho, os dois amigos se encontraram para o café da manhã na casa da neta dos Scatena Amorim, e Wesley, com um tom de preocupação na voz, avisou a amiga:

— Ana, eu sairei de viagem durante a próxima semana, deixo Marissal na segunda-feira pela manhã e retorno na sexta, à noite.

Ambos ficaram em silêncio à mesa, de tal modo que se podia escutar a degustação dos alimentos.

Ana sorriu tentando dissimular um falso contentamento.

— Para onde pretende ir? Eu posso... sa-saber? — gaguejou.

— Sim, claro! — riu ele, fazendo a anfitriã rir também. — Vou com um grupo de motociclistas, atravessaremos o país pela Rota Astral.

— Entre as montanhas, onde nasce o sol e onde se põe a lua? Há uma rota turística de Rélvia, muito conhecida... — continuou Ana.

— Sim, vamos até o Vale Seco, acampando pela rota, para ver as tempestades solares.
— Uma aventura digna de férias — balbuciou Ana com desalento. — Espero que se divirta muito. — Sustentou o olhar no melhor amigo, que começou a rir.
— Você está fugindo? Quero que esteja comigo — convidou Wesley, deixando Ana petrificada de alegria.

Difícil mesmo seria convencer os avós, uma vez que pela cidade eles permitiam que o melhor amigo caminhasse com a neta, por ser um lugar muito seguro para viver, mas nunca haviam conversado sobre viagens da herdeira. Wesley, no entanto, não se furtou a pedir mais uma permissão, afinal ele já tinha dezoito anos, Ana completara dezesseis há alguns meses.

— Eu posso pensar até amanhã? — disse Vito entreolhando-se com a senhora Henrica, enquanto Ana exibia para ambos o seu melhor olhar de misericórdia. Seria difícil para ela ficar uma semana longe de Wesley, caso os avós não permitissem sua viagem com o melhor amigo, e, para piorar os fatos, ele provavelmente poderia decidir levar outra amiga na garupa de sua bela motocicleta.

No domingo, ao final da tarde, Wesley ligou para os avós de Ana, o senhor Vito foi o primeiro a falar, recomendando a vida e o zelo com a neta; a senhora Henrica foi muito mais dura, exigiu respeito, ambientes familiares e cautela ao pilotar o veículo, mas depois da longa palestra, para a alegria da herdeira dos Scatena Amorim, ela recebeu a autorização que tanto precisava para seguir a Rota Astral com Wesley.

Dormiu pouco e passou a noite arrumando as malas para a partida de Marissal assim que o sol viesse a pino.

Deitou-se na cama aliviada com a resposta dos avós, a agonia do domingo se converteu em expectativa. Ana compreendia a preocupação da família, afinal de contas, o trauma da perda de seus pais nunca foi superado, mas o desejo de aventura pulsava muito forte na mente juvenil da garota.

Mal o sol surgiu no horizonte e um furgão estacionou para levar as malas de viagem de Ana. Wesley apareceu mais tarde, paramentado com luvas e botas de couro, um capacete estradeiro, pilotando a incrível motocicleta prateada, cumprimentou Henrica, repetindo os votos de que traria a neta sã e salva para o lar novamente.

— Espero e confio — respondeu seriamente a avó e depois sorriu, abraçou-os. Após um pouco mais de prosa, quando a manhã raiou de vez e as gaivotas já cruzavam o céu rumo ao mar livre, decidiram partir.

Vito deixara saudações aos viajantes, pois acordou cedo para uma conferência do setor hoteleiro, incumbindo Henrica da despedida dos jovens aventureiros.

— Eu e seu avô já fizemos a Rota Astral com seus pais — revelou a avó, assim que Wesley ligou a motocicleta larga com um ronco gordo do motor de dois cilindros em formato veral.

— É o terceiro ano que viajo com esses parceiros motociclistas pela Rota Astral, você que deveria vir comigo — brincou Wesley fazendo avó e neta rirem.

— Já estou velha para isso...

— Onde está a velha? — Wesley interrompeu a avó da amiga fazendo-as rir mais alto do que da primeira cortejada.

— Cuidado com esse guidão, não pilote à noite, e nada de bebidas... — recomendou a senhora.

Wesley sorriu ajeitando o capacete e ofereceu o outro acessório de segurança à amiga Ana, que o arrumou, alinhando-o em seus cabelos negros e colocou um par de luvas de couro que ele trouxera.

Conferiram também as jaquetas e botas, itens indispensáveis para viagens longas com motocicleta, e só então Ana acomodou-se no veículo.

A avó teve as mãos beijadas pelos dois jovens, que em pouco tempo deixaram-na no jardim da mansão com os olhos cheios de emoção, fazendo com a neta o mesmo gesto de afeto que ambas tinham durante a infância, conforme Ana afastava-se na garupa da motocicleta do melhor amigo.

— A turma já deve estar nos esperando.

Não demorou muito para que Ana e Wesley alcançassem a Ponte da Conciliação, que separava Marissal do interior do país de Rélvia, com gradeados enormes que lembravam os reflexos do sol.

Mal percorreram o primeiro trecho da Ponte da Conciliação e um grupo enorme de motociclistas se juntou a eles, eram os amigos de

Wesley que viajariam com a dupla, cada um estava mais paramentado que o outro, com roupas e motocicletas enormes, roubando os olhares na via pública, seguiram rumo ao Oeste, em busca das praias, mergulhando na contracultura juvenil ocidental.

Logo os arranha-céus e o trânsito frenético deu lugar a uma paisagem de verde total cortada pelo asfalto liso e curvilíneo, a presença de poucos carros encorajava o grupo de motociclistas a exibirem manobras ousadas sobre duas rodas, e a sensação de alegria invadia o coração de Ana que, timidamente, começava a erguer os ombros, antes encolhidos com a presença de tanta gente desconhecida.

Era uma estrada silenciosa, ao longe um ou outro caminhão assustavam pelo tamanho, um furgão ou outro surpreendiam pela pressa, um carro ou outro buzinavam cumprimentando os viajantes.

Aquela sensação era de liberdade infinita, enquanto Wesley unia seu veículo àquela linhada de outras motocicletas com o mesmo ronco inconfundível, as mãos vibrando no guidão e o vento tocando forte contra o corpo dos aventureiros.

Uma vez ou outra, Wesley e Ana falavam alto, mostrando a paisagem digna de moldura, um traçado das montanhas na Rota Astral ou um animal que atravessava a pista sem aviso prévio.

A primeira parada foi após duas horas de viagem, o sol das dez horas da manhã fez com que estacionassem num posto de combustível à beira da estrada em busca de água.

— Quem é a nova viajante, Wesley? Sua namorada? — perguntou um dos motociclistas enquanto os demais observavam em silêncio.

— Ana é minha amiga — respondeu Wesley naturalmente e logo mudaram os assuntos no grupo de conversa, mas Ana, calada, sentiu o rosto corar até a retomada da viagem.

"Quem dera se fosse...", pensava ela com o retorno à estrada, sentindo o cheiro familiar de camomila que exalava dos cabelos claros de Wesley na altura dos ombros, conforme o vento agitava-os.

A viagem pela Rota Astral estava tão agradável que Ana emudeceu para observar as pontes, as árvores gigantescas à margem da via, as indústrias e fazendas, as miragens que o sol simulava ao longe da pista, e aspirar o perfume que vinha dos cabelos, das roupas, da voz de Wesley, que queria mostrar tudo que enxergava para a melhor amiga.

"Como é bom estar aqui com ele...", pensava enquanto os outros motociclistas, alinhados ao melhor amigo, seguiam rindo e conversando pela velha rota turística do país de Rélvia. Quando estava com Wesley, ela até se esquecia de alguns estudantes da escola que ainda insistiam em desprezá-la.

Ana refletia no quanto tudo havia mudado até ela estar ali na garupa do melhor amigo seguindo para o Oeste do país, onde iria acampar ao relento. Estava tão feliz pela companhia dele que, com as mãos no bolso da jaqueta encorpada, resistia ao desejo quase incontrolável de abraçá-lo fortemente.

A próxima parada foi em um restaurante bem frequentado da Rota Astral, todo espelhado e iluminado, onde Wesley parecia conhecer a todos de longa data.

Algumas garotas que viajavam com os motociclistas aproximaram-se de Ana em busca de amizade e, a partir desse contato, o conforto de estar sendo acolhida fez com que ela quisesse paralisar sua vida naquele dia tão especial de férias.

Após o almoço, os viajantes seguiram por cinco quilômetros até um arvoredo onde estacionaram seus veículos no acostamento à beira da Rota Astral, armaram redes do furgão nas árvores e todos dormiram. Como o sol das três horas da tarde ainda estava forte, alguns mergulharam num pequeno lago com plataforma de madeiras, e só então, o grupo seguiu viagem.

A Rota Astral era assim: não enganava nenhum viajante com seu clima de deserto que aquecia durante o dia e resfriava muito à noite.

Às quatro da tarde, ainda estavam na estrada, rumo a um povoado de nativos às margens do caminho, onde pernoitariam.

Wesley parecia muito animado, entre os amigos, falavam sobre tantas histórias, as mulheres do grupo, sorridentes, engarupadas a seus companheiros, assim como Ana, mais ouviam do que diziam durante o percurso.

Quando o sol se pôs, o grupo de motociclistas invadiu o vilarejo dos nativos, sendo recebido com muita cortesia, pois a aldeia parecia ser uma tradicional parada obrigatória para os que se aventuravam sobre duas rodas pelo lugar.

Tomaram banho e foram jantar uma caça que assava em uma fogueira, tudo muito ancestral. O que Ana percebia era que, além do preço do banho e do pouso, o valor da comida também era mais pela companhia do que para manter todo o padrão de boa hospedagem com o qual aquele povo perdido às margens da Rota Astral, continuamente acolhia seus visitantes.

Wesley dialogava com eles sobre as políticas do Novo Oeste. Pelo que Ana entendeu, tratava-se de grande gratidão pelas campanhas de proteção ambiental e de posse da terra ao qual o pai do melhor amigo, Rubá, como desembargador do país de Rélvia, defendia com esforço gigantesco.

Após o jantar, todos se sentaram em bancos muito baixos, notadamente feitos com troncos de árvores, formando uma grande roda para ouvir as histórias da região e o nascimento daquela aldeia nativa, os enredos eram tão interessantes que o sono demorou a chegar, o céu estava recheado de estrelas, o vento frio foi apartado pelo calor da aglomeração humana.

Assim que as histórias começavam a ser narradas pelos líderes do local, as crianças se aproximavam das mulheres que acompanhavam os motociclistas e iniciavam o ritual de trançar os seus cabelos.

Ana assustou-se com o toque repentino.

— Deixe... — sussurrou Wesley para ela.

— É um ritual antigo em que as crianças aqui da aldeia fecham seu caminho contra os maus espíritos da estrada — completou uma mulher que viajava junto a eles.

Ana sorriu e a menina, entre oito e nove anos, livremente continuou a trançar seus negros e longos cabelos.

— Ao final, você não pode se esquecer de dar um agrado a ela, algum objeto de viagem que goste muito — disse outra companheira de motociclismo.

— Está linda — elogiou Wesley baixinho e sorriu abraçando a amiga.

Ana, imóvel, sentiu o afago dele e imediatamente fechou os olhos, alimentando a dor daquele amor não correspondido.

Os grupos de motociclistas aos poucos foram se retirando para as suas barracas de acampamento, a fim de aproveitar o sono que chegava pelo cansaço da viagem e Ana acompanhou-os, ajeitando-se no improvisado colchonete e desligando a lanterna, ocupando o canto esquerdo da tenda.

Wesley, lá fora, com uma viola artesanal que os anfitriões ofertaram, cantava com os nativos à beira da fogueira onde bebericavam uma órcia, preparada com ervas relaxantes da própria reserva florestal.

Quando o sino tocou na torre do Arraial, às cinco da manhã, Ana sobressaltou do colchonete, e só então percebeu que Wesley não entrara para dividir a barraca com ela durante a noite, exatamente como ela havia imaginado, e sentiu por ele uma enorme gratidão.

— É hora do banho no açude, temos que ir antes do nascer do sol! — gritou uma das companheiras de viagem sacudindo a portilha da barraca em que a jovem estava.

Quando Ana saiu do dormitório, todos os viajantes e nativos já estavam na água. Com as mesmas roupas que haviam dormido, ela correu para o banho gélido e mergulhou ao lado de Wesley.

— Bom dia! Aqui é assim... — disse ele enquanto tirava o excesso de água dos cabelos.

Após o banho de açude, todos se prepararam para logo sair da aldeia nativa com o desjejum — uma fruta suculenta e sem sementes, pápua, colhida dos galhos mais altos das gigantescas árvores melingardes, de casca azul e interior rosado, adocicado.

De volta à estrada, ainda tranquila por causa das poucas horas do dia, levemente as sombras da noite foram dando lugar à luz mansa natural e a aurora vermelha-amarela-laranjada se converteu em um dourado cegamente esplêndido.

— Amanhecer na estrada, confesso que estava com saudade disso... — comentou Wesley.

— Eu estou achando lindo! — completou Ana, emocionada.

E a paisagem era de encher os olhos, as montanhas ao longe, de repente, ficaram mais próximas, as subidas e descidas, as curvas acentuadas da estrada, e a velocidade com que as motocicletas cortavam o vento pelo tapete asfáltico. O grupo era saudado vez ou outra por cavaleiros, outros motociclistas e até mesmo caminhoneiros e motoristas.

A parada para o almoço foi em um famoso restaurante à beira da estrada, com oferta de banho gratuito a quem comprasse o rodízio de carnes assadas.

— Você está gostando da viagem? — perguntou Wesley a Ana, ao aproximar-se da amiga junto aos outros viajantes na fila para servirem as refeições.

— Eu estou encantada com tudo — ela respondeu e sorriu honestamente para o aventureiro motociclista enquanto as outras garotas observavam-nos.

Após o almoço, não demoraram muito para retornar à estrada.

— Vamos, logo estaremos no destino! — gritou o guia dos aventureiros, arrancando gritos empolgados do grupo.

Assim que chegaram à motocicleta de Wesley, Ana e o melhor amigo foram surpreendidos por dois homens, um deles disse rapidamente:

— Passe a chave da moto ou morre! — disse com um tom discreto.

Assustada, Ana sentiu um tremor horrível nas pernas, uma sensação de fraqueza, os olhos arregalados de terror.

— Vai ter que pegar aqui no meu bolso — Wesley revidou com agressividade.

Ana olhou para trás, rapidamente, e o grupo de motociclistas já ia longe; quando os dois homens se atracaram com ele e ela gritou desesperada, ajoelhando-se.

Os três começaram a rir, eram amigos de Wesley e, provavelmente, de outra expedição de motoqueiros, mas ela não conseguia retornar a sobriedade, tamanho foi o susto.

— Acalme a sua garota, ela vai chamar a polícia! — disse um deles gargalhando.

Wesley abraçou a amiga, erguendo-a do chão, lado a lado com ela, como uma criança.

— Relaxe, minha maninha, foi só uma brincadeira! — disse Wesley, rindo muito.

— Estes dois são Davinho e Samires.

Os dois homens acenaram para ela e começaram a elogiar a motocicleta de Wesley:

— Cinza, em ferro e couro, frente imponente, rodas de dezesseis polegadas, pneus largos, tanque e lanternas robustas e para-lamas que ocultam os amortecedores — observou Samires analisando o veículo com fascínio.

— É de 1990? — questionou Davinho e prosseguiu o assunto após Wesley afirmar sobre a data de fabricação da motocicleta.

— É força até a sexta marcha, irmão.

— Nem precisa reduzir a velocidade — Samires completou a informação e continuou suas observações: — Manete pesado.

— Pego velocidade sem esforço — adiantou Wesley.

— Esse guidão alto deve cansar seus braços fracos! — provocou Davinho, arrancando risos do trio.

— Se eu tivesse um metro e setenta, como você! — argumentou Wesley, fazendo o trio rir novamente.

Ana observava-os séria e em silêncio, ainda chateada pelo susto causado.

— Gostei destas plataformas, essas aqui na garupa então... — ponderou Samires após o acesso de risadas ter acabado.

— Mas as da frente andam raspando na curva — disse ele tocando a pedaleira com a mão.

— Motor nervosão.

— Duplo escape cromado com ponteira e tudo. Ligue aí, vamos ouvir o ronco da máquina! — convidou Davinho sorrindo para Wesley, Samires e Ana.

Wesley montou na motocicleta ligando-a e deu algumas aceleradas.

— A gente se encontra na Arena Astral, bebês! — despediu-se estendendo a mão aos amigos enquanto Ana se ajeitava na garupa do veículo.

Assim que retornaram à viagem, Ana fez questão de retomar o assunto:

— Sua moto é realmente linda! — elogiou alto fazendo Wesley rir com o canto da boca, enquanto o vento ressoava em seus ouvidos. — Por que raramente usa para ir ao colégio?

— Porque o dono dela é meu pai! — minimizou o amigo, fazendo-a rir compreendendo a resposta.

Uma garoa fina começou a cair das nuvens pesadas e, enquanto muitos motociclistas paravam à beira da Rota Astral para pôr seus abrigos, eles prosseguiram a viagem.

— É preciso receber a chuva, assim como não fugimos do sol! — gritou Ana fazendo com que Wesley risse dela por ainda lembrar sua recomendação no início daquela amizade.

Wesley amava aquela amizade, ver Ana tão empolgada com seu universo de opções, cada dia mais distante do isolamento imposto pela segregação que os estudantes ofereceram a ela durante toda a vida escolar, despertava nele uma satisfação indescritível. Era a primeira vez que ele compartilhava a Rota Astral com uma garota. Pensou em Micely, em outras garotas que lhe interessavam amorosamente, mas Ana era sua convidada, desejava muito afastar a sombra do sofrimento da vida daquela garota tão frágil, a partir da tarefa cumprida, percebeu que, nos anos vindouros, poderia desfrutar também aqueles momentos com suas paixões.

Não demorou muito para que o verde translúcido das imensas árvores à beira da estrada desse lugar à selva de pedras clássicas do famoso roteiro turístico, cercado por montanhas e planícies coloridas em tons de rosa, cinza e vermelho; um deserto silencioso e pigmentado pelo magnésio e o ferro largamente concentrados na região, com um profundo penhasco unido por uma ponte de metal a qual Ana e Wesley foram obrigados a parar, quase sem fôlego, diante de tamanha beleza, registrando em fotografias aquela mágica paisagem pétrea.

A placa gigantesca indicando a chegada, e a superlotação, davam indícios de que a Arena estaria repleta de aventureiros. Ao longe, viam-se muitas barracas e tendas armadas, telescópios gigantes para contemplar as famosas e intensas tempestades solares ao entardecer no Vale Seco.

Wesley parou a motocicleta próxima às demais, a uma distância considerada do início da Arena.

Ana deixou a garupa da motocicleta, em seguida, Wesley desceu do veículo também.

— Teremos que chegar a pé... — concluiu pegando as mochilas no furgão já estacionado.

Havia uma música tocando com flautas nativas de bambu ou cedro, que se misturavam com o ruído forte do vento no descampado. Ana só pôde ouvir o som assim que o ronco da motocicleta cessou.

Wesley caminhando à frente da amiga, abriu os braços e gritou:

— Gunta! — Fez com que a amiga logo atrás dele repetisse em tom baixo a mesma palavra que, para os nativos, significava gratidão.

A Arena era cercada por montanhas enormes, na encosta do desfiladeiro havia grandes escadarias com degraus feitos pelos nativos usando troncos de árvores muito resistentes, e no meio do Vale Seco, sob o sol escaldante, ficavam as barracas de acampamento onde os motociclistas, que faziam todo aquele trajeto, se hospedavam somente para ver as tempestades solares colorindo o céu gélido do final da Rota Astral e gravar seus nomes nas paredes das rochas milenares daquele lugar misterioso.

— Por que este nome? Vale Seco? — perguntou Ana a um dos motociclistas que percorreu com eles pela rota, desde a saída de Marissal.

— Eu sou Tênor, e você é Ana, não é mesmo? — questionou o rapaz. — Você esteve tão calada durante a viagem que... — continuou enquanto Ana olhava-o indignada. — Enfim, passava um rio onde é a Arena, mas ele secou levando os nativos a abandonarem suas moradias, mas preservam as celebrações místicas aqui, por causa da energia das tempestades solares.

— Sim — ela afirmou e já se preparava para deixá-lo quando Tênor adiantou o assunto. — Quando a Rota Astral ficou pronta e os motociclistas vieram caçando aventuras, os nativos impuseram regras de visitação, inclusive o pai de Wesley, que interferiu na Lei de Rélvia para que a malha asfáltica fosse desviada do meio do Vale, em direção à Praia do Nado, no litoral Oeste.

Tênor contava tudo e Ana olhava para Wesley ao longe, envolvido com os visitantes, conhecendo gente, rindo e gesticulando, sem nem imaginar que o assunto entre ela e aquele viajante tratava-se também dele.

Ana retirou-se para o banho na hotelaria do Vale Seco, depois almoçou com Wesley no restaurante, mas mal conversaram devido à quantidade de amigos presentes naquele lugar. A garota aproveitou para dialogar com outras pessoas, todos eram muito animados e predispostos a novas amizades.

Ao anoitecer, a melodia das flautas ao vento deu lugar a muitos tambores artesanais dos nativos, era hora de subir ao cume das montanhas e admirar de perto as famosas tempestades solares.

A caminhada, degrau por degrau, demorou um pouco mais que uma hora, com todos bem agasalhados. Os reflexos das explosões celestes iluminavam o caminho enquanto eles ouviam o barulho das águias e falcões, que se afugentavam nas fendas das rochas, incomodados com os visitantes.

A fogueira enorme, acesa no meio da Arena de poeira seca, aquecia os aventureiros e iluminava as paredes rochosas num contraste lindo com a lua e o céu estrelado.

— Bonito isso... — comentou Ana ao se aproximar de Wesley.

— Seus pais devem ter dito a mesma coisa — comentou o amigo, fazendo-a refletir sobre sua família.

Muitos visitantes passavam a noite acordados, observando as tempestades solares dos telescópios enormes instalados no meio da arena de planície rochosa, mas Ana foi vencida pelo sono e resolveu aconchegar-se na barraca de acampamento de Wesley. Novamente o melhor amigo não dormiu no abrigo, mas Ana sentia-se segura, pois sabia que ele a vigiava mesmo confiando no grupo de motociclistas que os acompanhava.

Pela manhã, Ana agradeceu a Wesley pela gentileza de deixá-la dormir sozinha na barraca de acampamento trazida por ele.

— Eu prometi a sua avó respeito e ambiente familiar, afinal de contas posso ser muito perigoso durante a madrugada.

— Como? — perguntou Ana irritada.

— Perdão, eu não deveria ter dito isso — desculpou-se ele pela brincadeira ousada com a neta dos Scatena Amorim.

O grupo de motociclistas, doze ou treze pilotos da excursão, reuniu-se com o guia para partir. As malas foram depositadas no furgão junto às barracas de acampamento já desmontadas.

Ana encontrou-os após o banho, achou que ficaria por mais tempo no Vale Seco com os nativos e aquela vida simples, estonteante, despertando com o barulho do vento misturando-se ao som da flauta artesanal ao amanhecer. Ela sentia o coração apertado só de pensar na saudade daquele lugar tão distante de sua vida metropolitana em Marissal.

A reunião com os combinados para a partida terminou e seguiram para o café da manhã no restaurante da hotelaria lotada do Vale Seco. Ana e Wesley alimentaram-se, ele entregou a chave da motocicleta para a amiga.

— Vamos nos despedir do pessoal e nos encontrar na moto em cinco minutos, certo? — avisou e logo começou a cumprimentar muita gente.

Ana saudou alguns jovens que conheceu no trajeto e no Vale, mas logo se retirou para o veículo do amigo; ela aproximou-se, sentiu vontade de tocar o guidão elevado, olhou o banco de couro, sentou-se nele. Wesley, pela vidraça, observava a movimentação da amiga, mas sabia que ela não teria coragem de colocar a motocicleta em movimento.

Empolgada, Ana virou a chave, a motocicleta acendeu inteira, e ela deu início no manete, virou todo o guidão para o lado oposto e subiu o apoio com Wesley boquiaberto olhando pela vidraça do restaurante, junto aos companheiros de viagem, aquela arteirice da amiga.

— Ela levantou a moto, irmão! — gritou um dos viajantes para Wesley, assim que viu Ana arrancar suavemente, mesmo com o torque forte da motocicleta; dominando a embreagem no punho, subindo as marchas e apoiando os pés na plataforma pedaleira com muita confiança, exibindo o ronco inconfundível do motor, fazendo com que boa parte dos amigos de Wesley no interior do restaurante se levantassem e gritassem de excitação.

Wesley sentiu o coração disparado, Ana estava indo bem, mas poderia machucar-se. Uma motocicleta um pouco pesada, uma garota um pouco leve... Ele saiu do refeitório rapidamente, acenando com uma mão e com outra terminando seu lanche, correu rapidamente para alcançar a amiga, pulou na garupa da motocicleta em movimento, fazendo-a ziguezaguear um pouco e seguiram gargalhando e deixando a arena do Vale Seco atrás de ambos.

Wesley aproveitou a habilidade nova da amiga e, apoiando-se nas plataformas traseiras, virou-se de costas para a motociclista, arqueando suas costas sobre as dela, ficou em pé no veículo, abriu os braços espalmando o vento oeste entre os dedos das mãos e fazendo com que Ana risse alto.

Quando a estrada ficou séria, Wesley voltou à pilotagem da motocicleta e agora seguiram em maior velocidade, sem paradas; viajaram o dia todo, apenas lanchando pelo caminho e cruzando a noite por entre as cidades ao qual a Rota Astral margeava.

Quando o relógio no pulso de Wesley disparou, avisando a passagem da meia-noite, Ana pôde ver as luzes, ao longe, da cidade de Marissal.

— Estamos chegando! Alô, Marissal! — gritou Wesley provocando novas gargalhadas na amiga insone na garupa daquela aventura surreal.

Logo estavam sobre a Ponte da Conciliação novamente, com o grupo de motociclistas do início da viagem, em uma buzinada e aceleradas frenéticas, marcando o retorno. As garotas nas garupas acenavam e, assim que os jovens finalizaram a travessia, os parceiros se dividiram para as suas casas e Wesley partiu para entregar Ana sã e salva aos avós.

Despediram-se rapidamente, logo que o porteiro, Sullivan, abriu a passagem para a chegada da herdeira dos Scatena Amorim. Todos já dormiam e ela atravessou o jardim sentindo o perfume do melhor amigo ainda em suas mãos frias.

9

PROBLEMA

— Foi uma viagem muito maluca — comentou Ana à mesa do café da manhã com seus avós surpresos.
— Com esses olhos felizes, eu aposto que sim — disse Henrica, acalentando a neta.
— Eu sei como é isso, obrigada pelos souvenires! — agradeceu Vito, referindo-se aos presentes que Ana comprara para ele e para a esposa na passagem pela Rota Astral.

Wesley surgiu no final da tarde daquela quinta-feira.

— Braços doloridos e costas partidas — caçoou dele o senhor Vito por conta da viagem. Os dois riram no jardim, enquanto Ana os observava pela sacada de seu quarto.

— Sou um jovem experiente, estou inteiro no jogo — respondeu aceitando bem a brincadeira do avô da amiga.

Havia uma festa de férias na casa de alguém da escola, que Ana não entendeu ao certo quem era, mas o assunto era que Wesley desejava que a amiga fosse.

— Você sabe que terá que pedir a eles novamente — argumentou ela no portão, assim que a noite caiu e Wesley se apressou em deixar a mansão.

— Eu vou pedir amanhã, me espere pronta, pois acredito que teremos a permissão — respondeu ele e sorriu deixando-a sozinha e pensativa na entrada do casarão.

Wesley estava certo, mas Ana ao mesmo tempo em que sentia curiosidade para ir à festa e ver o que acontecia entre Wesley e os outros amigos, principalmente as garotas, sentiu insegurança quanto à recepção dos outros estudantes do colégio Lótus, afinal estavam de férias, em um ambiente diferente, e nenhum deles tinha o dever de tolerar a sua presença.

Tudo ocorreu bem diferente do que Ana imaginou, na festa não havia apenas alunos do colégio Lótus, mas parecia que toda a cidade em férias estava na mansão. O som estridente, as luzes piscando freneticamente e a fumaça embalavam as danças regadas à bebida e cigarro, os namoros e encontros sem compromisso.

Wesley chegou causando surpreendente euforia nos outros jovens, animado, dançando com a turma, beijando o rosto das garotas, empurrando e perturbando os garotos, inclusive de seu time de vôlei, que comentavam que o colégio Lótus estava na final do torneio municipal. Não demorou e a bebida chegou até ele, que levantando o caneco de vidro pesado, iniciou:

— Amigos, eu confesso! — gritou Wesley com voz risonha, seguido pelos demais rapazes em uníssono. — São mais belas as noites em que saímos para satisfazer nossos desejos! — E todos riram como se o ritual de iniciação estivesse cumprido, mas Wesley negou-se a beber.

— Hoje não posso, estou com Ana — respondeu e apontou para a direção da amiga, apresentando-a aos presentes.

Logo Ana encontrou Carol e Givago no meio da multidão, sentou-se ao lado deles.

— Última pessoa que eu imaginei encontrar aqui — riu Givago.

— Wesley a trouxe amarrada? — perguntou Carol provocando risos no trio.

Ana, entre um assunto e outro, observava a alegria dos jovens, as risadas sem motivos claros, a busca por seduzir um par, o abuso nas bebidas, a vontade de transgredir os padrões de vestimenta, as frases recheadas de gírias, a procura pela liberdade, a despreocupação com o avançado das horas.

— Vou levá-la para casa — avisou Wesley, aproximando-se de Ana.

— Está na hora — concordou ela levantando-se para se despedir de Carol, Givago e outros amigos que se juntaram ao grupo à mesa.

— Está muito cedo, meia-noite recente! — comentou a linda Micely, diminuindo Ana com sua presença impositiva. Ana olhou para a garota e sorriu, disfarçando a raiva de ter passado boa parte da noite vendo-a trocar beijos apaixonados com Wesley.

Saíram da festa.

— Wesley, você já vai embora? — Muitos pelo caminho até o carro fizeram a mesma pergunta.

— Só irei deixá-la em casa e retorno — avisava referindo-se a Ana.

Aos poucos, o barulho da música alta e o vozerio foram dando espaço a um silêncio absurdo. Wesley se perguntava se havia acertado em convidar a amiga para participar da festa com ele. Ana pensava no sorriso de alegria que ele trazia no rosto por conta do encontro com Micely.

Wesley estranhou a mudez repentina de Ana, afinal de contas não era comum ver uma jovem deixar uma festa daquela forma, mas ele preferiu pensar nos bons momentos que passara com a ex-namorada e na possibilidade de reatar aquele amor adormecido.

Ana olhava fora, as luzes da cidade, tentava disfarçar as lágrimas que cintilavam sua visão, para além do vidro da janela do veículo. Wesley logo estacionou em frente à mansão da amiga e tentou diverti-la com um assunto mais íntimo:

— Havia tantos garotos na festa, você não...

— Não estou interessada! — interrompeu Ana rispidamente e desceu do carro alto fechando a porta com força.

Se antes Wesley considerou que Ana não gostava de festas, agora tinha plena certeza.

Ana cumprimentou o porteiro da mansão sufocando a voz rouca de choro iminente. Ela amava o melhor amigo e este sentimento lhe feria profundamente.

Wesley e Ana encontraram-se frequentemente naquelas férias, durante aquelas duas semanas que faltavam para o reinício das aulas. Ela acompanhou o melhor amigo ao cinema, ao parque, ao esconderijo, para surfar na praia com a turma. Ele continuava o mesmo parceiro diário, mas ela tentava esmagar a cada dia aquele amor idealizado e implacável que sentia e que só aumentava a cada convívio.

— Ele não tem culpa — repetia a si mesma e encolhia-se na cama após passar o dia todo o admirando.

10

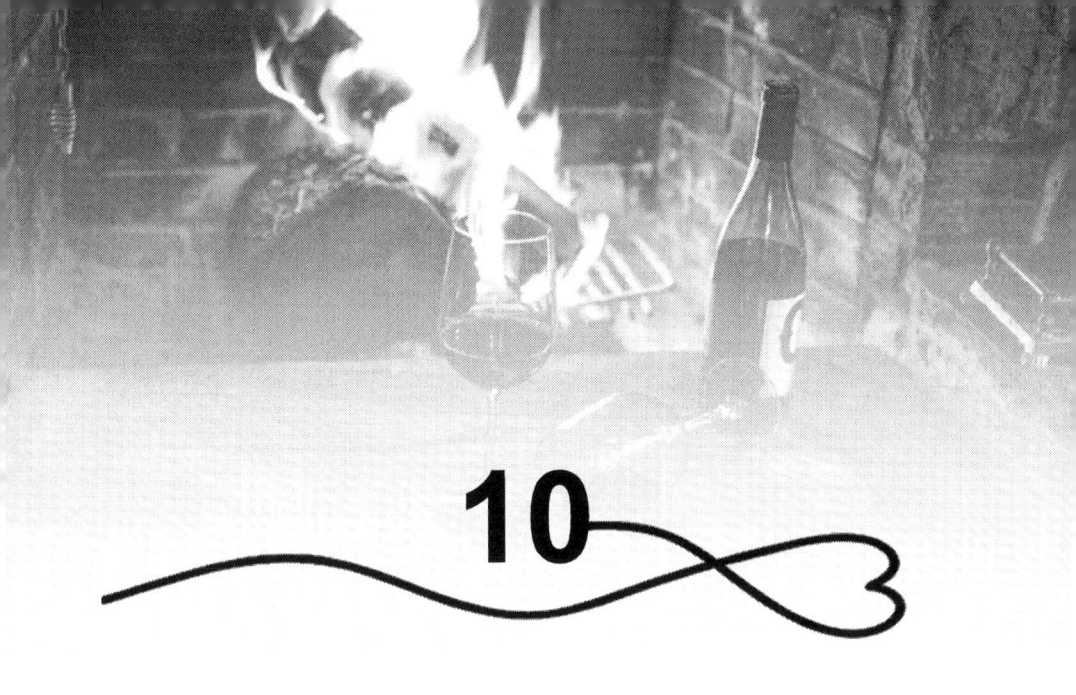

DECISÃO

Agosto renovava a preocupação dos estudantes com os estudos naquele ano e a sonhada aprovação para a série seguinte do ciclo: eram os dois últimos bimestres a serem superados e o time de vôlei sonhava com a vitória no campeonato municipal.

— Estou feliz por retornar à escola amanhã, você é meu melhor amigo — disse Ana ao telefone, ao despedir-se de Wesley.

— *Conte comigo sempre* — respondeu ele e finalizou a ligação.

O pátio estava lotado de estudantes. Com a mesma empolgação e energia juvenil, cumprimentavam seus amigos.

Wesley chegou contando histórias, falando com todos, com sua felicidade costumeira, arrastando-os para a cantina, animado como usualmente.

Ana foi bem recebida por muitos dos estudantes, diferentemente do primeiro dia que esteve no novo colégio.

Ao adentrar o estabelecimento de ensino, seus olhos ansiosos buscavam por Wesley, mas encontrava colegas conhecidos e cumprimentava-os.

Pelo burburinho que vinha da rampa que dava acesso ao pátio central, ela logo deduzia a presença do melhor amigo, pela aglomeração no lugar, mas, quando pensou em seguir para vê-lo, o sino veio estridente como sempre.

Reunidos no pátio e organizados em fila, os estudantes iniciaram a audição dos sermões do diretor Nabúdio, enquanto o vice-diretor, Hervino, passava entre as fileiras dando conferência à ordem de distanciamento entre os alunos e cumprimentando com seriedade os professores.

— Estamos na metade de um ano, isso é excelente, mas requer responsabilidade, pois o redobro dos esforços fará com que vocês, meus caros alunos, sejam aprovados para a próxima etapa, isto é bom?

— Sim! — responderam em voz alta os alunos como um exército a seu capitão, erguendo a mão direita e abaixando-a junto ao corpo.

Nabúdio tornou a falar:

— Não temos tempo para brincadeiras, temos?

Os alunos responderam novamente em uníssono que não e levantaram a mão esquerda, alinhando-a ao corpo como um batalhão de soldados.

O diretor, com o apoio de seu adjunto, coordenadores e inspetores escolares, iniciou a execução do hino nacional de Rélvia:

— À pátria damos toda a nossa gratidão, pela água, pelo pão e pela terra...

Após tais formalidades, apresentou aos alunos no palco do colégio o grupo de teatro, clube de ciências, grêmio estudantil, banda da escola, as garotas da torcida organizada poliesportiva, os times de esportes, o clube de leitura e um novo professor de gaulês, a língua oficial do país.

Terminada a recepção no pátio central, todos os estudantes foram conduzidos pelos professores para as salas de aula, era a vida escolar voltando ao seu lugar comum.

Durante o intervalo, Ana observou o pouco que mudaram as coisas no período das férias: a cantina recebeu nova pintura e uma decoração bem jovial, o colégio continuava bonito, e as árvores plantadas pelos alunos no dia da natureza, pouco antes do recesso, estavam maiores, Zaira, que gerava no ventre um legítimo Amarante Paes, já estava aparentemente exausta e os mimos em torno da cunhada de Wesley aumentavam visivelmente.

Haviam alguns alunos novos matriculados no colégio, e Ana percebeu o quanto Wesley estava se esforçando para localizá-los, aproximar-se deles e enturmá-los com os outros estudantes.

Ana pensou que a atitude dele era para evitar que acontecesse com os novatos o que ocorreu com ela no início do ano letivo, essa atitude enciumou-a, mas também lhe despertava orgulho pela iniciativa tão humana.

"Ele é apenas seu melhor amigo", Ana repetia a frase ao seu próprio cérebro enquanto ouvia Carol e Givago contarem os feitos do casal durante as férias escolares.

Já na cantina, Ana acenou para Wesley ao longe, que fez sinal para que ela se aproximasse, ele estava acompanhado de muita gente, o time de vôlei, os irmãos, gente de outras séries, e é claro, como não, companheiro leitor? Você sabe de quem, não é mesmo? Ela estava lá... Micely.

Ana não quis atravessar a aglomeração para chegar até o amigo, mas à distância observava-o conversar com os presentes.

O retorno às aulas estava caminhando razoavelmente bem, a semana passou num átimo, os treinos do time de vôlei para a final do campeonato municipal retornaram, a caminhada pela floresta até o esconderijo foi marcada por uma chuva pesada na cabana improvisada e desta vez foi a bicicleta de Wesley que estragou no retorno da mata, além de plantarem mais mudas de árvores frutíferas em torno do esconderijo, era a vida dos jovens caminhando normalmente.

Junto dos alunos novatos que chegaram havia uma garota muito bela e divertida, encantou a todos com muita simpatia, e, pelas notícias que vieram até Ana, essa garota estava tomando o espaço de Micely no coração de Wesley.

Essas conversas poderiam ser verdadeiras, considerando o modo como Wesley tratava a tal Lárida, fazendo com que Micely chamasse-o aos cantos exigindo explicações sobre suas atitudes.

A história estava evoluída, em uma semana todo o colégio já apostava no novo romance entre Wesley e a tal novata, mesmo que ele estivesse apenas receptivo às investidas de Lárida. Muitos estudantes, que odiavam o modo arrogante da estonteante Micely, torciam para vê-la prantear o grande amor perdido.

Ana também sofria, aquela possibilidade eminente poderia afastar Wesley, e ela não estava psicologicamente preparada para deixar o núcleo de prioridades do melhor amigo: uma namorada aprisionaria toda a atenção e ocuparia boa parte do tempo disponível dele.

A verdade é que Micely parecia atordoada com os fatos recentes; quando não estava chorando pelos braços de uma ou outra amiga, estava aos gritos com Wesley, que se disponibilizava a dar para a ex-namorada todas as satisfações e explicações possíveis sobre o que ele dizia ser somente uma boa amizade com Lárida, mas todos sabiam das intenções da aluna nova com ele.

Iron, um aluno da segunda grade, marcou uma festa em sua mansão no sábado, para comemorar o retorno às aulas.

— *Quer ir comigo?* — perguntou Wesley a Ana no final do telefonema da sexta-feira à tarde.

— Prefiro ficar em casa, tenho atividades... — limitou-se a amiga, sabendo dos boatos fortalecidos na manhã escolar, de que, durante a festa, Wesley e Lárida provavelmente cederiam à tentação e que seria o fim do domínio de Micely sobre o garoto mais popular da escola.

Ana sabia como eram as festas dos jovens do colégio e preferiu ficar em casa a chorar na frente de Wesley, caso as previsões do tal envolvimento com Lárida ocorressem realmente.

O sábado passou e o silêncio de Wesley foi sentido como uma faca dilacerando o peito, ele nada falou, não telefonou e nem visitou a mansão dos Scatena Amorim.

— Está realmente envolvido... — concluiu Ana sentindo as lágrimas quentes durante o sono vespertino.

Venha comigo, leitor, vamos até a casa da família Amarantes Paes, eu preciso te contar sobre esta noite...

Wesley arrumou-se apressado após o banho, olhou no relógio e já eram quase nove horas da noite, o surfe na praia com os amigos levou-o ao atraso, e não demorou para que o carro de Lárida estacionasse na calçada de sua residência.

É isto mesmo, leitor, Wesley estava cedendo à pressão dos amigos e levando com certo entusiasmo as investidas amorosas de Lárida, talvez fosse o momento de deixar Micely e tentar algo com uma nova garota?

Wesley olhou a estudante da cabeça aos pés, linda demais, com um vestido provocante, e cordialmente cumprimentou-a:

— Nossa! Você já é uma gata, mas hoje resolveu tirar meu fôlego! — exclamou ele sem hesitar logo que entrou no carro e sentiu o perfume da motorista.

Welner e Wellington, da sacada da mansão dos Amarante Paes, assoviavam para Lárida. Ela buzinou e saiu cantando pneus.

Wesley e Lárida riram da zoeira de seus irmãos.

— Hoje eles não irão? — perguntou ela, curiosa.

— William não irá, minha cunhada, Zaira, está grávida.

— Eu ouvi alguns comentários sobre isso no colégio — disse ela enquanto encarava-o fixamente, deslumbrante.

— Wellington deve aparecer mais tarde na festa com Welner.

— E sua irmã, a Wéllida? — continuou pousando a mão sobre a perna de Wesley, fazendo-o observá-la dirigindo.

— Welly? Meus pais acreditam que ainda não é o momento, ela tem apenas quinze anos.

— Eu entendo perfeitamente... — respondeu Lárida com a voz rouca acariciando o rosto de Wesley.

Atravessaram a via principal para o Oceano Vivo, a Avenida Democrática, e adentraram pela estrada norte, pois a casa de Iron ficava na região das mansões do lago Cristal, em frente à Praça do Marrô.

Wesley refletia sobre Lárida, mal conseguia conversar, nunca poderia imaginar que o acesso a ela fosse tão fácil, sem desafios, e isto o intrigou... Não era o objetivo dele, naquela noite, aproveitar-se da abertura que ela, alterada pelo álcool, estava dando a ele, mas queria conhecer mais a bela novata, aquele corpo atraente, a boca imposta ao falar, fazia-o ser sugado para um campo de imaginações indizíveis.

A garota fez muitas perguntas sobre ele, o que tornava a conversa fluída e animada, Lárida tocava-o e à medida que a frequência fora aumentando, Wesley foi recuando para não entrar no jogo de desejo que a motorista alcoolizada tentava visivelmente impor, mas sua atração por ela estava tão forte que as mãos do rapaz suavam diante da tentação de devorá-la.

Antes de chegar à casa de Iron, Lárida contornou a praça e seguiu para a encosta da mata, era um lugar urbano vazio, um pouco escuro, e Wesley observou a manobra, calado, já havia decidido que não iria aceitar as provocações.

Sim, caro leitor, Lárida estacionou o carro no breu, e eu posso te contar o que ocorreu aos dois...

— Você está tão tímido — disse ela surpreendendo-o com um beijo.

Wesley, quase sem reação, recebeu-o, assim como os carinhos, cada vez mais ousados da supergarota.

— Eu nunca me controlei tanto... — ele foi interrompido novamente pelos beijos e tentou continuar a falar sua justificativa. — Estou louco por você, mas assim, alcoolizada, não posso...

— Pode sim — ela balbuciou engolindo sua orelha e sua boca colou no corpo de Lárida, cego de prazer.

Wesley fechou os olhos sentindo-a sentar-se sobre seu colo no banco passageiro, era impossível negar aquela vontade alucinante, mas ele esforçou-se em dizer que ela não estava sóbria, mesmo assim a garota não parou. Wesley então passou a ser indelicado com ela, tentando tirá-la de cima dele a qualquer custo. Vieram as mordidas, ela atacou furiosa, arranhando-o com força, puxando seus cabelos, e ele sentia vontade de retribuir as agressões da moça, que não conseguia tirar do colo, grunhindo e chorando como um felino ferido. Xingaram-se, empurraram-se, até que, entre tapas, ele ergueu-a e a pôs sentada novamente no banco de motorista, soluçando, em lágrimas, ajeitando os cabelos e o vestido, com um corte no supercílio, que manchou de sangue a camiseta do rapaz.

Ficaram em silêncio por um tempo...

Uma luz fortíssima iluminou o interior do carro, era outro veículo que se aproximava; Lárida, quando percebeu quem chegara, desceu do carro e correu em direção a eles:

— Socorro! Socorro! Ele me estuprou!

Parecia um pesadelo ilógico o que Wesley viveu naquela última hora, uma noite promissora transformara-se em algemas e perguntas sem o menor sentido, e, quanto mais ele negava os fatos, maior era a desconfiança dos agentes de segurança sobre sua honestidade.

Lárida foi levada para o hospital após a denúncia formal de estupro na delegacia, para o Boletim de Ocorrência, ela estava destruída pela luta, sangrava com as roupas rasgadas, pés descalços, mancando. Quem a visse, não tinha motivos para acreditar na inocência de Wesley, era sua palavra contra a daquela bela e frágil moça machucada e ele estava desacreditado.

— Foi o segurança de uma das mansões da região do lago que chamou a polícia, assim que percebeu o automóvel na escuridão — disseram os oficiais de justiça durante o interrogatório.

Wesley pensava no absurdo de estar ali, como filho de um desembargador e de uma professora universitária, desnobrecendo o nome da família Amarante Paes perante a sociedade de Marissal: isso o fazia tremer de ódio.

Não demorou para que a delegacia fosse cercada pelos amigos do rapaz, a festa converteu-se naquela situação caótica, de dentro de uma das celas para onde foi levado, Wesley ouvia-os gritar em uníssono a cada hora que o relógio avançava:

— Nós estamos aqui! Nós estamos aqui! Nós estamos aqui!

— Tem uma multidão lá fora, quem é você? Como veio parar aqui? — perguntou curioso o único homem que dividia a cela com Wesley assim que a madrugada se acentuou.

— Estou decepcionado — respondeu ele e os olhos quase transbordaram de lágrimas. — Eu sou inocente.

— Eu também devo ser — ironizou o homem.

— Eu estava com uma garota no carro dela, indo para uma festa de retorno das aulas, ela queria sexo, eu me neguei porque ela estava completamente embriagada, lutamos e ela me acusou de estupro... — desabafou Wesley com desânimo na voz.

— Você deveria ter feito o que ela queria — provocou o encarcerado, enquanto Wesley, cabisbaixo, pensava na situação que o constrangia.

Os dois jovens conversaram um pouco: o nome do rapaz era Dandé e estava ali por conta do roubo de uma motocicleta.

Dormiram exaustos pela noite cansativa, mas lá fora a multidão só aumentava à medida que os amigos de Wesley, de todos os cantos de Marissal, eram noticiados do incidente.

Na casa dos Amarante Paes ninguém dormiu após o telefonema de Wesley, a família estava muito angustiada para ao menos ressonar, e os irmãos juntaram-se aos acampados em frente à delegacia, a polícia mal pôde circular em questão de horas, pois duas ou três quadras foram rapidamente ocupadas por jovens ansiosos, em busca de notícias do amigo.

Todo aquele barulho em torno do rapaz preso sob a acusação de estupro atraiu a imprensa de forma gigantesca, que, do meio do enorme aglomerado juvenil, levava notícias para o país de Rélvia, e logo a família do estudante, espalhada pelo continente Salineiro, soube pelo noticiário do desagradável fato ocorrido ao parente.

O pai de Wesley conseguiu adentrar a delegacia, acompanhado do advogado da família, Fernão Bandeira, quando o dia amanheceu. O semblante abatido do patriarca denunciava a noite de preocupações com o filho.

Abraçaram-se por algum tempo na sala de visitas da delegacia, calados. Wesley chorou com muita tristeza.

— Filho, eu preciso que você me conte tudo — disse o desembargador segurando entre as mãos o rosto do herdeiro que chorava.

— Aquela garota que você viu lá em casa, ela quis transar no caminho para a festa, eu neguei porque ela estava totalmente bêbada e por isso resolveu me acusar de estupro.

Passou-se quase meia hora de diálogo em que o desembargador explicou ao filho que nada poderia fazer diante daquela prisão em flagrante, pois a polícia tinha os três elementos para a abertura do inquérito: o suspeito de crime grave, fortes evidências de que o autor era Wesley e as ameaças que o filho fez a Lárida durante a apreensão.

— Neste caso, eu, sendo seu pai, não posso procurar o juiz de plantão e pedir a sua liberdade por conta da ética profissional.

O advogado Fernão Bandeira prosseguiu com as orientações:

— A prisão em flagrante é válida por vinte e quatro horas, após isso teremos o parecer do juiz de plantão sobre o inquérito aberto pelo delegado, além disso foram pedidos diversos *habeas corpus* do seu caso. Pais de amigos seus do colégio, nossos vizinhos, os professores, os parentes, muita gente da cidade está contigo.

— Eu posso sentir essa força — soluçou Wesley com a voz muito carregada pelo choro e os olhos avermelhados pelas lágrimas incontroláveis.

— Talvez os pedidos de *habeas corpus* sejam concedidos e tenhamos um relaxamento da prisão — o advogado retomou a explicação jurídica. — Caso não seja, o juiz pode transformar em prisão temporária por cinco dias, o exame de corpo de delito na moça já foi feito e o resultado do laudo pericial demora entre um e dois dias.

— A justiça acredita que eu a estuprei? — suspirou Wesley, indignado.

— Não, por isso averiguarão os fatos, todo acusado é inocente até que se prove o contrário — respondeu o advogado com pesar na voz, apoiando a mão esquerda no ombro do jovem réu.

— Meu filho, se você não cometeu a violência sexual, nem tentou, a falta de vestígios no exame de conjunção carnal provará sua inocência, fique calmo, tenha paciência. Teremos que aguardar, neste tipo de acusação basta a denúncia da vítima e a lei admite a prisão temporária, não há o que fazer — afirmou com abatimento o Sr. Rubá Amarante Paes.

— Seu pai está certo, por causa do relato da jovem você foi detido para averiguação e o delegado nem sequer arbitrou fiança, mas por minha amizade com sua família, prometo que não descansarei enquanto sua liberdade não for devolvida.

O carcereiro chegou saudando os três presentes, que entenderam o momento de despedida, percebendo a tristeza de ambos, compartilhada pelo olhar. O pai de Wesley finalizou a conversa:

— Difícil mesmo será explicar tudo isso para a sua mãe, voltar sem você para casa, mas lutarei por seus direitos.

E saiu da sala de visitas seguido do advogado, sem que o filho pudesse ver seus olhos cobertos de lágrimas.

Fora da delegacia, a multidão dobrava já alguns quarteirões, era manhã de domingo e muitos adolescentes, amigos de Wesley, haviam dormido acampados nas ruas próximas. Jovens de todas as idades, que o amavam e estavam dispostos a defendê-lo, pressionando o poder público por sua soltura.

O pai de Wesley e o advogado Fernão Bandeira foram cercados vorazmente pela numerosa imprensa, enquanto os filhos do desembargador, irmãos e sobrinhos tentavam conter os jornalistas formando um cordão humano em torno dele e do advogado.

— Meu cliente é inocente e vamos provar — declarou.

— Se meu filho for culpado, pagará pelo crime, mas acredito em sua inocência — declarou aos muitos noticiaristas o desembargador Rubá e então se manteve em silêncio até chegar ao seu automóvel e partir com William, Wellington e Welner para a mansão da família.

O senhor Vito logo pela manhã conferiu o fato de Wesley estar na primeira página do jornal sob acusação de estupro, então ligou o rádio para confirmar a novidade absurda.

— É lamentável! Eu não consigo acreditar nesta notícia — respondeu a senhora Henrica assim que o esposo compartilhou com espanto a tragédia.

— Também sinto isto... De qualquer forma, Ana precisa saber dos fatos. Assim que despertar do sono, teremos que colocá-la a par dos acontecimentos — continuou o avô, bastante preocupado.

— Eu tenho, amor, enorme gratidão por Wesley, acredito em sua inocência — expôs Henrica novamente.

— Eu também acredito, ele sempre está com nossa neta e só faz bem a ela. Ana já comentou várias vezes sobre muitas garotas que ele costumar paquerar, mas tenho certeza de que esse garoto seria incapaz de forçar alguém a transar — considerou Vito alcançando a mão da esposa sobre a mesa ao café da manhã enquanto, no rádio, as notícias a respeito do crime do melhor amigo da herdeira dos Scatena Amorim não paravam de ser atualizadas.

Ana desceu as escadas com o semblante pálido, seus movimentos lerdos denunciavam uma confusão de pensamentos.

— O Wesley... — iniciou a avó sendo interrompida.

— Sim — respondeu a neta revelando já saber dos fatos.

— Você quer... — iniciou o avô Vito.

— Preciso ir, tentarei vê-lo — interrompeu Ana novamente, não sabendo da multidão que velava pela liberdade de Wesley na delegacia, pois Carol e Givago somente informaram acerca da prisão do amigo rapidamente ao telefone.

Para a decepção de Ana, algumas quadras antes de chegar à delegacia ao qual Carol havia informado a estada de Wesley, o trânsito tornou-se impossível, muitos jovens com faixas e cartazes nas mãos gritavam e cantavam, impedindo qualquer veículo além das viaturas policiais de atravessar a imensa aglomeração.

— Não há o que fazer — disse o senhor Vito olhando o grande número de pessoas, mas foi surpreendido pela batida da porta ao seu lado.

— Ela desceu — informou o motorista Teófilo tentando manobrar o carro para distanciar um pouco da multidão que sinalizava para que ele recuasse.

Ana não demorou a retornar, chorando muito, escondeu o rosto no ombro do avô Vito desabafando:

— É impossível atravessar a multidão.

E assim Teófilo retornou para a mansão.

Lárida deixou o Instituto Médico Legal logo que foi examinada pelo perito legista e atendida pelo serviço social, onde recebeu encaminhamento para o acompanhamento psicológico, conforme praxe nos casos de violência sexual.

Os pais da garota pareciam bastante transtornados com a injustiça ao qual a filha fora vítima e amparavam-na a todo o momento, levando-a para a casa a fim de que repousasse.

Wesley foi informado pelo advogado Fernão Bandeira no final da tarde de domingo que todos os *habeas corpus* pedidos foram negados pelo juiz de plantão, e que teria que passar mais uma noite na cadeia. Esta notícia calou-o pelo resto da noite enquanto seu companheiro de cela calculava, pelo som das vozes, o quanto a multidão no entorno da delegacia aumentara.

Wesley despertou na segunda-feira com o sol iluminando a cela da pequena janela no teto do cárcere, olhou para o companheiro Dandé e, com o rosto transfigurado de raiva, sua mente informava ao seu corpo que ele permanecia preso.

A refeição não era tão boa, mas Wesley tentava se alimentar, ouvia histórias de Dandé, fazia perguntas a ele, respondia as perguntas do encarcerado, mas, a cada hora que mudava no relógio, o coro da multidão de amigos lá fora o faziam lembrar de que o pesadelo se prolongava:

— Nós estamos aqui! Nós estamos aqui! Nós estamos aqui!

Nenhum aluno compareceu ao colégio Lótus na segunda-feira, para nenhum dos dois turnos de aula, matutino ou vespertino; Ana foi para a escola encontrar outros estudantes e compartilhar notícias do melhor amigo, mas somente os professores, abatidos com a prisão do estimado aluno, estavam na instituição de ensino cumprindo o horário de trabalho junto aos diretores e a coordenação escolar.

Wesley pensou um pouco em Ana durante o almoço, em como a mente da amiga estava processando todos aqueles dissabores que ele vinha experimentando em sua vida.

— Pelo visto, ninguém foi à escola hoje aqui em Marissal — observou Dandé enquanto Wesley, deitado na frágil cama, olhava o feixe de luz vindo do teto.

— Eu também percebi isso — respondeu triste.

O advogado retornou na terça-feira pela manhã com o pai de Wesley e foram ter mais um diálogo na sala de visitas, mas desta vez o assunto precisou ser abreviado a pedido do delegado, por conta da imprensa.

— A prisão em flagrante foi convertida em prisão temporária, cinco dias — informou Fernão Bandeira, após cumprimentar o cliente com um abraço.

— Essa medida foi tomada por conta da gravidade da acusação de crime hediondo. Eu só não entendo o porquê disto, se você tem residência fixa, identificação e não pretende atrapalhar as investigações — analisou o desembargador Rubá Amarante Paes.

— Eles sabem que, se sair daqui, com essa raiva, eu posso cometer uma loucura com aquela garota — disse Wesley rangendo os dentes com a face avermelhada pela ira.

Ana mal dormia pensando na rotina de Wesley na prisão, não era ela a única preocupada com ele; familiares, amigos e parentes, aglomerados em torno da delegacia desde o primeiro dia de detenção, não desistiam da luta pela liberdade do rapaz.

O time de vôlei da escola, mesmo com todo o transtorno, contava com Wesley para ganhar o campeonato municipal e a final seria no sábado vindouro.

A preocupação que povoou os pensamentos de Ana naquela noite foi a de que, na quarta-feira, teria que adentrar a floresta para cuidar das mudas de árvores frutíferas que ela e o melhor amigo haviam plantado ao redor da cabana, uma vez que agosto era extremamente seco em Rélvia.

A multidão estudantil despertou Wesley na quarta-feira.

— Ainda são muitos — disse Dandé ao ver que o companheiro de cela havia acordado.

Assim que o dia se estabeleceu, Ana pensou em chamar Carol e Givago para adentrarem a floresta do parque até o esconderijo, pelo medo de animais ou de pessoas maldosas, mas lembrou-se de que o lugar era um segredo entre ela e Wesley e que, talvez, o melhor amigo não ficasse feliz ao saber que outra pessoa além dela, estivera no local.

Ela tinha plena consciência de que Wesley poderia ficar preso por meses ou até mesmo anos, caso a acusação fosse concretizada, e temia não mais poder conviver com ele, não ter mais sua proteção.

— Os estudantes da escola voltarão a me atacar? — perguntou a si mesma com triste temor.

A tarde chegou e Ana, cansada de esperar os avós para obter permissão para sair, apanhou sua bicicleta na garagem da mansão e seguiu pedalando pela longa Avenida Democrática, na orla do Oceano Vivo, observando as pessoas que ainda almoçavam nos restaurantes à beira-mar. Era tão ruim viver sem Wesley, ela se acostumara a ele, assim como um pássaro aninhado. Sentia-se fracassada por não ter ido para a tal festa, pois se tivesse acompanhado o amigo, Lárida jamais teria tomado tal ousadia...

Sentindo medo, Ana adentrou a mata, observando se estava sendo seguida, caminhou pela floresta fresca até a cabana, regou as mudas das plantas frutíferas, arrancou algumas ervas daninhas em torno do lago e, abatida pela tristeza e pela falta de Wesley, deitou-se na rede da chorando convulsivamente de tanta saudade do melhor amigo.

O resultado do exame de conjunção carnal chegou às mãos do juiz de plantão da delegacia e Lárida foi chamada às pressas em depoimento, o que levou o resto da tarde de quarta-feira e a moça teve que entrar e sair do local em um helicóptero devido à fúria da multidão estudantil contra ela. Os alunos, mesmo exaustos da jornada em defesa de Wesley, enfrentaram na quarta-feira, ao cair da noite, uma garoa que formou um grande arco de guarda-chuvas e tendas nas ruas em volta da delegacia.

Os moradores do local ofereciam pouso, água boa e lanches aos insistentes amigos do réu, simpáticos à causa e crédulos da inocência do popular colegial.

A imprensa noticiou o vazamento de informação sigilosa sobre o inquérito, o que eclodiu uma verdadeira comemoração a céu aberto, música, apresentações artísticas, comida e muitos fogos.

— *Lárida entrou em contradição no terceiro depoimento, pois o exame de corpo de delito negou a conjunção carnal e, a qualquer momento, o estudante Wesley Amarante Paes poderá ter sua prisão revogada.* — A novidade era noticiada em todos os canais de rádio e televisão, criando uma onda invisível de alegria que contagiava até quem não conhecia o preso daquela semana dramática.

O advogado Fernão Bandeira, em visita à mansão dos Amarantes Paes aquela noite, adiantava o desejo de processar Lárida pela calúnia, uma vez que o filho do desembargador teve a imagem difamada pela moça e que o pedido de revogação da prisão já estava concluído para a manhã do dia seguinte.

A notícia antecipada pelos repórteres era verdadeira, e assim que a aurora desavermelhou o céu da quinta-feira e as sombras noturnas cederam à luz solar, Teófilo estacionou o veículo da família e Ana saltou, aguardando Carol, Givago e muitos outros estudantes do colégio Lótus que acompanhavam a liberdade devolvida ao amigo inocentado.

Wesley juntou seus objetos pessoais trazidos por familiares durante a semana, chorando como um menino que ganhara um presente muito esperado. Ele olhou para Dandé e abraçou o companheiro de cela por algum tempo, disse adeus e saiu deixando alguns de seus pertences para o novo amigo.

— Vou conversar com meu advogado sobre o seu caso, ele e meu pai talvez possam ajudá-lo — avisou e saiu.

Ao adentrar a sala de visitas da delegacia, percebeu que estava sendo filmado pela imprensa, ouviu os gritos da multidão como se a seleção de futebol de Rélvia marcasse um gol em um campeonato mundial.

O pai abraçou-o forte.

— Eu vim buscá-lo — disse olhando nos olhos do filho e ambos choraram abraçados e emocionados.

Os irmãos de Wesley chegaram para aconchegá-lo também.

— A mãe fez sua nolean para o almoço! — avisou Welner soluçando.

— Ela esteve mal durante toda a semana — completou Wellington secando as lágrimas teimosas que desciam dos olhos insistentemente.

O advogado Fernão Bandeira também abraçou o cliente.

— Quero que se cuide com essas garotas — aconselhou fazendo os presentes rirem.

Os policiais não conseguiram manter o cordão de isolamento humano em torno de Wesley, e os estudantes levantaram-no do chão e lançavam-no ao ar.

Ao longe, Ana assistiu a incontida festa da aglomeração, era uma alegria em plena manhã de quinta-feira em Marissal, e o juiz de plantão pedia que os estudantes evacuassem a região para que os serviços policiais retornassem à normalidade.

Ana andou muito até chegar ao ponto de encontro combinado com o motorista Teófilo, e, enquanto ela caminhava, muitos carros passavam buzinando numa algazarra incrível, com bandeiras de Rélvia penduradas nas mãos ou nos capôs de veículos, e alguns perguntavam a ela:

— É verdade? Wesley está livre?

E Ana acenava confirmando o fato, segurando o choro, que agora era de felicidade extrema.

11

CAMPEONATO

Nabúdio e Hervino decidiram dispensar os alunos das aulas na sexta-feira, uma vez que todos eles não haviam comparecido ao colégio Lótus desde o primeiro dia letivo da semana. Os diretores apenas mantiveram o treinamento do time de vôlei do professor Dino.

Wesley negou-se a dar entrevistas, o assunto sobre Lárida estava encerrado para ele, uma vez que a garota já havia pedido transferência do colégio Lótus e pagaria diante da justiça pela falsa acusação que se referia a ele.

Existia uma ansiedade enorme dos estudantes em relação ao jogo do campeonato municipal, os garotos felizmente estavam na final, treinando no ginásio poliesportivo do clube olímpico, com os portões fechados, relativamente afastados da escola e do burburinho de Verdemonte, mas próximos ao centro urbano de Marissal: era o lugar onde aconteceria o que Nabúdio e Hervino chamavam de superação dos atletas do professor Dino.

Uma forte expectativa de conquista do primeiro título da modalidade fazia com que o time de vôlei do colégio Lótus se avolumasse diante do cenário competitivo, mas os jogadores da escola Sintonia eram conhecidos na cidade e arredores como uma tribo voraz. Vencedores do campeonato da cidade por quatro anos consecutivos, eles buscavam o quinto troféu e a perpetuação da hegemonia sobre as outras equipes escolares, nos meios de comunicação, estes atletas não paravam de zombar, debochar e menosprezar os adversários, trazendo o descrédito aos oponentes.

O professor Dino sabia que não poderia fraquejar e chamou Wesley em particular logo na sexta-feira pela manhã, assim que o treino começou, enquanto a professora auxiliar, Loha, orientava o aquecimento muscular dos jogadores titulares e reservas. A intenção era de pedir ao capitão do time uma motivação para a equipe finalista.

— Preciso de você, sei que a semana não foi fácil, houve sofrimento de todos, mas sua disposição é indispensável para o desempenho dos esportistas — argumentou o professor Dino.

— Não se preocupe — afirmou o jogador de voleibol. — Meu esforço será total.

A ansiedade estava presente em tudo, nas falas, nos gestos, nos erros infundados da equipe e até mesmo nas discussões inúteis entre a cobrança de desempenho mútua.

Wesley procurou desligar-se de tudo o que viveu nos tenebrosos dias passados e manter-se focado, descontando toda a raiva e tensão acumuladas em saques fortes e ataques pesados sobre a rede esportiva.

O professor Dino sentiu que o grupo se comportou de forma bastante insegura ao longo do treino, talvez por medo da grandeza do time hábil da escola Sintonia, afinal jogariam contra a referência atual do voleibol de Marissal.

— Vocês estão prontos? — perguntou o professor ao final do treinamento matutino, e após a confirmação forte e uníssona que dissimulava a incerteza, ele continuou. — Nada de dormir tarde hoje, nem pensar em ver garotas, bebidas alcoólicas estão proibidas e tenham fé de que ganharemos! — terminou recebendo os aplausos.

A proibição de assistir ao treino do time de voleibol pela manhã despertou forte curiosidade nos alunos do colégio Lótus sobre o modo como os jogadores se doariam em quadra durante a grande final do campeonato municipal.

A tarde chegou lenta e monótona, com um sol intenso e um céu esplendidamente azul com poucas nuvens; Ana perambulou pelo jardim durante algum tempo, depois adentrou a mansão dos avós e se recolheu em seus estudos. Desde a saída de Wesley do cárcere, ela não conseguia ter uma comunicação eficiente com o melhor amigo.

A herdeira da família Scatena Amorim adormeceu curvada sobre os livros, sua dedicação extrema aos estudos justificava-se no desejo de ser médica assim como os seus falecidos pais, Madalen e Jorde, aqueles amados estranhos cujo retrato era costumeiramente observado na parede do quarto da jovem órfã.

— Wesley ligou para ti — informou Vito fazendo com que Ana interrompesse a colher de tostóis a caminho da degustação.

— Quan... Quan... Quando? — gaguejou a neta espantada.

— Quando a noite caiu. — Sorriu Henrica notando, por trás do espanto, a alegria da neta.

Assim que a refeição noturna se findou, Ana decidiu não retornar à ligação de Wesley por conta do ritmo adiantado das horas, porém dormiu incomodada pela curiosidade de saber o que o melhor amigo pretendia dividir com ela.

Finalmente o sábado despontou no horizonte praieiro de Marissal. Existia uma notícia suspensa no tempo, que somente seria recebida ao longo da manhã, era o jogo final do torneio municipal interescolar de voleibol e, apesar da força avassaladora do time da escola Sintonia, havia imensa esperança de vitória para os jogadores do colégio Lótus.

Quando Ana retornou à ligação telefônica para a residência de Wesley, o melhor amigo já havia partido para a disputa final no ginásio poliesportivo do clube olímpico.

— *Você não irá até lá?* — perguntou Wéllida admirada, logo no início do diálogo.

O motorista Teófilo mal parou diante da entrada principal do ginásio e Ana já pôde ouvir, assim que desceu do veículo da família Scatena Amorim, o ruído eufórico das torcidas e apressou-se por conta do atraso.

Após a revista policial, Ana avançou rapidamente em direção à partida e a cada passo podia sentir a vibração das arquibancadas sob seus pés por cada ponto marcado pelos times de vôlei da disputa.

O acesso ao jogo era amplo e revelava a saída no meio dos assentos da torcida.

Rapidamente, os olhos da neta dos Scatena Amorim identificaram a turma do colégio Lótus, ela subiu os degraus da escadaria aproximando-se de Wéllida, Zaira e Carol.

Não demorou muito para que Ana também entrasse naquele clima empolgante de competição, com gritos frenéticos e cantos de estímulo aos voleibolistas do colégio Lótus. Não tardou também para que ela percebesse a presença de Micely em pé, próxima à grade que limitava o acesso do público aos jogadores. A moça, deslumbrante, nada parecia com a figura tristonha e abatida dos dias em que Wesley esteve encarcerado. Ela era a musa do jogo e quem levaria o troféu até as mãos de Wesley, caso o time do colégio conquistasse o título. Havia uma oponente ao lado dela, a musa da escola Sintonia, mas a beleza de Micely ofuscava até mesmo a simpatia forçada da outra estudante.

— Estamos ganhando, por que você se atrasou tanto? — perguntou Carol assim que Ana sentou-se ao seu lado.

— Reservar esse lugar para você não foi nada fácil — informou Wéllida e Ana imediatamente agradeceu as amigas pela gentileza.

O atraso de Ana fez com que ela chegasse na segunda rodada da disputa, sendo que a primeira, embora combativa, foi vencida pelo colégio Lótus.

Era uma emoção indizível para a Ana estar no ginásio e assistir a final do campeonato do time de vôlei do colégio, ter sido chamada para o evento e estar com aqueles estudantes de uma forma tão espontânea de aceitação que seu sorriso se alargava involuntariamente a cada segundo em que seus olhos conduziam tal imagem à sua mente.

Wesley parecia preocupado, todo o time do colégio Lótus parecia muito concentrado no jogo e o professor Dino seriamente observava-os, fazendo substituições, pedindo pausa para dialogar, chamando os torcedores para o apoio, evitando as câmeras de televisão e fotografia que tentavam comunicar-se com ele.

A quadra poliesportiva de nove de largura e dezoito metros de comprimento, com aquela rede enorme, de quase dois metros e meio de altura, dividia dois sonhos diferentes: a hegemônica consagração da escola Sintonia contra a inédita vitória no campeonato municipal de voleibol do colégio Lótus.

Tanto os três jogadores próximos à rede quanto os outros três mais recuados para o fundo da quadra poliesportiva demonstravam a preocupação em conquistar o título para o colégio Lótus, travando entre os gigantes de quase dois metros de altura ou um pouco mais, o ponto-a-ponto que galopava fechando as jogadas.

Foi na segunda rodada de vinte e cinco pontos que o nível dos treinos começou a aparecer em Wesley e nos demais atletas do professor Dino, o nervosismo dava lugar à força tática, introduzindo bolas tacadas atrás da linha dos três, sempre realizadas de maneira sistemática, com execuções em grande velocidade do que as ofensivas do time adversário, adotando jogadas com apenas um central de ofício em quadra, Goy, enquanto em duas passagens o oposto Aru realizava bloqueios no meio da rede.

A versatilidade impressionava a plateia, com Hislaigon atacando facilmente bolas altas de primeiro tempo ou de fundo.

A disputa estava acelerada, a cada um ou dois pontos do colégio Lótus, os jogadores da escola Sintonia revidavam claramente assustados com o modo como haviam subestimado os adversários durante toda a semana pelos meios de comunicação.

Para a surpresa unânime dos presentes, pais, professores, jornalistas, autoridades, políticos e estudantes de Marissal, o time do colégio Lótus venceu mesmo que por pouca diferença no placar, a segunda rodada da competição, o que fez com que o técnico da equipe Sintonia avermelhasse o rosto de ódio.

A torcida enlouquecida aos pulos de alegria fazia tremer o ginásio, enquanto os apoiadores da escola Sintonia, silenciados pela surpresa, entreolhavam-se em silêncio.

Logo no início da terceira rodada, os erros bufões foram corrigidos e o time da escola Sintonia rapidamente alcançou os vinte e cinco pontos, com uma diferença razoável da equipe oponente, o que preocupou o professor Dino e seus doze voleibolistas.

— Eles acordaram, nesta quarta rodada temos que ir com toda a nossa experiência. Agora mudaremos a disposição em quadra! — impôs o professor Dino. — Dois próximos da lateral direita, dois próximos à lateral direita, dois no centro da quadra e com força aterrissar a bola na quadra adversária! Aru, você sobe com Wesley na mesma tática!

O time gritou unido:

— Fúria!

E o professor Dino completou as instruções:

— Goy, Cilo e Razze, quero vocês subindo sempre no bloqueio triplo; e Wesley, você é chave na diagonal cortada com todo o peso na musculatura! Quero duzentos quilômetros por hora e experimente umas largadas quando o bloqueio for recorrente e não puder explorá-lo!

O professor Dino praticamente gritava com o time, pois se seus atletas ganhassem a quarta rodada, eles poderiam garantir a vitória, mas se perdessem, o time do colégio Sintonia recobraria a autoestima para virar o jogo e levar o empate para uma grande virada na quinta rodada da disputa.

— Fell e Puma, fiquem atentos à rede, vocês são os líberos. Preciso da concentração total de ambos porque vou substituí-los muitas vezes nesta rodada!

O time todo do colégio Lótus voltou a gritar unido:

— Fúria!

E preocupados retornaram à quarta rodada daquela decisão de campeonato municipal de vôlei, que mais parecia final de copa do mundo de futebol em Rélvia.

O juiz da partida apitou, a bola voltou ao ar novamente e os jogadores do colégio Lótus pareciam ter sido possuídos pela fúria que emblemava os gritos dos voleibolistas desde a primeira rodada da disputa.

Todos os atletas do professor Dino resolveram doar o melhor de si para a partida e os pontos só subiam no placar, seguidos pela insistência da escola Sintonia, mas que já entendia o final do longo período sem derrotas nos campeonatos de vôlei de Marissal.

Ana fechava os olhos cada vez que Wesley seguia para o saque, saltava para o ataque ou era substituído.

— Você está perdendo o melhor! — avisava Carol, quase inaudível por conta da festa ensurdecedora da torcida que não acreditava no caminho que estavam percorrendo para o título inédito do colégio Lótus.

A sucessão de saques, cortes e bloqueios perfeitos permitiu aos jogadores do colégio Lótus os vinte e quatro pontos a um passo da vitória, mas por vacilo, pelo encantamento da conquista, os adversários da escola Sintonia voltaram a diluir a vantagem conquistada no placar.

Wesley então foi para a posição um, pegou a bola de vôlei balançando-a no ar e, com um salto, sacou-a para a quadra adversária. A jogada foi rápida, ele mal pôde perceber o time todo se lançando sobre si, gritando, chorando, explodindo de emoção pela conquista por anos esperada. O capitão abraçou seus amigos, pulando, e ouvindo a algazarra da torcida em festa além das grades de proteção da quadra do ginásio olímpico, ovacionando freneticamente os campeões.

Ana perdeu toda a cena, pois estava com os olhos fechados como quem rezava, mas, ao ouvir a explosão de alegria dos presentes, gritou aos pulos e chorou assim como outras garotas presentes na plateia.

Após o saque de Wesley, que deu a vitória ao time por três rodadas contra uma, todos os voleibolistas correram na direção do treinador, professor Dino, abraçaram-no coletivamente e ergueram-no nos braços, lançando-o ao ar, e emocionados gritavam em uníssono com a torcida:

— Fúria! Fúria! Fúria! Fúria!

Os jogadores da escola Sintonia, na quadra adversária, eram consolados por seus pares, tinham perdido a invencibilidade de quatro anos consecutivos para uma equipe estreante, mas que, desde o primeiro jogo, eles sabiam que os ex-usuários de drogas que faziam parte do time haviam adotado o vôlei como um novo vício.

Wesley sorria sendo abraçado pelos amigos, atravessou a grade de proteção e reverenciou respeitosamente a torcida de estudantes, pais e professores da escola Sintonia, foi aplaudido, saltou no ar e, em seguida, se jogou sobre os amigos do colégio Lótus, que gritavam e pulavam ainda muito empolgados com o título inédito da instituição de ensino.

Todos os jogadores do time Lótus seguiram para a plateia, cumprimentar pais, namoradas, amigos de longa data e até vizinhos ou curiosos que souberam do duelo final e compareceram para prestigiar os esportistas.

O professor Dino, destacado como grande técnico do torneio

municipal, já cumpria as entrevistas aos repórteres integralmente, enquanto Wesley e os voleibolistas saudavam o público, dançaram junto à líder de torcida — Micely — e comemoravam metralhados pelos *flashes* das câmeras fotográficas.

O prefeito de Marissal, o doutor Cacian, finalmente adentrou o ginásio com os troféus dos três ganhadores do torneio: o primeiro lugar para o colégio Lótus, o segundo lugar para a escola Sintonia e o terceiro lugar para o colégio Vantagem.

Apesar da delirante alegria pela conquista do título inédito do colégio no voleibol, havia um respeito predominante entre os jogadores do colégio Lótus e sua torcida em relação aos derrotados, e isto se tornou evidente nos tratamentos interpessoais após a disputa.

Wesley, com disposição, conversava com os oponentes tanto da escola Sintonia, quanto do colégio Vantagem, demonstrando a mesma amizade do vôlei na praia no qual sempre se encontravam, ele conhecia e respeitava-os.

Ana decidiu deixar o ginásio assim que o doutor Cacian, o prefeito de Marissal, iniciou o discurso de entrega dos troféus, pois já era a hora em que combinara do motorista Teófilo levá-la de volta à mansão dos Scatena Amorim para o almoço com seus avós, e com aquela multidão em torno de Wesley e dos outros atletas, seria impossível parabenizar o melhor amigo pela vitória.

No caminho para casa, Ana sentiu muita satisfação por participar com os estudantes do colégio Lótus daquele momento tão especial, a sensação de acolhida, mesmo notando ainda alguns olhares interrogativos em relação a sua presença no evento, fez brotar do canto dos lábios um sorriso permanente e o motorista Teófilo, ao perceber a animação da herdeira de seus patrões, resolveu romper a formalidade das saudações cotidianas e alongar a conversa:

— O time de Wesley ganhou? — perguntou ele curioso, pois, ao longo dos meses, também se aproximou do rapaz devido às visitas dele à família Scatena Amorim.

— Sim — Ana sussurrou um pouco admirada com a pergunta, depois resolveu continuar o assunto. — Wesley fechou na rodada com dois saques incríveis.

— Eu sabia que ele seria fundamental nesta decisão — vibrou o motorista rumo à mansão.

Os avós de Ana já almoçavam quando ela chegou com a novidade, alegrando Vito e Henrica que, durante a semana, muito se preocuparam com as acusações criminosas que pesavam sobre o melhor amigo da neta.

— Só considerei um tanto deselegante a sua saída do ginásio, sem ao menos parabenizar Wesley pela vitória — ponderou Vito sobre a atitude da neta.

— Concordo que foi mesmo uma atitude desagradável — concordou Henrica.

— Ele estava cercado de muita gente, era impossível abrir caminho em meio à multidão — Ana justificou sua decisão enquanto seu sorriso de felicidade agradava o casal à mesa.

E nós bem sabemos que isso é um fato verdadeiro, concorda comigo, estimado leitor?

Wesley, como capitão do time, recebeu o troféu das mãos da líder de torcida Micely, que o abraçou com força, e ambos foram surpreendidos pela comemoração desordenada dos voleibolistas. Na sequência, tanto a escola Sintonia quanto o colégio Vantagem receberam os troféus de segundo e terceiro lugares das mãos das líderes de torcida aos seus capitães.

O prefeito de Marissal convidou a todos os jogadores e técnicos esportivos para um almoço em um restaurante muito famoso pela carne assada ao molho quibá — a grande especiaria da culinária Relva — e só desta forma conseguiram dispersar a aglomeração do ginásio esportivo.

Já dentro do carro do professor Dino com outros jogadores de vôlei, Wesley ainda era cumprimentado por alguns torcedores, que arrancavam-lhe o boné da cabeça, davam-lhe apertos de mão, as garotas beijavam seu rosto deixando marcas de batom e bom perfume no interior do veículo.

— Wesley, eu admirei a sua força hoje, apesar da sua semana pesada, você não deixou reflexos do momento ruim que passou, todos gostam muito de ti, o seu jeito humilde e engraçado cativa — comentou o professor fazendo-o emudecer.

— Obrigado, professor — disse com emoção na voz.

— Aquela garota que você impediu que brigasse com a Berka no início do ano estava nas arquibancadas, você a viu? — perguntou novamente o treinador do time.

— Eu não pude observar, o ginásio estava lotado — respondeu o capitão da equipe com sinceridade.

— Você foi muito corajoso por tê-la acolhido no dia daquela briga, colocou à prova todos os outros vínculos de amizade. As coisas poderiam ter se tornado bem difíceis para ti, mas sua vontade de corrigir a injustiça foi nobre. Nós, professores, ficamos sabendo bem depois da desavença e nos orgulhamos de sua atitude — continuou o professor Dino analisando o comportamento de seu atleta.

— Eu só quero que todos se sintam bem na escola, que se sintam aceitos como eu, não quero que ninguém se sinta menor e odeie o colégio porque é excluído — afirmou Wesley com os olhos embaçados pela emoção, disfarçando um tom alegre na voz, enquanto o professor Dino e os outros três atletas que os acompanhavam, Aru, Zaga e Nonie sorriam orgulhosos.

— O trabalho de atrair esses meninos viciados em drogas, o modo como se apaixonaram e se entregaram para o voleibol, essa vitória é da escola inteira e você tem muita participação nesse negócio — finalizou o técnico da equipe vencedora.

Ao chegar em casa, a mãe de Wesley, Ríccia, correu para abraçar o filho fortemente. Eram três da tarde e o comboio de carros dos amigos que o trouxeram de carona desceram a rua em buzinada.

Seguindo os conselhos da matriarca, Wesley repousou o resto da tarde, Ríccia também estava aliviada pelo retorno do filho da carceragem e finalmente pôde dormir tranquila ao lado dele na cama, tamanha era aquela saudade umbilical.

Acordaram quando já estava anoitecendo, Ríccia saiu fechando as janelas da casa e anunciando à família que a nora Zaira havia preparado algo muito cheiroso para o jantar.

O som do telefone na sala interrompeu as risadas e brincadeiras da família recomposta, eram estudantes da cidade, organizados em uma festa novamente na casa de Iron, para comemorar a vitória do time de vôlei e terminar o barulho estragado no final de semana anterior pela falsidade de Lárida.

— Você irá? — perguntou Ríccia ao sentar-se ao lado de Wesley no sofá.

— Eu tenho que ir, mas prometo me cuidar — garantiu o filho.
— De verdade? — indagou a mãe, preocupada.
— Com certeza — sussurrou ele e abraçou-a beijando a testa da matriarca da família Amarante Paes.

Não demorou muito para que Wellington e Welner estivessem prontos para a festa, e desta vez foram categóricos em sair com Wesley no mesmo automóvel da residência para a comemoração.

Havia muita gente no casarão de Iron, o som alto das músicas e a iluminação convidavam a mexer o corpo com frenética agitação, e as gargalhadas, a bebida e as paqueras entre os jovens eram o recheio daquele encontro que prometia se alongar até além das horas.

— Eu sinto muito pelo sofrimento — lamentava Wesley e desculpava-se diante dos relatos dos amigos sobre o quanto sofreram com sua prisão. — Mas hoje vamos esquecer e comemorar porque eu voltei para amar a todos vocês — dizia ele fazendo os amigos rirem do seu jeito loucamente divertido do causar alegrias.

Carol e Givago, o casal achegado a Wesley, não tardou em cumprimentá-lo.

— Vocês sabem como a Ana está? — perguntou em tom confidencial aos amigos de tantos anos.

— Ela esteve triste, muito triste com sua prisão, mas foi hoje ao campeonato e se divertiu muito com a vitória do time — relatou Carol enquanto Givago tomava uma bebida e movia a cabeça concordando com as palavras da namorada.

— Eu tentei ligar para ela ontem, mas o avô disse que Ana estava dormindo — justificou Wesley.

— Ela dorme durante a tarde e passa boa parte da noite estudando medicina humana — comentou Givago.

— Exatamente isso — concordou Wesley.

Já era quase meia-noite quando o carro estacionou na rua, um pouco distante da mansão da família Scatena Amorim.

Wesley pulou do automóvel de teto conversível e foi descendo a rua com seu andar jovial, ouvindo os latidos perturbadores dos cães e pensando no quanto fora difícil convencer o amigo a levá-lo escondido até ali, mesmo garantindo que não se meteria em confusão.

O porteiro Sullivan abriu passagem assim que reconheceu o amigo, cumprimentaram-se com um forte abraço, conversaram em tom baixo de voz e logo Wesley perguntou sobre Ana.

— Os avós dormem, mas a luz do aposento dela ainda está acesa. Há uma escada na sacada do quarto que foi cortada assim que os pais dela faleceram; o senhor Jorge costumava entrar na casa por lá, mas acredito que, se conseguir pular, terá acesso a sua amiga.

Wesley saiu rapidamente, contornou a mansão e confirmou a lâmpada acesa no interior do quarto.

— Estudando... — balbuciou e sorriu orgulhoso, ajeitando os cabelos.

Wesley não queria assustar a amiga, então observou no gramado junto às plantas, pedrinhas arredondadas, recolheu-a na mão e atirou levemente na vidraça para não quebrar, somente para chamar a atenção de Ana.

Duas ou três tentativas e a cortina foi puxada, ele acenou e ela pôde reconhecer o amigo no gramado. Reagiu com um susto:

— Wesley?! — E o coração dela já pulsou mais descompassado.

Ele sorriu fazendo sinal para que ela se aproximasse, pulou no pedaço da escada externa que sobrara para o acesso ao quarto e já estava diante dela, abraçando-a, beijando-lhe a testa como de costume.

— Senti sua falta, minha amiga — desabafou ele.

— Estou tão feliz por você estar livre e salvo — confessou a herdeira Scatena Amorim, ainda surpresa com a visita inesperada do melhor amigo.

Os dois jovens conversaram um pouco sobre tudo o que ocorreu na semana, Wesley contou a ela a respeito do cárcere. Ana relatou a ele todos os acontecimentos externos à delegacia e, quando perceberam, já estavam abraçados novamente.

Ana se sentia feliz, admirando tudo em Wesley enquanto dialogavam, sabia que aquele amor secreto jamais seria correspondido, mas todo o carinho que a amizade dele proporcionava-lhe já era um presente de muito valor.

— Vamos comigo para a festa? — convidou ele sabendo que, sem a autorização dos avós que já dormiam, a amiga jamais sairia da mansão, mas, para a sua surpresa, Ana aceitou o convite.

— Eu irei sim, só um instante que já me arrumo — respondeu

deixando-o admirado.

— Seus avós... seus avós... — sussurrou enquanto Ana fazia sinal para que ele descesse pela escada externa da sacada.

Wesley lançou-se ao chão e olhando para o interior do quarto, não acreditava na amiga até que ela surgiu retocada e vestida para se divertir um pouco naquele sábado à noite.

— Pode pular que eu te seguro — murmurou.

Ana, mesmo insegura, com medo da queda, desceu a meia escada externa e lançou-se, sentindo que o melhor amigo realmente segurou-a.

— Confiança? — caçoou ele, pondo-a em pé no chão.

Riram discretamente e iniciaram uma caminhada sorrateira pelo quintal da mansão até a saída, onde o porteiro Sullivan abriu passagem e os dois correram pela rua até o carro do amigo que os esperava, ambos rindo alto por causa daquela fuga tão maluca e improvisada que assanhou a cachorrada das mansões vizinhas.

Pela manhã, após o desjejum, Ana e sua avó sentaram-se no jardim da casa para aproveitar o domingo, enquanto o avô saíra para um encontro com empresários do setor hoteleiro.

— Você nunca deixou em evidência este sentimento por Wesley? Tem certeza de que ele nunca percebeu? — perguntou a avó após ouvir o relato da festa na casa de Iron na noite anterior.

— Jamais — respondeu Ana objetivamente, pois sabia da popularidade e da quantidade de garotas que também o desejavam. — Meu silêncio me protege, não quero me ferir.

— Como pode ter tanta certeza de que ele jamais olhará para você enxergando-a além de uma simples amiga? — insistiu a avó inconformada.

Ana pensou no comportamento tão natural que Wesley tinha com ela, na maneira como comentava das outras garotas no qual se relacionava amorosamente, no trato sem malícias que a destinava, tudo isso evidenciava o quanto ele só sentia amizade.

— Wesley se aproximou de mim porque alguns estudantes ignoravam-me no colégio — revelou Ana sem detalhar os trágicos acontecimentos da primeira semana de aula no colégio Lótus. Ao notar o olhar surpreso e curioso da avó assim que ouviu o fato novo, prosseguiu o desabafo: — Ele não percebe o que eu sinto, porque seu objetivo é me proteger — terminou a frase engasgada pela tristeza.

Notando seu estado, a avó apertou-lhe a mão direita de forma acolhedora.

12

AMEAÇA

Naquela noite em que o inverno já estava com seus últimos gelados ventos contados, Ana ficou na sacada por certo tempo observando o pomar, sentindo o aroma suave das frutas da época, olhando o céu estrelado, enquanto a brisa leve passeava em sua pele. Era o final do solstício, era o início do equinócio.

Ela pensava na visita do melhor amigo, na fuga para a festa divertida ao lado dele, e principalmente na conversa com a avó naquela manhã de domingo no jardim. A cada dia passado, Ana estava mais envolvida por Wesley, aquele garoto tão animado era a maçã que a atraía para uma mordida, que a acordaria para uma triste realidade na qual poderia até mesmo perder a companhia do amigo leal.

— Nunca! Jamais! — repetiu a si mesma baixinho deixando as lágrimas trancafiadas pela presença da avó, rolarem agora, livres pelo rosto, à semiluz do quarto.

Foram muitas atividades escolares, treinos esportivos, não faltaram festas, passeios, a rotina de cobranças da família e professores, aos jovens estudantes do colégio Lótus, seguindo assim, dentro de sua normalidade, e findando o mês de agosto de 1999.

O país de Rélvia, o continente Salineiro, a cidade de Marissal, adentraram setembro percebendo o cheiro suave da chegada da primavera após o longo período em que a mais perfumada estação do ano passou represada no tempo.

A fiel amizade entre Ana e Wesley se fortalecia pelo convívio entre ambos nas visitas ao esconderijo, no recreio, na cantina da escola, nos telefonemas que trocavam, nas pedaladas de bicicleta na orla do Oceano Vivo, conversando sobre tudo e conversando sobre nada, felizes pela simples companhia que um proporcionava ao outro.

Os demais estudantes observavam aquele estreitamento, alguns ainda tratavam a neta do casal Scatena Amorim com inferioridade por sua introversão, outros reconheciam sua personalidade reservada, entretanto aproximavam-se dela para atender aos pedidos de Wesley.

Mas o tempo, esse fenômeno natural capaz de curar todas as inflamações da alma, aos poucos revelava ao grupo de amigos da escola, o quanto Ana era uma adolescente muito especial, que eles estavam errados em julgá-la: por trás daquela timidez havia um ser adorável.

Conforme o avanço dos dias, Ana tornou-se para Wesley uma companhia indispensável, a obrigação de protegê-la transformou-se no prazer de acompanhá-la. Aquela estudante tão fragilizada era como sangue do seu próprio sangue, alguém que ele mesmo tinha a recorrente sensação de conhecer de longa data.

Naquela primeira manhã de setembro, assim que pisou na calçada do colégio Lótus, Ana foi surpreendida por três amigos de Wesley da terceira grade.

— Viemos te falar o que vai rolar aqui na escola, este mês... — iniciou um deles que ela conhecia, era Tauner.

— Mas é segredo, surpresa absoluta — advertiu o outro, Bilian.

— A galera da escola, nós todos, vamos preparar uma festa-surpresa no aniversário do Wesley — revelou Águile.

E subiram a rampa até a sala que Ana estudava, contando à garota os detalhes da confraternização, o modo como cada aluno colaboraria com o coquetel, e recomendando o sigilo da informação.

Foi uma novidade para Ana a consideração dos estudantes ao dividir o plano da festa-surpresa para Wesley com ela, participar daquele mistério coletivo e ter a confiança de boa parcela dos alunos que sempre estavam com seu melhor amigo, deixou-a imensamente feliz, sentindo-se incluída em um grupo ao qual jamais pensou fazer parte, mas que agora começavam a efetivar a aproximação, sem receios ou pré-julgamentos, permitindo-lhe revelar sua personalidade a eles.

Wesley não desconfiava da festa-surpresa planejada para o dia vinte e dois de setembro pelos estudantes do colégio Lótus, mas quem o conhecia, bem sabia que a emoção do rapaz seria algo garantido a todos.

As duas semanas finais eram destinadas às provas do bimestre, fechando as notas da terceira etapa do ano letivo, mas os diretores Nabúdio e Hervino decidiram antecipá-las por conta da festa-surpresa; todos comentaram com Wesley que a decisão foi tomada por conta do feriado da Gratidão que ocorreria em outubro, e ele, inocentemente, acreditou.

Com as duas primeiras semanas de setembro carregadas de provas e trabalhos escolares em que todos os estudantes planejavam obter boas notas, Wesley e Ana pouco se encontravam e ela dava graças aos céus por isso, só assim não correria o risco de ser traída pela própria desatenção e dar pistas, sem querer, da festa sigilosa que o grupo tramava.

Quando se tratava de festa na escola, a euforia era perceptível, notável e admirável, até mesmo os professores faziam questão de alfinetar seus conhecidos alunos:

— Para festas são muito bons!

— Pudera ser dessa forma com os estudos...

— Na hora de estudar, quero a mesma disposição!

E os puxões de orelha seguiam-se com a avidez da organização para surpreender o popular Wesley.

— Ele merece este reconhecimento — afirmava o avô Vito sempre que Ana comentava sobre os preparativos do aniversário.

O segredo era unânime em todos os olhares dos amigos que cercavam Wesley no colégio, todos vigiavam uns aos outros para que nada fosse dito, e desta forma os arranjos para a grande comemoração fossem providenciados.

O diretor Nabúdio, como sempre, convidava um bom DJ para tocar as melhores músicas, todos os que conviviam com Wesley sabiam que o aniversariante tinha verdadeira adoração por músicas e bandas da época em que seus pais eram jovens, músicas de sucesso das décadas de mil novecentos e setenta, oitenta, noventa, algo incomum, mas que todos se acostumaram a conviver e até mesmo a gostar de tal mania.

De uma semana para a outra a surpresa estava preparada.

Quando tudo parecia combinado, Wesley inocentemente comentou com alguns amigos de sua turma no colégio, para o desespero de todos, que viajaria para a casa dos avós maternos em Gonam no seu aniversário, porque, no final do inverno, a qualidade das ondas, com picos altos e ondulações perfeitas, constantes, garantiria maior deslize aos surfistas.

Os avós maternos viviam em Gonam, em uma casa de praia no litoral oceânico de Rélvia onde as ondas chegavam até quinze pés de altura no final do inverno, devido à subida das águas por conta das tempestades oceânicas, os ventos marítimos traziam ondas épicas que garantiam manobras radicais sobre as pranchas de surfe.

Wesley parecia realmente decidido a fazer a tal viagem.

— Por que você não pode adiar a ida a Gonam? — perguntou Ana, com visível angústia ao telefone com o melhor amigo.

— *Esta é a melhor época do ano para esporte de aventura, outono, inverno, por causa das tempestades no meio do Oceano Vivo, as ondas vêm sopradas pelo vento, proporcionando deslizes perfeitos, só quem é surfista sabe da emoção que estou falando.*

— Não tem como adiar? — insistiu ela.

— *Eu já combinei com a turma da praia em Gonam, meus amigos estarão me esperando. E, segundo a meteorologia, será a maior tempestade marítima do ano, a gente não sabe se o ano de dois mil vai realmente acontecer, o mundo inteiro acredita que a Terra encerrará seus trabalhos...* — justificou rindo um pouco.

— É verdade, o novo milênio ainda é um mistério — disse Ana pensativa.

Tudo estava pronto para a festa-surpresa, e Wesley, naquele final de semana, já se encontrava de malas prontas para a viagem, quando o telefone tocou. Era a avó materna, Zula, avisando-o que nem ela e nem o avô Rasquel estariam em Gonam durante a semana do aniversário do neto.

Caro leitor, pode imaginar a tristeza nos olhos de Wesley? Sim, havia tristeza e decepção, pois a esperança de ainda poder sentir as melhores ondas daquele final de século quebrando e criando tufos de água, para que ele atravessasse com suas aventuras, acabara de morrer.

— Essa saída da vovó de Gonam me chateou porque era algo que eu queria muito — desabafou Wesley com a mãe durante o jantar.

— Mas é sua avó, devemos respeitar as decisões dela e de seu avô — minimizou o pai, pois não pretendia mentir para enganar o filho, apenas acobertar a surpresa que os amigos preparavam para Wesley.

O combinado não trouxe apuro a ninguém até o dia vinte e dois de setembro, início da primavera, que chegou abrindo e esquentando a manhã, o tênue trânsito entre o inverno e o verão, preparando as flores para enfeitar os jardins e sacadas, louca para intensificar as chuvas, para carregar no colo do vento todas as sementes férteis da vegetação.

Ana despertou e as cigarras já rachavam as costas de tanto cantar nos troncos das árvores, lembrou-se do presente do amigo, correu para o telefone e discou para a residência de Wesley, mas a linha telefônica indicava ocupação, tentou por mais algumas vezes e permanecia no mesmo estado, por estes fatos deduziu que algum amigo já estaria parabenizando-o, foi assim que a herdeira da família Scatena Amorim ajeitou-se e partiu para aquele dia cheio de homenagens a quem tanto merecia.

Ana chegou à escola e a comunicação visual dos alunos era nítida, compartilhavam o segredo no silêncio, tentando de todos os modos enganar Wesley para surpreendê-lo.

O vice-diretor Hervino pediu que a coordenação disparasse o sino antes do horário que Wesley chegasse, pois ele e os irmãos sempre estavam no colégio Lótus pouco tempo antes do início das aulas e, desta forma, nenhum estudante o encontraria.

Wesley ficou bastante agoniado quando subiu as rampas da escola e ninguém lá estava, preocupou-se com o atraso e com uma possível bronca do professor, estranhou principalmente o fato de que, nos dois anos anteriores, os amigos esperavam-lhe no portão para parabenizá-

-lo e presenteá-lo.

— Wéllida, este ano eu fui esquecido — comentou, rindo com a irmã caçula, ao se despedirem para as suas salas.

— É o que parece — respondeu ela cinicamente.

O combinado era que os estudantes seguissem o ciclo de normalidade até a terceira aula da manhã e assim cumpriu-se.

Na turma da terceira grade, os alunos cumprimentaram Wesley pelo aniversário de modo a não suscitar suspeitas quanto à surpresa que o aguardava.

O diretor Nabúdio solicitou que a coordenadora levasse Wesley até a sala da direção escolar e Fátina assim o fez, parabenizando-o pelo aniversário, trancaram-se o líder do grêmio estudantil e os dois proprietários do colégio Lótus no ambiente enquanto lá fora os alunos já preparavam toda a decoração, o coquetel e as músicas para a comemoração: a animação contagiava a todos, já dentro da sala, a tensão instaurou-se após as saudações cordiais e os assuntos triviais, o teor da conversa tornou-se pesado:

— Wesley, infelizmente o que temos a lhe revelar não é nada animador, você tem se esforçado para ajudar a todos os alunos a se sentirem bem no colégio Lótus, isto é muito digno, mas...

— Mas? — perguntou ele ao diretor Nabúdio enquanto a coordenadora Fátina e o vice-diretor Hervino olhavam-no com semblante sério.

— As intimidações voltaram em relação à Ana — Fátina tomava voz no assunto.

— Infelizmente ficamos sabendo disso na sexta-feira passada — Nabúdio retornou ao diálogo.

— E-e-eu re-realmente não entendo — gaguejou Wesley corando de raiva. — Estive com Ana durante toda a semana, encontrei-a no sábado e ela nada falou sobre isso — desabafou ele enquanto o sino disparou para o recreio dos alunos. — Vou até a cantina, quero chamar a todos e entender o motivo pelo qual a perseguem, sua timidez não é motivo para esse rancor inexplicável — comentou visivelmente revoltado com a postura adotada pelos estudantes.

Quando deixou a direção escolar, Wesley encontrou o pátio vazio. Imaginando que todos já haviam seguido para a cantina, caminhou apressado até o local a fim de cobrar os estudantes as tais atitudes excludentes em relação à amiga Ana, não acreditava que, depois de todos os seus esforços de quase um ano, continuavam aborrecendo-a...

Wesley, que no início ficara paralisado com a surpresa, demorando um pouco para retomar a fala e a mobilidade de seu corpo esguio, agora cumprimentava a turma agradecendo-os pela armadilha.

Em pouco tempo, o vozerio e a algazarra juvenil confundiram-se com a música alta e a fumaça de gelo seco em contraste com o jogo de luz que coloria e iluminava o cenário, era festa e, entre as guloseimas, também havia a paquera e a força da amizade. O rapaz, com sua simplicidade costumeira, unia os estudantes para fotos, sem exceção, uma vez que era seu último aniversário na escola e ele gostaria de guardá-lo não apenas na memória da saudade.

Ana mal conseguiu cumprimentar Wesley por conta da aglomeração de alunos em torno dele, mas a felicidade expressa no rosto do melhor amigo deixou-a imensamente satisfeita.

Wéllida retirava do pátio os presentes que Wesley havia ganhado e Ana sentiu orgulho dele, por ser tão especial para todos, por manter a fidelidade aos companheiros da vida e com isso conquistar o respeito e a admiração de todos daquela maneira tão uniforme.

Os professores, ora ou outra interrompiam a música e parabenizavam Wesley usando o microfone, o que provocava uma gritaria misturada com assovios, ovacionando-o por todos os lados. Fazia calor e a aglomeração dos estudantes agitados pulando embalados ao ritmo das músicas, levou Ana a acreditar que todos estavam loucos. Ela dançou um pouco, acompanhando os movimentos de Givago e Carol, mas logo desistiu e resolveu provar o bolo de aniversário que já começara a ser servido após a tradicional canção de parabéns.

Embora muitos estudantes tivessem boa receptividade com Ana, ela ainda sentia o desconforto de alguns alunos em relação a sua presença e isto fazia com que seu encorajamento em agir com naturalidade nas horas de descontração diminuísse muito: nestes momentos, ela enxergava sua própria vulnerabilidade. Desta forma, foi inevitável não perceber o olhar, o riso e o desprezo de alguns jovens, assim como Micely que, durante boa parte da festa, esforçou-se para mostrar a todos o quanto ela, a bela líder de torcida, era importante no caminho de Wesley.

Talvez, caro leitor, todas essas observações e desconfianças que descontentavam Ana, fossem fruto do sentimento amoroso que nascera da estreita amizade que Wesley cativava em seu peito. Todos pareciam plenamente felizes com a festa-surpresa, mas Ana deixou a escola despercebidamente, atravessou o portão e seguiu as luxuosas quadras do bairro de Verdemonte que davam acesso a sua residência, olhando as outras mansões, observando as vidas que pelo caminho estavam, tentando, de todos os modos, sorrir de algo e disfarçar o coração apertado e os olhos chorosos por conta do egoísmo de ter que dividir o melhor amigo com aquele punhado de gente.

O motorista Teófilo assustou-se ao ver a herdeira da família Scatena Amorim chegar à mansão fora do horário escolar.

— Senhorita, eu... — disse ele, sendo interrompido por Ana.

— Não se preocupe — respondeu ela, tranquilizando-o.

Como sabia que os avós não estariam para o almoço, Ana sentou-se à beira da piscina, encolhida, pensando por algum tempo na loucura de ter se apaixonado por Wesley.

— Não é minha culpa — argumentou para si mesma, procurando razões que desencadeavam repentinamente aquele ciúme do melhor amigo, durante a festa de aniversário, aquela sensação de impotência em fazê-lo sentir a mesma paixão que chamejava em seu peito.

Ana permaneceu sentada ali por algum tempo, deixando o reflexo da água da piscina passear em seu rosto, pensando muito em Wesley, era difícil meditar em algo diferente, refletiu que talvez tenha passado a vê-lo além do bom amigo por conta de ser ele o jovem constante em sua pacata rotina, o único homem que aparecera para mudar aqueles dias fartos do desprezo de outros adolescentes, para inibir a ausência dolorosa que a morte dos pais trouxe para a sua rotina, e de certa forma preencher o vazio que a vida de negócios dos avós jamais conseguiu conciliar.

Sem apetite, adentrou seu quarto e adormeceu, sendo acordada pelo telefone que tocava próximo à cama.

— *Foi incrível, por que você não ficou até o final?* — comentou Wesley recém-chegado do colégio Lótus, onde os alunos do primeiro período junto a outros do turno vespertino seguiram em comemoração até o final da tarde.

— Não avisei ao motorista que me atrasaria na saída do colégio — despistou ela, jamais admitiria sua possessão insatisfeita com a bajulação das outras garotas em torno dele.

— *Eu entendo* — acreditou Wesley plenamente. — *À noite, os amigos do gesto, o grupo estudantil de oração do colégio, farão um luau na praia para comemorar meu aniversário de uma forma diferente, você quer ir?*

Diante daquela oportunidade de vê-lo, de estar novamente com ele, Ana até se engasgou ao responder:

— S-si... sim, é claro. — Vibrou do outro lado da linha telefônica sem que ele desconfiasse.

A noite na praia foi muito especial, iniciada com uma linda oração realizada por um aluno chamado Felite, e sua namorada Jhéssina, ambos da terceira grade, mesma etapa de ensino que Wesley estudava.

Iniciados os louvores à beira da fogueira acesa, Wesley muito comovido, tocava o violão com uma concentração semelhante à dos três outros violonistas, todos os presentes pareciam bastante focados nas preces e à medida que o tempo passava, maior era a satisfação de Ana, por estar acompanhando-o. Ela acidentalmente sentou-se diante do melhor amigo, e, apesar da distância, isto lhe prejudicava a atenção, a noite nublada era álibi de sua contemplação discreta, olhou-o por um longo período, incansavelmente, reparando nos cabelos, na altura, nos ombros, na barba espessa cobrindo o rosto, nos olhos de floresta infinda, nas mãos grandes, fortes e macias, dedilhando o instrumento musical com tanto carinho, o sorriso largo e a boca que ela até se perdia em desejar.

Ana observou-o tanto que se esqueceu dos louvores, ausente naquela ânsia, seus olhos pausados como os da presa diante de seu potente predador, paralisada naquela vitrine que dominava seus sonhos há algum tempo, sentindo a paixão pulsar no peito, tão viva quanto a sua própria adolescência.

Quando Ana percebeu, Wesley havia levantado o rosto e olharam-se profundamente, ela, com o susto, tentou disfarçar que o observava, em seguida abaixou a cabeça e fechou os olhos pensando se ele havia notado a longa viagem de desejos que suas retinas fizeram pelo corpo do melhor amigo. Sentiu-se perturbada com a possibilidade dele ter percebido a sua cobiça, sentiu o rosto corando intensamente, desencorajada a reabrir o campo de visão, não poderia perder a amizade dele por um tolo sentimento.

Wesley fitou a amiga inocentemente imaginando o quanto ela

estava feliz com aquele grupo seleto do colégio Lótus, sentia muito prazer em vê-la observando-o ao violão, acompanhando com notas musicais os belos louvores.

Felite e os demais partiram o bolo após a cantiga de aniversário, e não demorou para a noite fria de vento trazer uma chuva torrencial e os corpos aquecidos pela fogueira encherem-se de arrepios com a mudança climática repentina.

Despediram-se rapidamente e Ana começou a espirrar assim que adentrou o carro alto de Wesley, no caminho de retorno para casa.

— Acho que alguém acaba de encontrar uma bela gripe! — comentou o rapaz sorrindo para a amiga.

Na manhã seguinte, Wesley não compareceu para a aula, mas todos acreditaram que a ausência do aluno popular era devido ao cansaço motivado pelas festas de comemoração do seu aniversário. Seus irmãos também haviam faltado ao colégio.

No entanto, a noite chegou com uma notícia assustadora, de que Wesley fora internado no Hospital da Saúde sob suspeita de pneumonia.

— *Dizem que a febre está muito alta...* — comentou Carol ao telefone com Ana, e esta foi a segunda pior notícia após aquele golpe do mês de agosto em que o melhor amigo esteve encarcerado.

Quando o motorista Teófilo estacionou o carro e Ana saltou com sua avó, muitos estudantes já estavam em frente ao hospital onde Wesley fora internado e os semblantes de angústia eram evidentes.

— O que acontecerá agora? — perguntavam uns aos outros, referindo-se ao estado de saúde do amigo.

No dia seguinte, na escola não se comentava outro assunto durante as aulas após o período letivo, os alunos seguiam para o hospital para saber se Wesley tivera alguma melhora, e os olhos foram tornando-se inchados com a evolução negativa do quadro clínico do rapaz.

— A mudança brusca de temperatura fez com que a gripe mal curada evoluísse rapidamente para uma pneumonia. — Era a única informação médica que chegara até os amigos na parte externa do hospital.

A notícia da internação chegaria logo após, justificada pela febre alta e dificuldade respiratória por conta da baixa oxigenação sanguínea devido às secreções nos alvéolos que impediam a troca de gases no pulmão.

— Ele ficará bem — diziam uns aos outros para confortar a si mesmos, ao se despedirem deixando o centro médico.

Com a internação de Wesley no Hospital da Saúde, iniciou-se mais um capítulo de sofrimento na vida de seus amigos. Na escola durante a manhã, os alunos, preocupados, comentavam sobre seu estado que piorou mesmo com o tratamento com antibióticos.

Ao final daquela tarde, os médicos decidiram colocá-lo em um respirador mecânico devido às queixas do paciente de dores nas costas e dificuldades para respirar incessantes desde sua chegada ao centro médico. A família Amarante Paes revezava-se nos cuidados e transmitia notícias do parente aos amigos, que constantemente chegavam ao hospital para saber do estado de saúde do rapaz.

Havia uma agonia nos olhos e nas vozes de todos que cultivavam aquela amizade sincera com o aluno mais popular do colégio Lótus, uma insegurança que até Wesley mesmo tinha em relação a sua cura, uma vez que era ciente de que aquela pneumonia poderia ser letal para a sua vida.

Enquanto uma parte dos amigos da escola e da cidade procurava manter a calma e acalmar os demais, havia um grupo menos otimista diante da situação.

Os médicos pouco diziam e muito faziam para salvar aquele jovem fragilizado pela feroz doença.

A quarta-feira amanheceu aquecida no colégio por rumores de agravamento no quadro de Wesley.

— Eu soube pela família, os remédios foram ministrados, esperam que entre três ou cinco dias, Wesley tenha ordem médica de saída da internação hospitalar, segundo o pneumologista Alvaren, que o atende desde a infância — diziam uns aos outros como forma de afastar os maus presságios.

— Mas o que se vê é a piora na saúde de Wesley — argumentavam entre si.

— Disseram-me que a aparência dele está péssima, que parece estar morrendo, tamanha é a palidez e fraqueza — falavam com angustiada impaciência.

E todos os comentários, impregnados de pessimismo, instauravam a sensação de luto entre os estudantes do colégio Lótus, de outras escolas, das universidades, dos grupos esportivos, das bandas musicais, de todos os jovens que tinham o alegre privilégio de ter a amizade sincera de Wesley.

Ana chorou sozinha em sua cama após a aula, era quarta-feira e ela resolveu não ir até o esconderijo por conta do céu carregado com nuvens pesadas anunciando chuva forte.

Aquela sensação estranha retornava em seu peito apertado pelo medo da perda, a mesma sensação que sentira quando o melhor amigo esteve preso, mas agora a dor era potencializada pela assombrosa possibilidade de não ter mais Wesley em sua vida, somente na memória, e Ana não aceitaria nem sequer cogitar tal ausência, uma vez que já convivia com o pesadelo da morte de seus pais.

Henrica chegou dos compromissos diários muito preocupada com a internação médica do melhor amigo da neta.

— Podemos ir até o hospital durante a madrugada, neste horário há um menor movimento de pessoas e conseguiremos receber informações diferentes destas da escola — disse encorajando a neta deitada sobre o seu colo em silêncio.

Ao chegar ao hospital, o relógio no painel do automóvel dirigido por Teófilo já registrava quase duas da manhã. Avó e neta deixaram o veículo e, durante a caminhada, Ana disse a Henrica que, se os pais estivessem vivos, poderiam ajudar o melhor amigo.

Wéllida não demorou a aparecer na recepção da clínica médica assim que foi avisada da chegada de Ana.

As duas se abraçaram chorando.

— Estou apavorada — desabafou a irmã caçula de Wesley após também cumprimentar a avó da visitante. — A melhora que o doutor Alvaren anunciou está tardando muito a acontecer.

— Este é o diagnóstico que nossos amigos do colégio comentavam hoje pela manhã — disse Ana com pesar na voz.

Dialogaram por um bom tempo sobre a pneumonia, então Wéllida convidou Ana para ir até o leito de Wesley, para vê-lo.

— Vou passar para ti discretamente o colete de visitante, ensinarei o caminho, o número do quarto, e você vai até lá — disse a irmã do melhor amigo encorajando-a.

Como o olhar da avó Henrica era de concordância, Ana vestiu disfarçadamente o colete hospitalar e seguiu pelo corredor tremendo pelo medo de ser abordada por algum sanitarista. Ela perdeu-se pelo caminho, voltou às coordenadas de Wéllida, concentrou-se nas orientações e, após certa demora, adentrou o quarto privativo.

Wesley estava lá, na semiluz, adormecido e ofegante, com o respirador mecânico em seu rosto. Ana aproximou-se devagar, constatando a face muito pálida do rapaz, tocou a mão e apertou-a com tristeza. Em pé em silêncio, ela negou-se a pensar que poderia estar vivendo a despedida do melhor amigo. As lágrimas romperam invitáveis e ela soluçou ajoelhando-se ao lado do leito para rezar.

Contrariando todas as más notícias, o final da chuvosa quinta-feira trouxe muitas esperanças em relação ao estado clínico de Wesley, e na escola já comentavam que os corticoides e antibióticos estavam recompondo a saúde do aluno mais popular.

Ainda havia medo e angústia em relação à recuperação, mas a melhora na saúde de Wesley deixou o dia mais agradável e leve. Na sexta-feira, todos já sabiam que ele se alimentou, banhou-se, conversou com muita gente, e que o doutor Alvaren planejava até uma alta médica para a tarde de domingo.

As previsões não eram mentirosas, durante o sábado Wesley esteve melhor que na sexta-feira, respirando com maior conforto, sem a ajuda de aparelhos mecânicos, sem a rouquidão na voz, com o cansaço praticamente eliminado, sem a febre alta dos primeiros dias da doença.

O doutor Alvaren adentrou a sala cumprimentando os pais, que dialogavam alegres com o paciente.

— Wesley — iniciou o médico —, eu posso garantir que, pelo resultado do último exame que fizemos, seus pulmões aguentarão encher de ar todas as bexigas de seu próximo aniversário — comentou provocando risos na família Amarante Paes.

— Eu pensei que não escaparia — disse Wesley exibindo um largo sorriso.

— Sua alta será autorizada a partir da liberação conjunta com meu médico assistente, prescrita e assinada no prontuário, providenciarei estes procedimentos, pois posso ver em seu rosto, a vontade endoidecida de voltar à vida comum — afirmou o médico cordialmente, pousando a mão esquerda no ombro do paciente que conhecia desde a infância.

Wesley deixou o hospital sem alardes, pois os profissionais de saúde que o atenderam não desejavam enfrentar um tumulto juvenil na entrada da clínica médica assim como ocorreu na delegacia de polícia durante a acusação de estupro ao qual o garoto sofrera no mês anterior.

Ana sentia-se aliviada pelos rumos que a saúde de Wesley tomou, era extremamente bom vê-lo com aquele ânimo de ferro, estudando com dedicação, treinando seu vôlei com garra, sorrindo e fazendo feliz aos seus amigos.

— Estou muito contente por você ter sobrevivido — falou Ana enquanto subiam a estrada antiga da floresta do parque, rumo ao esconderijo.

— Nós estamos vivos — enfatizou Wesley sorrindo para a amiga.

13

ALMOÇO

Após aquela madrugada em que Ríccia encontrou Ana ajoelhada aos pés do leito do filho, rezando no hospital, a sua estima pela neta da família Scatena Amorim agigantou-se.

— Quero que Ana almoce conosco no próximo final de semana — sugeriu a mãe. Wesley sorriu.

— Devo ficar surpreso? — provocou.

— Eu sei que a julguei de forma errada no início do ano, tive medo de que perdesse seus amigos de longa data por causa de uma novata envolvida em confusões, mas hoje vejo a injustiça que os estudantes fizeram a ela — explicou.

Naquela semana em que Wesley retornou às aulas, as garotas se desdobraram com cuidados sobre ele, monitoravam a temperatura, o horário da ministração de medicamentos e davam atenção e carinho ao amigo que se recuperava da pneumonia; já os garotos tentavam, de todos os modos, distrair-se com ele.

Em pouco tempo, a feição de Wesley nem sequer aparentava que estivera tão doente. Agora corado e reestabelecido, voltava à naturalidade de seu cotidiano.

A semana passou num átimo, e outubro surgiu como uma semente nova que germina de repente na terra.

O novo mês avivou nos alunos do colégio Lótus a garra de serem aprovados naquele ano letivo que, em novembro, findaria; Ana estava dedicando-se intensamente aos deveres escolares e aos estudos de ciências médicas que fundamentariam sua profissão futura.

— Quero ser professor de Educação Física, quem sabe eu trabalhe no colégio Lótus... Quero treinar um time e torná-lo a primeira seleção de voleibol de Rélvia a ganhar uma medalha de ouro nos jogos mundiais — revelou Wesley enquanto passeava com Ana em um pedalinho de cisne no Lago Rosa do parque da cidade ao pôr do sol.

— Eu já lhe disse que serei médica, como os meus pais foram, poderei cuidar dos seus atletas — disse ela.

— Você está muito esperta — observou o melhor amigo rindo e fazendo-a rir também. — Minha mãe quer que você almoce conosco no próximo final de semana, devemos pedir aos seus avós? — perguntou ele recompondo-se das gargalhadas.

— Ela quer? É uma honra este convite! Falarei em casa e, com certeza, terei a permissão para ir — afirmou a neta dos Scatena Amorim.

Eram muito leves as horas em que Ana podia aproveitar com Wesley. Conversar com o melhor amigo costumava acalmá-la, nem que fosse para contar algo simples dos seus pacatos dias porque parecia a ela que Wesley colocava atenção em suas palavras.

Wesley, caro leitor, aproximou-se muito de Ana, porque não queria que ninguém se sentisse sozinho na escola, mas, com o tempo, a novata segregada tornou-se deliberadamente outra irmã, além de Wéllida. Era exatamente desta forma que ele a enxergava, então, meu companheiro de longos capítulos, já sabes que esta história trata de uma paixão platônica, que, sem dúvidas, murchará em breve. Queres comprovar? Não interrompa sua leitura e eu te levarei a ver...

Definitivamente Ana suava diante dele, seus olhos brilhantes gritavam o segredo da reservada adolescente, diferente da maioria das jovens de dezesseis anos que beijavam os garotos da escola nas festas, se maquiavam com frequência, sensuais, não tinham tabus quanto às bebidas e ao sexo, Ana era bastada em si mesma, presa a uma timidez que não permitia dar um passo naquele sentimento que nutria pelo melhor amigo.

Enquanto não vencia o monstro do medo, ela prosseguia com aquelas palpitações no coração disparado, aquele friozinho inexplicável na barriga, sempre que Wesley surgia em sua frente. Na ausência dele, a perda do sono e do apetite que há meses lhe atormentavam, tornaram-se algo comum porque a mente a mantinha focada em seu objeto de desejo.

Henrica questionava a dificuldade de concentração de Ana, e Vito fingia não perceber o nervosismo e a estranha felicidade da jovem sempre que o único rapaz que frequentava sua mansão surgia para fazer companhia à neta.

A semana passou rapidamente, marcada pelos eventos que a terceira grade promoveu no colégio Lótus para custear os gastos da festa de formatura, também iniciaram as votações para o aluno que seria o presidente do baile.

— Espero convencer Wesley a se candidatar para presidente do baile, ele é animado o bastante — explicou Givago.

— E o que faz o presidente do baile de formatura? — perguntou Ana ao namorado de sua grande amiga Carol.

— O presidente escolhe a primeira-dama para dançar a música que abre o baile de formatura, ele é o anfitrião da festa, o mestre de cerimônias e faz com que ninguém se sinta entediado, você entende?

— É uma grande responsabilidade! — disse Ana, não escondendo sua admiração diante das exposições de Givago.

— Por isso vou pedir para todos os alunos da terceira grade, dos dois turnos de ensino, que votem nele.

Ana sorriu já imaginando a energia que teria a festa dos formandos de 1999.

— E o mundo acaba antes ou depois desta festa? — Wesley chegou de supetão e interrompeu a conversa.

Durante o almoço de domingo, embora se sentisse muito bem

acolhida pelos Amarante Paes, Ana tinha a sensação de que era vigiada pela família de Wesley.

O senhor Rubá passou boa parte da refeição questionando-a sobre a morte de seus pais.

— Eu me lembro vagamente, tinha apenas seis anos quando tudo aconteceu — respondeu Ana buscando encerrar o assunto.

— Poucas coisas me intrigam, mas eu lhe digo que estou a um passo de desvendar o mistério deste avião militar enterrado no Oceano Vivo, trarei a caixa-preta da aeronave para você — comentou ele fazendo Ana e os demais à mesa rirem.

— Eu posso acreditar nessa promessa? — indagou a herdeira dos Scatena Amorim aos presentes.

— Pode acreditar — disse Ríccia apoiando a mão direita no ombro da convidada enquanto Zaira, a nora, ajudava a governanta na retirada dos pratos para a pia, anunciando a sobremesa com sua gestação saltando no vestido rendado.

Após a alimentação, a conversa seguiu ponderada ainda sobre a morte do casal de médicos, Jorde e Madalen, até metade da tarde, quando Wesley convidou Ana para ir com seus irmãos a um penhasco, a Rampa da Águia.

— Se você quiser aproveitar com a gente um esporte radical, vamos voar de asa-delta, quer? — perguntou Wesley à amiga, tendo certeza de que ela negaria o desafio.

— Claro! — respondeu Ana surpreendendo a todos. — É exatamente disso que eu preciso hoje — completou provocando o riso em todos os familiares do melhor amigo.

O voo duplo de asa-delta foi algo amedrontador e incrível de se fazer, durante a planação no ar Ana pensou no quanto que 1999 estava sendo um ano incomum para ela, vendo a cidade do alto, com aquele vento forte, ora quente, ora fresco, turbinando seus ouvidos, direcionando a barra de pilotagem, Wesley, sendo há anos praticante de voo livre, comandava a amiga:

— Esquerda, direita, agora abra os dois braços...

Flutuaram os dois sobre a floresta, curvando livres no ar, ganhando e perdendo altura, um campo de golfe... as colinas verdejando ao sol... prédios... casarões e suas piscinas... ruas... o mar cheio de navios... espalhando nuvens...

— O que as pessoas devem pensar ao ver nós dois aqui em cima?

— questionou Ana.

— Malucos, minha copiloto! — gritou Wesley reabrindo os braços e fazendo-a imitá-lo rindo de sua sincera opinião.

Ana sentia medo, agarrava-se nos ombros do melhor amigo, mas ao mesmo tempo a sensação de pássaro fascinou-a, para Wesley poderia ser mais um de seus muitos voos, mas, para ela, eram tão incríveis aqueles minutos em que plumava como uma ave contra as correntes de ar, vendo as ondas se quebrando na praia, virando-se para todos os lados, gritos empolgados, observando a paisagem de floresta verde-verde, o oceano azul-azul... e o colorido da vida em Marissal.

De repente curvaram e vieram descendo aceleradamente, muito rápido o litoral ganhou forma, estavam perdendo altitude, a Avenida Democrática revelando sua linha asfáltica, o mar espumante, e os pés de Wesley toparam ao solo arenoso da praia seguido aos de Ana, ambos comemorando aos gritos a ousada aventura da herdeira dos Scatena Amorim, enquanto tanto os amigos quanto os desconhecidos riam da animada dupla.

Ainda com as pernas trêmulas, Ana retornou para a mansão muito feliz pela ousadia de voar. Enquanto Wesley despediu-se dela, a jovem pensava em como contaria aos avós sobre o voo livre.

Quando Wesley chegou em casa, encontrou a mãe, a cunhada e a irmã no sofá assistindo algo na TV. Após os comentários do dia, a mãe declarou:

— E quando essa amizade se tornará um namoro?

Wesley sorriu e respondeu com sinceridade:

— Ana é como uma irmã para mim.

14

FERIADO

NA PRIMEIRA SEMANA DE OUTUBRO, o vice-diretor Hervino foi até as salas de aula do colégio Lótus para recordar a todos que se iniciava o último bimestre do ano, por isso esperava o comprometimento total dos alunos com as avaliações, uma vez que pretendia aprovar o grupo com alto nível de desempenho.

As palavras do exigente senhor foram ouvidas como de costume, com muita atenção e respeito, pois Hervino, assim como o diretor Nabúdio, eram bastante perfeccionistas quanto aos resultados do colégio Lótus perante a fina sociedade de Marissal, que confiava a educação de seus filhos à instituição.

O vice-diretor aproveitou a estada nas grades de ensino para lembrar aos alunos que, no feriado da Gratidão, o colégio não os receberia por três dias úteis da semana vindoura, o que fez com que todos vibrassem pelo descanso esperado.

Havia muitos planos para o feriado da Gratidão, e Ana pensou que provavelmente estaria com Wesley de alguma forma porque, no recreio estudantil, escutou os demais estudantes convidarem o melhor amigo para festas, clubes, piscinas, cinemas, peladas, surfe, tanta coisa boa para se divertir que ela se agitou somente de ouvir tudo o que diziam com muita euforia, mas o que ela não esperava era a resposta do melhor amigo:

— Eu terei que viajar no feriado — dizia ele em tom de lamento.

Ana viveu a semana com aquela novidade dilacerante de que Wesley viajaria, ela só tinha esta informação dolorosa, pois o melhor amigo nada mais acrescentara.

Olhava-o pensando em perguntar para onde iria, mas Wesley não deixava brechas para que a amiga questionasse sobre seu destino ou a quem ele buscava encontrar. Sentiu ciúmes do garoto, imaginando que talvez ele encontraria alguma namorada de longa data, alguém que provavelmente se correspondia por cartas e a quem ele amava sem dividir com os amigos aquela paixão.

— Quem Wesley encontrará? — perguntava a si mesma, com raiva no silêncio do quarto antes de dormir.

E quando estava diante dele, percebia sua tolice em imaginar que algum dia, por capricho ou por magia do destino, ele pudesse ver nela uma amante. Odiava-se por seus sonhos insanos com o melhor amigo todas as noites ao dormir agarrada ao travesseiro sussurrando o nome de Wesley, por ter alimentado no peito um amor secreto por ele, a cada toque ou abraço, a cada olhar ou sorriso, em cada palavra carinhosa ou elogio, que a fizeram sentir no coração acelerado a força de um degrau subido, mas que agora percebia nem ter saído do lugar.

Ana arrependia-se chorosa, do trato com o cabelo, da escolha das roupas, de ficar distraída por horas planejando as conversas que teria com Wesley e ensaiando comportamentos que poderiam chamar a atenção do aluno popular para si.

Obviamente que ela tentou com Givago, com Wéllida, com amigos em comum, saber para onde Wesley iria, mas todos pareciam alheios ao destino do rapaz no feriado da Gratidão, desejando apenas que ele retornasse bem da tal viagem.

A semana declinou para uma sexta-feira soalheira em Marissal e na escola todos tradicionalmente se abraçavam declarando sua gratidão aos amigos, segundo a tradição milenar do país de Rélvia.

Ana decidiu faltar às aulas matinais, por desencanto, tentando jogar uma pá de cal em toda aquela explosão de amor, que deixava seus olhos negros mais brilhantes, suas mãos pequenas tão trêmulas e sua voz gaguejante durante os encontros com Wesley, mas ele surgiu ao final da manhã, de forma inesperada adentrou a mansão da família Scatena Amorim, conversando com o mordomo Caline.

Após a surpresa paralisante, Ana cumprimentou o melhor amigo.

— Você está bem? — perguntou ele reparando os olhos muito inchados e avermelhados da amiga, sem desconfiar que fosse ele o motivo daquele resultado no rosto da garota.

Ambos declararam gratidão pela amizade construída.

— Estou aqui para me despedir — disse Wesley após um breve diálogo com Ana e percebendo a pouca animação da amiga com sua chegada.

— Espero que tudo que pretende fazer prospere — respondeu ela insinuando sua desconfiança.

— Irei para uma fazenda próxima às montanhas de Dantera, em um povoado chamado Fluxapaz, você já...

— Não — respondeu a neta dos Scatena Amorim, com os olhos rasos de lágrimas, aguardando as revelações que já imaginava que viriam de Wesley.

— Vou até lá visitar um velho amigo de meu pai — completou ele enquanto ela tentava represar toda a umidade que dançava em seus olhos pela dor do que imaginou existir naquela viagem, mas ele prosseguiu dizendo. — Preciso entregar ao Grão-Duque de Alfazema o meu convite de formatura...

— Nossa! — exclamou Ana com um suspiro aliviado, pondo a mão esquerda sobre o peito.

— Incrível, não é mesmo? — Sorriu Wesley crendo que a reação da amiga se deu por conta da suntuosidade da notícia.

Riram.

— Ana, eu gostaria que você estivesse comigo nesta viagem, mas não sei se seus avós permitiriam por conta da prisão, da acusação de Lárida e...

— Eu pedirei a eles — a amiga interrompeu-o, embevecidamente feliz pelo convite.

No sábado, ainda de madrugada, o carro alto estacionou na garagem da família Scatena Amorim, Ana beijou os avós de pijama à porta e saiu correndo com a pequena mala na mão, adentrou o veículo e seguiram para a tal cidade de Fluxapaz.

Aos poucos, os tons da aurora, vermelho-amarelo-alaranjado, foram convertendo-se em céu azul infinito e as sombras da noite foram sendo penetradas pelos raios de sol. Tudo clareou na estrada e Ana seguiu apenas o destino de Wesley, acalentando seu coração com o reconforto de que, ao menos, era amiga dele.

Servia-lhe água, dividiam um pacote de biscoitos, uma fruta, riam de algo na escola, Wesley assoviava músicas antigas com seu chapéu e botas típicas da vida no campo, contava piadas, fatos curiosos, fazendo com que Ana observasse em silêncio o quanto o melhor amigo era agradável.

Quando o sol se encontrou a pino, em pleno meio-dia, Wesley estacionou seu carro alto em um posto de combustível e no restaurante do lugar almoçaram uma deliciosa gastronomia cercados de antigos amigos do rapaz que trabalhavam no local.

A viagem por oitocentos quilômetros foi extremamente cansativa, repleta de paisagens diversas desde a travessia da Ponte da Conciliação, tudo era novo em direção ao Sul de Rélvia, e, aos poucos, as orlas praieiras e o ritmo de vida à beira-mar foram descortinando um país pouco conhecido por Ana, um modo pacato de existência, com muito cultivo de terra em extensas plantações e poucas indústrias, mas de uma beleza natural que agradava plenamente aos olhos.

Aproximou-se o cair do dia, Ana observou no painel do automóvel o relógio que já informava cinco horas da tarde, então Wesley parou em um grande bar à beira da estrada: o Rancho do Mato.

— Vamos descer um pouco, quero cumprimentar alguns amigos — convidou Wesley esticando os braços e as pernas, movimentando o pescoço por conta da viagem.

Mal o melhor amigo colocou os pés fora de seu carro alto, já apareceu gente para cumprimentá-lo. Ana animou-se para conhecer a todos, logo estava dentro do grande salão cercada por pessoas que dançavam no embalo das músicas caipiras, bebiam cerveja, vinho e conversavam com Wesley de maneira familiar.

Ana não deixou de observar as garotas, lindas jovens da região que se achegavam beijando e abraçando o melhor amigo com a intimidade de antigos conhecidos, dançando brevemente com ele, na semiluz do Rancho que trazia um mistério para a taverna, encorajando o flerte e a ousada aproximação dos casais.

No palco iluminado, a banda tocava seus instrumentos e cantava músicas no ritmo tradicional dos vaqueiros.

— Agora vamos apresentar uma lendária música das montanhas nevadas, e quero convidar este amigo recém-chegado do litoral de Marissal para acompanhar a banda! Suba aqui, Wesley! — ordenou a vocalista do grupo.

Todos no Rancho do Mato aplaudiram o convite e Wesley, acenando para a multidão, subiu ao palco e abraçou a mulher que o chamou até lá.

Os dois olharam-se nos olhos com as testas encostadas uma na outra, sorrindo.

Ana era espremida pelos presentes, que se acotovelavam diante do palco, ovacionando.

Wesley recebeu uma gaita de um dos rapazes da banda enquanto a vocalista começou a cantar, somente voz e piano, silenciando a todos. Ana fechou os olhos sentindo a melodia naquele timbre tão forte.

Quando a cantora finalizou a introdução, Wesley iniciou a gaita e, após a execução do melhor amigo, a banda com ele passando à guitarra, cantou fazendo todos no salão delirarem com aquela romântica música de vaqueiros.

A permanência no Rancho do Mato não se alongou, mas foi útil para que Ana percebesse o quanto as outras garotas, logo que se certificavam de que ela era apenas uma amiga de Wesley, encorajavam-se para flertar com ele.

Assim que saíram do Rancho, Ana aproveitou o telefone público e ligou para a mansão em Marissal, conversou com o avô Vito e disse que estava bem. Quando ela retornou ao carro, Wesley disse que descansaria e, como a estrada adentrava um percurso tranquilo de pavimentação de pedras em formato de paralelepípedos até a fazenda do Grão-Duque de Alfazema, Ana fora sorteada por ele para dirigir até o destino, em seguida jogou as chaves do carro na direção da amiga e sentou-se ao lado do volante como passageiro.

Ao constatar que seria realmente a nova motorista do carro alto de Wesley, Ana acomodou-se ao volante e, lembrando-se das experiências de direção automotiva com o avô Vito, virou a chave e deu a partida no veículo, engatou a primeira, segunda, quinta marcha e deixou o carro deslizar sobre a pavimentação de pedras de basalto.

Não demorou muito para que Wesley dormisse, com o chapéu de vaqueiro sobre o rosto e o corpo inclinado em direção à amiga. Conforme o sono pesou, ele foi se achegando a ela e, consequentemente, seu rosto pairou no ombro da motorista.

Ana encolheu-se, esticou-se, tossiu, freou o carro propositalmente, mas nada era capaz de despertá-lo, o que fez com que o coração da garota sentisse outra vez aquele agonizante amor platônico, que ultimamente caminhava negando-se a sobreviver das migalhas da ilusão.

"Eu sou apenas uma amiga, apenas isso, apenas isso", pensava enquanto ouvia Wesley ressonar profundamente.

A dor era inevitável sempre que aquela constatação encontrava evidências claras nas atitudes do melhor amigo, o modo carinhoso como Wesley conduzia o convívio de ambos era totalmente diferente do comportamento dele com as garotas que despertavam seu desejo; Ana percebia nele uma vontade de protegê-la por conta da maneira fragilizada com a qual ela esteve na primeira semana de aula no colégio Lótus, e realmente ele afastou-a do centro das humilhações, mas ela não deveria ter se apaixonado. Infelizmente o convívio, o maldito convívio, atraiu-a para aquele labirinto de devaneios: sonhava um dia ser a namorada de Wesley.

Envergonhada e ferida por aqueles maus sentimentos, Ana chorou ao volante enquanto Wesley dormia profundamente.

A estrada de pedras de basalto, ladeada por propriedades rurais era bela ao cair da tarde, suave e silenciosa, de raro em raro alguém surgia de automóvel, a pé ou montado no ombro de algum animal.

A linha férrea ligava o sul de Rélvia ao litoral, Marissal, à capital do país, a origem histórica que era Fluxapaz ao que Ana somente lia nos livros, e agora surgia diante dos seus negros olhos — o nascimento da nação Relva.

Wesley, que, inconscientemente, havia saído de seu ombro, e agora se escorava na janela do automóvel dormindo, não demorou a despertar do sono e retornou ao volante cumprimentando os esparsos transeuntes, tirando o chapéu da cabeça como um legítimo vaqueiro.

Ana esquecera os pensamentos dolorosos do caminho e passou a divertir seus olhos com a beleza inconfundível do campo, enquanto Wesley explicava o que via nos pastos dos latifúndios.

Quando o relógio do carro alto marcou um pouco mais que seis horas da tarde, os amigos adentraram o vilarejo de Fluxapaz, um povoado com vastas extensões de terra ao redor.

Wesley conhecia boa parte dos moradores do lugar, e todos ficaram bastante contentes por reencontrá-lo. A festa na praça animada seguia aquecida, com cancioneiros em cima de um palco improvisado, e muitos jovens dançando à moda dos vaqueiros antigos do sul de Rélvia.

Atendendo aos convites, Wesley juntou-se à rapaziada e dançou com eles enquanto Ana procurava nas barracas de comidas típicas da festa da colheita, algo delicioso para saborear, atraída pelo cheiro de tantas guloseimas.

O paladar aguçou-se assim que os olhos fitaram os cardápios coloniais e Ana optou por experimentar um pouco de tudo que sua degustação desejava. Eram assim as festas da colheita, evento milenar nas províncias agrícolas do sul do país de Rélvia, em que após o verão, o outono e o inverno de trabalho árduo no campo, angustiantes pelas extremas condições climáticas, pelo comportamento do solo e pelo risco de pragas, os frutos, as folhas e os grãos da terra resistiam em sua florada, sendo armazenados e distribuídos para todos os habitantes da extensão continental.

Ana e Wesley deixaram a festa somente após a queima de fogos de artifício em frente à igrejinha do vilarejo de Fluxapaz, um lindo espetáculo de cores reluzentes no céu rural.

— Quem é este Grão-Duque? — perguntou Ana assim que o melhor amigo retomou a estrada, pois ficou curiosa e assombrada com os comentários dos jovens do povoado que diziam que Wesley tinha muita coragem em visitar anualmente aquele antigo herdeiro da monarquia de Alfazema.

— O Grão-Duque Luih de Charão e Arbuque Poerski Xantrez Gougues de Alfazema é o último membro da família real de Rélvia que ainda está vivo — esclareceu Wesley.

— Deve ser muito velho... Tem o sobrenome de todas as gerações da família — concluiu Ana em reduzido e lamentoso tom de voz.

— Sim, e há muitos anos não vem ao vilarejo de Fluxapaz, desde que sua esposa, Dirciê, adoeceu por conta de uma tuberculose. Ela sarou, mas o susto fez com que se isolassem no castelo da vinícola — explicou o melhor amigo.

— Eles não têm filhos? — prosseguiu Ana curiosa.

— Não — respondeu Wesley e sorriu. — O filho sou eu — completou fazendo com que a garota risse.

— Por que os moradores da vila têm medo do Grão-Duque de Alfazema?

— O distanciamento fez com que os moradores criassem lendas sobre ele, as quais eu nunca acreditei. Venho ao castelo desde menino com meu pai, a propriedade é um patrimônio histórico de Rélvia, onde moraram os primeiros habitantes da nação que desceram das montanhas geladas de Dantera.

— Teriaga e Ruano? A origem dos relvos? — Ana perguntou, pois conhecia a história do povoamento do país.

— Sim, os primos desceram das montanhas a cavalo, viajando por noites e dias inteiros, fugindo dos familiares que tentavam matá-los pela honra manchada que gerou um fruto no ventre de Teriaga.

— Eu admiro realmente essa história — comentou Ana emocionada. — Sem ela não estaríamos aqui — ponderou ao melhor amigo.

Após mais de meia-hora de viagem, Wesley e Ana chegaram ao final da estrada pavimentada de pedras, que se fechava diante de uma porteira branca, enorme, e pesada, com um volumoso cadeado que prendia as extremidades de uma corrente grossa, acima dela uma placa de bronze apresentava o escrito: Estância Alfazema.

— Está trancada! — exclamou Ana revelando desespero.

— Sim, está — confirmou Wesley retirando calmamente uma chave do porta-luvas e descendo do carro alto, para abrir caminho.

A estrada plana tornou-se um tanto íngreme, iluminada por candelabros até o alto da colina, onde o antigo castelo de pedras comprovava a origem do povo relvo, marcado por um amor proibido entre dois primos.

A semiluz na subida da colina por conta do nevoeiro fazia-se agradável pelo cheiro trazido com o vento noturno, da extensa plantação de alfazemas. Ana espirou profundamente o suave aroma, observando as montanhas distantes ao fundo, prateadas pela lua cheia.

Wesley, percebendo o arrebatamento da amiga, quebrou o silêncio:

— A primavera chegou antes de nós.

O Grão-Duque já dormia quando a duquesa Dirciê e alguns de seus empregados receberam os dois jovens à porta do castelo.

— Conhecer sua namorada é um prazer! — comentou a anfitriã assim que Wesley abraçou a dona da propriedade.

— É uma grande amiga — justificou sorrindo carinhosamente, enquanto Ana abaixou a face rubra de vergonha.

O sol invadia o quarto facilmente através da renda das cortinas encharcadas de luz. Ana despertou e sua mente demorou certo tempo para compreender o castelo, com seus móveis do século passado e sua aparência ancestral, que fez com que ela se sentisse como uma princesa medieval.

O vento penetrando pela janela entreaberta trazia ao olfato da visitante um cheiro de muitas flores. Ela levantou-se com a delicadeza que a cama imperial insinuava, e levada por aquele aroma envolvente, aproximou-se da imponente janela, tendo os olhos inundados pela visão surpreendente dos campos de alfazema, radiantes ao sol.

— Inacreditável — balbuciou aspirando profundamente o perfume do imenso jardim ultravioleta.

Ana concentrou-se um pouco admirando aquele lugar tão mágico, imaginou Ruano e Teriaga vivendo ali e dando início aos sete séculos de história da nação Relva. Finalmente ela resolveu tomar um banho e descer as escadarias de pedras para o café da manhã.

"Quero encontrar o famoso Grão-Duque de Alfazema...", pensou a garota vinda de Marissal enquanto ajeitava o vestido no corpo.

Wesley confortavelmente conversava com o senil proprietário da colina quando Ana achegou-se à dupla; fazendo o latifundiário calar-se por certo tempo, observando-a seriamente surpreso e prosseguiu abrindo um semisorriso no canto dos lábios:

— Apresente-me sua namorada! — exclamou o Grão-Duque.

— É uma amiga — respondeu Wesley rindo pela situação que outra vez se repetia.

— Sinto-me h-honrada pela h-hospedagem em seu castelo, s--senhor Grão-Duque — Ana gaguejou, aproximando-se do último herdeiro dos fugitivos das montanhas geladas de Dantera, erguendo a mão visivelmente trêmula para cumprimentá-lo, enquanto a duquesa Dirciê chegou saudando-a e ajeitando a cadeira para que Ana se sentasse à mesa com os presentes.

Ao longo do dia, Ana soube muitas coisas sobre a fazenda da colina, sobre o castelo, e que, além dos campos de alfazema, havia uma vasta vinícola ao fundo da propriedade e atrás dela, uma cachoeira com muitos véus d'água.

Era um cenário totalmente diferente de Marissal, com suas praias litorais, seu estilo de vida frenético, largas ruas e modernos prédios. Ali em Fluxapaz, Ana sentia-se apenas como uma cidadã Relva, não havia discriminação, nem conceitos errados sobre ela, não existia a procura inquietante dos amigos pela companhia de Wesley, todos estavam apenas celebrando a amizade em mais um belo feriado da Gratidão.

O castelo, segundo Dirciê, foi construído por Ruano. Durante nove anos, ele era bem menor do que aquele que seus ancestrais diziam existir nas montanhas. Segundo a lenda, a família real das montanhas de Dantera concedeu ao pai de Ruano o título nobiliário de Duque, e ele contrairia um casamento arranjado com outra nobre, mas, como desde a infância era apaixonado pela prima plebeia, Teriaga, acabou por envolver-se com ela, engravidando-a, tendo que fugir dias e noites a fio a cavalo para não morrerem segundo a justiça do rei.

— Essa história é contada pelos meus avós — disse Ana a Dirciê.
— Fantástica!
— Temos somente duas torres, não há ponte levadiça, nem calabouço ou fosso, as pedras foram trazidas por Ruano da floresta, dizem que ele quis construir essa pequena fortaleza no alto da colina para observar possíveis invasores ao longe e fazer também com que Teriaga não sentisse tanta falta do lugar onde foi criada.
— Mas o castelo parece novo, os móveis são muito conservados — comentou Ana enquanto se achegava à janela da cozinha, observando Dirciê orientar a segunda refeição do dia às empregadas, e Wesley ao lado do Grão-Duque, longe, no campo, chamegando os lindos cavalos de puro-sangue Relva.
— O castelo foi sofrendo muitas reformas conforme a geração de seus herdeiros, mas os quadros enormes, aparadores, móveis e estofaria são de muitos séculos.

— Como mantém tudo tão limpo?

— O castelo não é tão grande, cuido somente dele, a propriedade é do zelo de Luih. Os empregados dão um melhor polimento à prataria, aos cristais e porcelanas em datas comemorativas ou visitas como a chegada de Wesley, mas procuro organizar cada objeto e móvel, são heranças valiosas de familiares amados, jogos de pratos, panelas, talheres, vasos de flores, toalhas de banho ou de mesa, lençóis de cama, até mesmo um bule real, guarda histórias de gerações — completou Dirciê tocando um sino ao lado da chaminé do fogão campeiro, avisando ao Grão-Duque que o almoço estava à mesa.

Ana procurava ajudá-la como podia, mesmo que as empregadas sempre organizassem tudo antes que ela se voluntariasse nos serviços domésticos, mas naquele momento teve a oportunidade de ajeitar os pratos e talheres, percebendo a nobreza dos metais, a boa qualidade das porcelanas, todas tinham a coroa do Grão-Duque gravada sobre ela, e logo abaixo, outra gravura com o cruzamento de dois ramos de flores de alfazema.

Wesley e o Grão-Duque não demoraram a chegar, secando as mãos lavadas e conversando sobre a criação de cavalos.

Como era tradição no primeiro dia de feriado da Gratidão, durante o almoço, todos à mesa deveriam agradecer em voz alta:

— Eu agradeço o privilégio da vida, do amor e dos frutos do trabalho com a terra, graças dou por toda a criação — iniciou o Grão-Duque.

— Grata sou pela família, pela honra e pelos frutos do trabalho com a terra — prosseguiu a duquesa Dirciê.

— Também sou grato pelas amizades, pela acolhida, por minha família aqui e em Marissal, pela saúde que temos — disse Wesley.

Após uma pausa, Ana encorajou-se a falar:

— Agradeço a viagem, aos familiares e amigos, vida, saúde, tudo — finalizou.

Durante a tarde, Dirciê e Ana passearam pela vinícola enquanto Wesley e o Grão-Duque conversavam muito sobre tantas coisas da vida rural que Ana não entendia, sobre a produção de uvas, a criação de cavalos e o cultivo das alfazemas.

— Meu esposo e eu pretendemos destinar boa parte de nossa herança para Wesley — disse a duquesa deixando Ana visivelmente surpresa.

— Wesley sabe dessa intenção? — perguntou de imediato.

— Não, mas em nosso testamento já consta este registro. Ele nos visita desde garoto, sempre apaixonado por tudo nesta província, sei que cuidará da Estância Alfazema como um membro de seu próprio corpo — expôs Dirciê fazendo com que ambas rissem do pronunciamento.

— Muitas pessoas já estiveram aqui com Wesley? — Ana finalmente conseguiu fazer a pergunta que a atormentou desde o convite do melhor amigo para a viagem até Fluxapaz.

— Não, você é a primeira e espero que seja a única — respondeu a duquesa tocando a mão esquerda da adolescente e fazendo-a sorrir formidavelmente satisfeita.

A tarde não demorou a converter-se em breu, e Dirciê tratou de entreter a visitante com suas pinturas, seus livros de poemas e álbuns de fotografia, exibindo as garantias do patrimônio histórico rico da formação de Rélvia.

Wesley permanecia acompanhado do Grão-Duque, e, após o jantar, agradou os proprietários dos campos de Alfazema tocando no violão e na gaita muitas músicas tradicionais de vacaria, enquanto os olhos apaixonados da melhor amiga convertiam todos os seus defeitos em qualidades. Uma canção triste que o melhor amigo apresentou deixou-a perturbada.

— Houve um tempo em que andamos de mãos dadas, nas calçadas, hoje nós já nem nos vemos mais... — enquanto ele cantava, Ana via-se paralisada pelo medo da possibilidade de ser esquecida por Wesley no futuro.

Durante a madrugada daquela segunda-feira, Ana perdeu o sono no quarto de hóspedes. Como o prateado da lua na janela iluminava todo o cômodo, ela levantou-se da cama, chegando até a janela. A luz natural inundava a paisagem do campo rodeada pelo som das aves noturnas, e o vento fresco das adiantadas horas, fez com que se lembrasse dos avós, desejando que ambos estivessem bem no litoral do país.

Não tardou a amanhecer em Fluxapaz e Ana acordou pouco antes das oito da manhã para ajudar a duquesa Dirciê e as empregadas com o desjejum, mas, ao descer a escada de pedras em espiral e sentar-se à mesa, o diálogo surpreendeu-a.

— Onde está Wesley? — perguntou a hóspede enquanto saboreava um chá de alfazemas entre outras iguarias da colina.

— Ele saiu cedo com os amigos da fazenda, foram até a cachoeira aproveitar o dia soalheiro — respondeu a duquesa muito satisfeita com a diversão da rapaziada.

Ana terminou o desjejum e seguiu para a corredeira, penetrando nos campos de alfazema tão extensos, ouvindo tantos ruídos: de trabalhadores que assoviavam ou gargalhavam ao longe na lida; de cigarras arrebentando a manhã com suas cantorias de reprodução; de pássaros batendo as asas e piando, mergulhados naquela natureza viva.

O caminho para a cachoeira era tão lindo que chegava a doer na saudade, de ter que partir em breve, depois daquela viagem ao paraíso. Ana descalçou os pés e sentiu a terra úmida trazendo liberdade ao corpo, o vento fagueiro assanhava insistentemente os seus cabelos. Ela pensou em Wesley, nas mãos quentes do amigo entre as quedas cristalinas de liquidez.

"Teria coragem de tocá-las dentro da água a qualquer pretexto?" Era seu pensamento interrogando sua insegurança diante do calor daquele sentimento pelo melhor amigo.

Ela sorriu abrindo os braços para prender o vento entre seus dedos e continuou a caminhada apressadamente.

A manhã era tomada de sol e os arredores lotavam a vista de flores arroxeadas, as borboletas, leves polinizadoras, espalhavam o néctar rural que atraía tantas abelhas.

Ana caminhou invadida por uma felicidade absurda, inexplicável, pensando em chegar depressa, em aproveitar com Wesley o dia, seguiu com o rosto aberto em sorriso e na garganta uma vontade imensa de gritar somente para ouvir o eco inundar a colina com o nome do melhor amigo.

O barulho cada vez mais forte das quedas d'água avisavam seus ouvidos que seus passos estavam próximos da cachoeira, e logo avistou quatro ou cinco rapazes fora da água deitados no gramado, secando-se no calor do dia.

— Wesley está aqui? — perguntou Ana em um tom baixo de voz, percebendo o silêncio do grupo ao ver que ela chegara.

— Na queda d'água, após as pedras — respondeu um deles.

Ana seguiu para encontrar Wesley, rodeando as pedras com cautela, pois estavam muito lisas, sentindo o vestido em seu corpo molhar crescentemente com a água gelada que descia das montanhas, bebeu um pouco, potável, chamou por Wesley uma ou duas vezes e depois silenciou sua procura. Mesmo caminhando no raso, sentia a força da água, volumosa, puxá-la para a corrente. Ela foi contornando as rochas e seus olhos de repente anuviaram-se com o choque.

— É Wesley? É Wesley? — Seu cérebro negou-se a compreender o que seus olhos enxergavam.

Era Wesley sim, caro leitor, acariciando-se com uma garota nos úmidos véus d'água da cachoeira. Pareciam envolvidos demais para perceber a chegada da neta dos Scatena Amorim.

Ana sentiu-se como uma perfeita idiota, suas lágrimas imediatamente passaram a salgar a água doce da cascateira, pensou no quanto se iludira ridiculamente, tentando tatear as pedras, equilibrando seus pés, com uma raiva de si mesma, raiva de Wesley, raiva do mundo, que cozinhava suas têmporas, rasgando seu peito adolescente, envergonhada por ter alimentado a ilusão daquele amor unilateral, platônico, pelo melhor amigo.

Um ardor forte em sua panturrilha tirou-lhe o foco do coração dilacerado, olhou para a perna e viu sangue na água, tomada por uma fraqueza no ânimo, escorregou no limbo e gritou por seu algoz:

— Wesley! Wesley! — Odiou-se por precisar dele.

Ana sentiu a aproximação, erguendo-a e ao cair em si, estava na margem do rio, cercada pelos nadadores, foi abrindo os olhos devagar e, quando recobrou a mente, percebeu que Wesley amarrava um pedaço da blusa no sangramento de sua panturrilha. Tomada de cólera, a jovem empurrou-o com muita força e ele, desequilibrado, precipitou-se no solo.

Ana levantou-se rapidamente e, ao passar por cima de Wesley, foi puxada pelos pés: os dois amigos rolaram furiosos no chão.

Wesley agarrou-a pela cintura, enquanto os banhistas comemoravam, divertindo-se com a luta, e segurando Ana nas costas, jogou a amiga no banco do carro alto, batendo a porta com ódio. Ouvindo os gritos e soluços dela, ligou o automóvel e saiu dirigindo irritado entre os morros de terra, sentindo seu corpo ardendo pela queda.

— Eu deveria descontar em você este empurrão! — gritou ele nervoso. — Você está louca? Explica isso! Por que fez isso? Eu quero entender! Você é maluca? — questionava enquanto Ana encolhia-se chorando alto.

Wesley parou o carro na entrada da vinícola, para interrogar a amiga e compreender o que havia ocorrido, nunca viu Ana tão irada.

— Eu não tenho culpa alguma por você ter se machucado! — gritava ele acreditando ser esse o motivo da explosão violenta da jovem.

Ana nunca sentira tanto ciúme do melhor amigo e aquela raiva parecia só aumentar à medida que ele nada entendia daquela abrupta reação. Quando ele desligou o carro, ela deixou o automóvel e caminhou rapidamente em meio às parreiras de uva, com ele um pouco atrás, insistindo por uma explicação.

Wesley queria esclarecer os fatos antes de chegarem ao castelo, ele havia contado tantas coisas boas de Ana para o Grão-Duque e não desejava que o anfitrião evidenciasse uma briga entre os dois amigos, ainda mais assim, sem motivos reais.

— Você precisa me dizer! — falou segurando o braço direito da amiga que caminhava à sua frente chorando muito. — Não podemos chegar ao castelo dessa forma! — completou Wesley enquanto Ana desvencilhou-se de sua mão e correu, obrigando-o a fazer o mesmo.

Da varanda do castelo, o Grão-Duque Luih e a duquesa de Alfazema avistaram a cena e, de repente, Ana já estava ajoelhada com o rosto escondido no colo de Dirciê, soluçando.

O Grão-Duque fez apenas dois gestos silenciosos para Wesley diante da triste cena: o primeiro, para que ele parasse a corrida; e o segundo, para que ele se afastasse.

— Eu não fiz nada! — insistiu antes de deixar o casal a sós com Ana.

Durante o almoço, Wesley aproveitou a ausência da amiga para desabafar aos anfitriões os fatos ocorridos na cachoeira.

— Eu estava aproveitando o banho com uma garota, a prima de Deroy, quando ouvi que alguém longe chamava meu nome, reconheci a voz e tirei-a da água, eu não tenho culpa por ter se cortado nas pedras, isso é descuido, despreparo dela — narrava ele enquanto o casal se entreolhava, percebendo que o rapaz ainda não havia notado a explosão de ciúmes que a forasteira manifestara.

— A amizade entre você e Ana é de longa data? — perguntou o Grão-Duque como quem quer respostas para completar um quebra-cabeça mental.

— Este ano, em fevereiro, eu a conheci. Ana é novata no colégio Lótus e estava sendo caçada por meus amigos, eu a defendi em uma briga injusta, aproximei-me dela para protegê-la, queria muito ajudá-la a sair do alvo das discriminações que sofria. Ana até pensava em tirar a própria vida... — desabafou Wesley emocionado.

— Você fez o que era mais correto — opinou Dirciê com muito orgulho do rapaz.

— Ela não conversava com as pessoas no colégio, todos a desprezavam, vivia isolada, agora está sendo muito aceita, sempre comigo. Nunca a deixei, nas viagens sempre a convido para que não fique em casa, solitária, pensando em cometer besteiras — Wesley continuava a reclamar e a tentar entender uma verdade que, para os ouvintes, estava obviamente escancarada: Ana era apaixonada pelo melhor amigo.

— Essas respostas tanto eu quanto Dirciê já temos, mas espero que um dia você também as encontre — revelou o Grão-Duque com franqueza.

Wesley olhou nos olhos do casal, buscando ver o que eles enxergavam e que para ele era um enigma.

— Eu não compreendi esta ingratidão, mas não devo estragar meu feriado por conta disto. Quando voltar a Marissal, talvez me afaste... — murmurou baixando a cabeça e cerrando os punhos sobre a mesa.

E realmente não demorou muito tempo para que Wesley retornasse para a companhia dos amigos, a cavalo pela Estância, ou ajudando na lida, refrigerando sua mente urbana com a vida rural.

Ana esteve no quarto de hóspedes do castelo durante todo o tempo, irritada, envergonhada por entender que, por um momento, acreditou que a amizade com Wesley poderia evoluir para uma paixão.

Dirciê serviu as refeições em seus aposentos, aproveitando estes momentos para melhor compreender a cena que a adolescente relatara durante a ida até a cachoeira. Ana não confessou seus sentimentos, apenas disse à duquesa que a atitude do melhor amigo era desrespeitosa.

"Desrespeitosa com quem?", pensava Dirciê e ria disfarçadamente do ciúme que a visitante tentava dissimular.

À noite, Wesley sentou-se no quintal para apreciar o luar com o Grão-Duque e Dirciê, o fazendeiro tocava o violão enquanto o jovem caprichava na gaita e a duquesa aplaudia as músicas sertanistas tão antigas que a dupla recordava, logo os funcionários da fazenda se aproximaram do trio, formando uma plateia.

Ana, na janela, vendo a cena, sentiu-se ferida pela alegria no rosto de Wesley, que revelava o quanto ele não se importava com seu descontentamento. Por este motivo, ela decidiu arrumar suas malas e embarcar no trem para Marissal assim que o dia amanhecesse.

15

A TEMPESTADE

Os ventos uivavam pelas colinas, movendo as folhas e clareando as sombras das árvores entre as alfazemas.
— Choverá... Este vento não me engana! — Ana ouviu a duquesa falar alto enquanto se despedia de Wesley para repousar.

Logo o castelo penetrou no mais profundo silêncio e, cansada de chorar, Ana sentia sua cabeça pulsar pela dor, atrapalhando seu sono.

Quando o sol chegou, preenchendo todo o dia com seu calor cativante, Ana pôs-se à janela para vigiar a ausência de Wesley a fim de, neste momento, pegar suas malas e seguir para a estação de trem.

Os dois dias do feriado da Gratidão já haviam passado: o primeiro dia, de festejar; e o segundo dia, de rezar; agora o terceiro dia de descansar, seria mais difícil para sair em fuga, porque o trabalho era suspenso e todos folgavam em seus lares.

Ana abriu a janela, surpreendida com o céu azul e, diante de seus olhos, ao longe, a cavalo surgiram o Grão-Duque e Wesley galopando pela vinícola.

Mais tarde, Wesley deixou o castelo e Ana pediu ao Grão-Duque a gentileza de levá-la até a estação de trem.

— Não posso permitir sua partida, você tem sido a alegria de nossos dias — disse o monarca deixando a jovem de Marissal sem entender o motivo das risadas dele e de sua esposa Dirciê, espectadores que se divertiam com o romance entre os amigos.

O Grão-Duque, percebendo a real insatisfação de Ana, resolveu tirar sua charrete do estábulo e levar a forasteira até a estação de trem de Fluxapaz, Dirciê voluntariou-se a acompanhá-los.

Ana divertiu-se na viagem, o caminho pavimentado pelas pedras basálticas, iluminado pela luz natural e arejado pelo vento da mata fizeram-na esquecer daquele ressentimento com Wesley, ao conversar com a duquesa Dirciê e com o Grão-Duque Luih de Alfazema sobre sua vivência com o melhor amigo na capital de Rélvia.

— Wesley é muito popular em Marissal, muito conhecido — expunha ela. — Aqui estou convivendo de forma exclusiva com ele.

— Por isso mesmo que devem aproveitar o tempo sem brigas! — exclamou espontâneo o Grão-Duque, com uma sinceridade que fez com que as passageiras da charrete rissem ecoando gargalhadas em meio aos sons da mata ao longo na estrada.

O sol aquecido forçou Ana e Dirciê a abrirem seus guarda-sóis da antiga realeza de Alfazema antes mesmo de chegarem ao vilarejo.

— Faz tantos anos que eu e o Grão-Duque não passeávamos de charrete até o vilarejo. Obrigada por ter vindo — disse Dirciê com lágrimas nos olhos, fazendo com que Ana repensasse a partida para Marissal.

Muitos moradores do vilarejo de Fluxapaz, surpresos pelo surgimento, paravam para reverenciar a passagem do Grão-Duque de Alfazema, que, cordialmente, cumprimentava o povo como um rei que era admirado pelos seus súditos.

Sim, sábio leitor, Ana não partiu com o trem de volta a Marissal, ela retornou à Estância Alfazema com os últimos herdeiros da dinastia Relva, torcendo para que Wesley não a encontrasse com as malas prontas, ela estava decidida também a desculpar-se com o melhor amigo pelo ataque de fúria que evidenciou seu ardente ciúme: ele era livre para amar quem bem o agradasse, não era obrigado a sentir por ela o mesmo amor.

O caminho de retorno à fazenda foi ainda mais divertido, com a alegria de Dirciê e Luih pela permanência de Ana e por saborearem as guloseimas compradas no armazém da vila.

O céu tornou-se nublado e garantiu sombra por todo o percurso, o vento forte e gelado, as nuvens densas e pesadas anunciavam um forte temporal que se aproximava e que não tardou a ser sentido assim que as primeiras gotas de chuva, frias, atingiram o trio de viajantes ao subirem as escadarias do castelo.

— Apressem-se! Apressem-se! — gritava a duquesa Dirciê rindo muito.

Logo o vento chegou imprimindo força à água da chuva, com uma intensidade que fazia toda a colina gemer, como um ronco, despetalando as flores das alfazemas, despencando os cachos maduros das uvas, afugentando os pássaros, num balé inquietante, fazendo com que a tarde parecesse noite por causa do céu fechado de nuvens.

— Onde está Wesley, duquesa? — balbuciou Ana assim que Dirciê acendeu as luzes do castelo.

— Ele foi cavalgar com os rapazes da fazenda, vamos rezar e tudo ficará bem — respondeu percebendo o medo nos olhos negros da hóspede.

Ana deitou-se em sua cama provisória, sobressaltando a cada estrondo dos trovões, encolhendo-se a cada relâmpago que iluminava o quarto escuro, com o peito muito angustiado pela ausência de Wesley.

— Estará vivo? Estará bem? — perguntava-se e rezava baixinho com as lágrimas encharcando o travesseiro plumado.

Cansada de chorar pelo medo de uma tragédia que poderia ocorrer ao melhor amigo, Ana adormeceu. A tarde se foi, mas, quando acordou novamente, ainda chovia forte, ainda relampejava muito e as bradadas dos trovões, mesmo distantes, ainda assustavam. A jovem percebeu que a noite realmente havia chegado, levantou-se da cama num sobressalto, suspirou fundo, os relâmpagos iluminavam o quarto e ela preocupou-se com Wesley.

Ana deixou o quarto esperando revê-lo, mas, ao descer as escadas em espiral, encontrou apenas o Grão-Duque na cadeira de balanço diante da lareira, que, ao vê-la, antecipou-se à pergunta:

— Ele ainda não chegou.

A viajante calou-se, aproximou-se da janela e puxando a cortina de renda, olhava fixamente para o campo, observando as gotas de chuva que escorriam pelo vidro da suntuosa janela, mal sentia que as lágrimas escorriam por seu rosto, mal sentia as pernas, mal sentia o chão, sentia somente aquele pressentimento insano.

"Wesley havia morrido?", pensava e sentia o corpo arrepiar.

Ana perdeu a noção do tempo que ficou ao pé da janela, a música medonha da tempestade deixou-a inerte, o silêncio do Grão-Duque, sentado diante da lareira, parecia esperar por uma má notícia e o som do trabalho de Dirciê na cozinha junto às empregadas revelava que a duquesa buscou manter-se distraída para não enlouquecer com a possível tragédia trazida pelo temporal.

Demorou um pouco para que seus ouvidos, acostumados com o ranger da cadeira de balanço, percebessem o relinchar de um equino que pareceu chegar varanda adentro.

— Seque suas lágrimas e vá buscar uma toalha quente para o seu melhor amigo... — sentenciou o Grão-Duque fazendo-a limpar os olhos rapidamente, com a face rubra pelo fato de o anfitrião ter percebido que ela chorava.

Ana caminhou um pouco sem rumo pelo corredor até chegar ao trocador do castelo, abriu a gaveta e logo encontrou o que procurava, cobrindo o rosto com a toalha, tentando abafar o som forte do choro aliviado daquela angústia pela iminente perda do melhor amigo.

Quando retornou à sala, pôde ver Wesley abrir a porta, e entrar encharcado de chuva da cabeça às botas, tirando toda a roupa, sacudindo e torcendo os cabelos, sorrindo como um garoto bobo.

— Arriê! — gritou o Grão-Duque, saudando o cavaleiro com um velho cumprimento dos nativos das montanhas de Dantera.

— Arriê! — respondeu Wesley com sua animação juvenil, enquanto tirava a calça e as botas enlameadas.

Ana estendeu a toalha na direção do recém-chegado, que observava se ela ainda estava aborrecida.

— Não preciso informar que sua amiga andou chorando por medo de você ter morrido com essa tempestade toda — disse o Grão-Duque de Alfazema enquanto os dois jovens de Marissal se entreolhavam receosos.

Wesley pegou a toalha e puxou Ana junto, abraçando a amiga, selando a reconciliação.

— É muito mais que isso, é uma irmã, uma verdadeira irmã para mim — disse beijando-a na testa, enquanto ela, molhando-se toda, escondia o rosto em lágrimas no peito do melhor amigo.

Durante o jantar, muito se conversou animadamente sobre a fertilidade da Estância Alfazema, o Grão-Duque e a duquesa, exaltados pela alegria de contar a história do povoado de Fluxapaz, corrigiam-se durante as versões do mesmo fato:

— Não sei se era meu hexavô ou heptavô, só sei que Ruano desceu das montanhas geladas de Dantera com Teriaga no equino, ela já trazia um filho no ventre. Desobedientes, eles tiveram que fugir senão seriam mortos. Foi assim que iniciou toda essa nação gigantesca, abastada e arrogante que vemos na televisão todos os dias, o sangue nas veias de todos vocês já resistiu ao inverno congelante de Dantera — disse o dinasta erguendo sua taça de cristal brilhante com hastes longas e bojo robusto, transbordando o mundialmente famoso vinho de Alfazema.

— A origem de sua família está em nossos livros de História — comentou Ana admirada com as revelações do fazendeiro.

— Wesley sabe muito bem, conto a ele nossa história desde quando ainda era um moleque, se bem que, para mim, ainda é um perna curta — debochou o Grão-Duque bagunçando os cabelos ainda úmidos do rapaz, exalando os óleos de banho de alfazema e fazendo com que todos à mesa rissem.

— Nosso bebê estará na faculdade no próximo ano — comentou a duquesa Dirciê apertando a mão do rapaz. — Obrigada pelo convite, iremos à sua formatura.

— Aqui neste castelo, olhando os quadros, a decoração, é impossível não pensar em Teriaga e Ruano e no quanto eles sofreram longe de Dantera — comentou Ana nostálgica.

— Ninguém nesses sete séculos de existência de Rélvia voltou a Dantera para comprovar se realmente Ruano contara a verdade aos seus descendentes, ele mesmo dizia aos filhos que quem retornasse às montanhas de gelo, poderia pagar com a própria vida o preço da desonra que o amor entre ele e Teriaga gerou — disse o Grão-Duque.

— O clima congelante também não encorajava as pessoas a subirem... — ponderou Dirciê.

— Que mistério mais louco — observou Wesley enquanto degustava a caça assada para o jantar.

— A única coisa que Ruano trouxe de Dantera foi aquele cavalo de bronze que está sobre a lareira, arco e flecha, a roupa do corpo, pouco alimento, pouca ferramenta e os equinos de puro-sangue Relva que cavalgaram por dias e noites até este alto de colina, a altitude aqui é acima de oitocentos metros, solo árido, calcário, de temperaturas extremas, ótimo para o cultivo de alfazema e uvas — explicou o proprietário da Estância.

— Nossas temperaturas não passam de vinte e três graus aqui em Fluxapaz, moderadamente quente no verão e úmido no resto do ano, as chuvas são pouco intensas, essa tempestade de hoje é rara por aqui — comentou a duquesa.

— Como é bom saber tudo isso! — Ana exclamou admirada com o que o antigo casal expunha a ela e ao melhor amigo.

— Ruano iniciou o cultivo de terra, criou os filhos aqui, ensinava seus conhecimentos aos descendentes, desde a degustação semanal das bagas até o ponto ideal de maturação, a entrada de luz, brotação em excesso, desfolha, retirada de cachos de uvas mal localizadas... — o Grão-Duque continuava a revelar suas tradições.

— A alfazema também é um tesouro... — comentou Ana incentivando o Grão-Duque a contar sobre o cultivo da linda flor violeta.

— Este jardim existe porque, durante o verão, as abelhas e vespas costumam atacar os cachos de uva, vêm pelo cheiro da fruta maturando, e porque o néctar das flores se torna escasso, então, como preferem flores e não frutas, elas encontram as alfazemas e saciam-se, desistindo de atacar as uvas.

— Nunca imaginaria este motivo — disse a jovem com os olhos brilhantes de curiosidade.

— Assim nossas frutas são cuidadosamente cultivadas até que sua seiva adormeça por longos anos em silenciosos barris de carvalho — opinou a duquesa Dirciê.

— Vamos nos aquecer ao redor da lareira? Eu a acendi para isso — disse o Grão-Duque deixando a mesa enquanto as empregadas retiravam a prataria do jantar. — Quero terminar de relatar tudo o que sei aquecendo-me com vinho e fogo — concluiu fazendo com que seus ouvintes rissem.

Os relâmpagos e trovões não haviam cessado ao longe, perto a chuva ainda persistia, rala, e o vento assobiava no alto da colina, curvando as folhas das árvores, enquanto a madeira ofertada ao fogo estalava e soltava faíscas aquecendo a todos na confortável sala da dinastia de Alfazema.

Wesley aproveitou para reabastecer as taças com o vinho que deixara ao pé da lareira, mas Ana negou-se a beber e por acidente fez com que o recipiente virasse escorrendo pelo chão.

— Perdoem-me! — disse ela com o rosto muito abatido pelo infortúnio.

— Tudo bem que não quer beber, mas não precisava chutar a taça! — exclamou Wesley divertido, levando todos às gargalhadas.

O Grão-Duque e sua esposa demoraram muito tempo revelando aos dois jovens forasteiros de Marissal o modo como a civilização Relva deixou Fluxapaz e avançou para as terras mais quentes e para o progresso suntuoso do litoral do país.

O casal senil contou fatos marcantes da Estância, relembrou nomes de descendentes como as duquesas Dirceia e Neida, Noeme e Neuzie, os antigos duques Antone e Araldi, Tito e Isra, Gardine e Eliez, entre outras personagens históricas memoráveis que confeccionavam o passado honroso do castelo da colina, entre risadas, lágrimas, reclamações e deboches, fez-se a última noite dos viajantes no feriado de Gratidão.

O barulho do vento e da chuva, ainda insistentes, despertou-o, Wesley tardou a compreender o calor e a respiração tão próximos a ele, e aos poucos seus olhos reconheceram a amiga deitada ao seu lado, sozinhos no divã da sala do castelo.

Seu corpo reagiu em sobressalto, puxou a coberta e aliviou a tensão ao constatar que não estavam nus.

Wesley fechou os olhos, respirando fundo por alguns instantes, e ergueu-se devagar a fim de não acordar a garota. Mal podia acreditar na cena, lembrou-se de que Ana deitou-se no divã bem antes dele para ouvir as histórias do fazendeiro e por certo dormiu, mas não sabia explicar a si mesmo o modo como ele repousou no mesmo lugar que ela.

— O vinho — balbuciou.

Ana dormia pesado e ressonava.

Wesley caminhou até a janela, puxou a cortina e percebeu que a tempestade trouxera um frio que arrepiava sua pele. Decidiu subir as escadas em espiral rapidamente para se aquecer.

"E Ana?"

Hesitou por um instante ao vê-la dormindo profundamente, amparada por apenas uma manta naquela madrugada tão gélida. Ele optou por levá-la até o quarto.

Wesley aproximou-se vendo que a amiga realmente ressonava, ele amparou seu corpo leve, erguendo-a nos braços, imóvel, quente, e foi subindo as escadas, cuidando os degraus, sem ao menos perceber que o Grão-Duque os observava. O rapaz vagarosamente abriu a porta do quarto, Ana se mexeu um pouco, aconchegando-se em seus braços, inconsciente. Ele chegou à cama e pousou-a sobre os lençóis.

A fraca luz do abajur mergulhava o ambiente na penumbra.

Wesley optou por colocar meias nos pés da jovem, puxou a coberta sobre ela e, quando inclinou suavemente a cabeça para ajeitar o travesseiro de Ana, foi tomado de um espanto inexplicável que o estremeceu, o rosto da amiga nunca estivera tão próximo ao seu, nem os lábios e ele pensou:

"Como é linda! Meu Deus, como é linda!"

Sentiu o coração pulsar estranho, estreitou os olhos, mordendo os lábios, sufocado, ofegante, com o novo sentimento que chegara, deixando-o surpreso e espantado.

"E agora? E agora?"

Seu cérebro tentava encontrar um caminho para segurar seu instinto de devorar aquela mulher que o atraía.

Wesley fechou os olhos, abriu-os novamente, recuou daquela proximidade, afastando-se da respiração de Ana que tanto o aguçava, desarqueou o corpo sobre ela, esticou os braços, pensando ferozmente em deitar-se sobre ela e tocá-la profundamente. Ele levantou-se, suspirou tentando recobrar o fôlego. Deu alguns passos para trás, ajustando os cabelos como se estivesse organizando os pensamentos lascivos, a pele ardente, a face quente, a boca tão seca, foi se afastando dela, atormentado, chegou à porta e virou-se rápido em retirada.

Wesley desceu as escadas depressa para o seu quarto, arrancou o casaco, um calor repentino tomava-o e os pensamentos eram insuportáveis:

"Deveria beijá-la?"

Hesitou na escada olhando para trás, porém retomou a descida.

Ele adentrou seu quarto como quem fugia, deitou-se na cama tomado por um desejo tão insano.

"Calma, cara! Calma! É apenas uma amiga!", repetia tentando convencer seu corpo com sua mente.

Ele virou-se, sentou-se, apagou o abajur, acendeu-o novamente, arrancou a camisa, foi despindo-se até decidir por um banho para tentar acalmar aquela vontade absurda de voltar ao quarto de Ana.

Quando Wesley acordou, não tardou muito para que sua memória recordasse os fatos da noite anterior, pensava no quanto errou ao levar Ana para o quarto, indignado por estar atraído pela amiga que, até algumas horas, era praticamente sua segunda irmã.

No peito havia um desejo esquisito, mas ele tentava negar aquela ansiedade em reencontrá-la; pensou um pouco sobre o sentimento novo, riu sozinho considerando absurdo sentir aquilo.

À mesa do café, Wesley encontrou apenas o Grão-Duque de Alfazema e a duquesa Dirciê, que lamentavam a partida dele e de Ana, dizendo ter preparado muitas guloseimas para serem levadas aos familiares dos jovens em Marissal, porém, distraído, ele continuava a refletir sobre a insensata atitude da madrugada no quarto da amiga, e tentava justificar a si mesmo aquela paixão repentina como o efeito da chuva e da lareira, do vinho e do fogo...

Assim que Wesley ouviu a movimentação nas escadas, sentiu o coração descompassar, o cheiro dos óleos de alfazemas denunciava o banho matinal de Ana, e ele demorou-se pela primeira vez observando-a, que mal notou aquela mudança no comportamento do melhor amigo, pois desistira desde o inconveniente na cachoeira de tê-lo além da amizade.

Após o desjejum, sentaram-se os quatro cidadãos de Rélvia ao sol, as gotas de água sobre as folhas das alfazemas, o chão úmido ainda, o clima fresco, tudo evidenciava o enorme temporal do dia anterior e o Grão-Duque segredou aos visitantes que nunca estivera tão feliz desde que a duquesa Dirciê adoeceu.

Wesley, de cabeça baixa, tentava disfarçar o modo como sua atenção se voltou para os gestos da amiga, que conversava futilidades de moda e perfumaria com a duquesa.

O Grão-Duque pediu para Guto — o domador de cavalos — que trouxesse dois equinos de cavalgada, arcos e flechas, para que ele e Wesley se despedissem como os antigos arqueiros honrados de Dantera.

Todos riram do desafiante e Ana pôde finalmente saber mais sobre os animais de puro-sangue Relva que deixavam a Estância vendidos por milhões de áries para os amantes de animais de grande porte pelo mundo inteiro.

— Interessante esse nome, puro-sangue! — exclamou ela observando o cavalo que o Grão-Duque deu a Wesley desde a infância.

— Eles não têm a mistura de outras raças, por isso são bons corredores, nasceram da cruza de três garanhões apenas, ainda nas montanhas de Dantera — respondeu o monarca ajeitando o arco com as flechas nas costas.

— A raça é quase milenar! — admirou Ana.

— Sim, e por ser puro continua mais leve, mais alto e particularmente musculoso — continuou o Grão-Duque.

— É uma beleza — elogiou a jovem de Marissal.

— É a paixão deles — revelou a duquesa Dirciê gesticulando com a cabeça na direção do esposo e de Wesley.

— A criação também é boa — elogiou Wesley acariciando os animais que, por conhecê-lo, vieram até ele, calmos, relinchando por capricho. — São criados soltos no pasto, somente à noite dormem no estábulo.

— Minhas rações são produzidas aqui mesmo na fazenda, incrementadas com feno e alfafa — detalhou o Grão-Duque de Alfazema orgulhoso. — Por que não nos acompanha até o chalé em cavalgada? — o Grão-Duque perguntou encorajando a medrosa visitante.

— Realmente não sei o que dizer... — respondeu Ana confusa.

— O cavalo tem mais medo de ti do que você dele, este animal tem medo de morrer o tempo todo, a energia, a linguagem corporal, ele sente tudo, temos que ganhar sua confiança — expôs o fazendeiro.

— Meu cavalo, o Tropa, é muito manso, pode acariciá-lo, ele permitirá sem coices ou mordidas, já está acostumado — explicou Wesley. — Venha aqui! — convidou. — Suba pelo lado esquerdo, é só pisar no estribo que puxarei a rédea, pode vir que lhe ajudarei — incentivou.

— Nós dois no mesmo cavalo? — perguntou Ana preocupada com o peso dos jovens sobre o animal.

— Fique tranquila, Wesley sempre mediu a altura e o perímetro torácico deste cavalo, sabe o quanto ele aguenta, pode subir! — informou a duquesa enquanto sentava de lado na garupa do equino do Grão-Duque, elegante como as damas medievais e por conta do arco e das flechas que o monarca levava preso às costas.

— Venha aqui pelo lado esquerdo, é o correto para subir no bicho — informou o melhor amigo enquanto puxava Ana para cima do puro-sangue Relva.

A altura e os movimentos exigiam certo equilíbrio, e Ana segurou-se aos braços do melhor amigo conforme o passo do equino transformou-se em trote e logo num galope leve, com o vento fresco da colina e o terreno acidentado distraindo-a, arrependida de ter sentado de lado na cela do animal logo à frente de Wesley por conta do instrumento de caça que o melhor amigo também portava.

Wesley não pensava em nada além de aproveitar aquele bom momento em que Ana estava divertindo-se com ele a cavalo, aprendendo a amar o que ele também amava, e por diversas vezes pensou em exteriorizar elogios ao ouvido da amiga, entre os cabelos dela que roçavam em seu pescoço, alvoroçados pelo vento, mas sua boca nada disse, faltou a ele coragem: algo típico de amantes ainda inseguros.

O Grão-Duque e a duquesa Dirciê vinham cavalgando logo atrás dos dois jovens, e, pelo olhar do casal, agora Wesley podia perceber que acompanhavam sua história com Ana como se assistissem a um filme de amor às avessas, cheio de desencontros e desconfianças.

As risadas, o chalé com seus barris de carvalho nos corredores subterrâneos onde dormiam vinhos seculares produzidos na Estância, os sabonetes e cremes, chás adoçados com mel, tudo produzido com a essência das alfazemas, proporcionaram deliciosas sensações em Ana, e o modo como os turistas cumprimentavam o Grão-Duque e queriam saber a história de seus ancestrais faziam-na perceber o privilégio que os dias do feriado da Gratidão no castelo trouxeram para a sua vida.

— Então, você é a moça que o desembargador tanto busca pelo avião militar que desapareceu com os pais no Oceano Vivo? — indagou o latifundiário enquanto Ana e Wesley ajeitavam as malas para partir.

— É uma longa história — ponderou a herdeira da família Scatena Amorim sem que os monarcas percebessem que ela odiava falar sobre a morte de seus pais.

— Pelo que conheço do desembargador, Rubá não desistirá enquanto não esclarecer o mistério, ele adora mistérios — disse a duquesa Dirciê rindo junto com os ouvintes de suas palavras.

Assim que o carro alto de Wesley foi carregado com bagagens e agrados da fazenda, ele abraçou o Grão-Duque demoradamente, forte, e se olharam nos olhos com muito respeito.

— Eu agradeço a visita, arqueiro honrado! — comentou o fazendeiro referindo-se à lebre que Wesley abateu na cavalgada conforme a tradição de Dantera, em que o hóspede deixava para o seu hospedeiro uma caça para o jantar como agradecimento pela acolhida.

— Quero muito vê-lo em minha formatura, dançaremos? — perguntou Wesley disfarçando as lágrimas que Ana não fez questão de esconder e nem a duquesa.

— Estaremos contigo — confirmou Dirciê abraçando fortemente o menino que viu crescer. — Foi muito bom tê-la conhecido — completou acolhendo Ana no abraço.

— Crianças, não briguem! — acrescentou o Grão-Duque fazendo com que todos rissem em meio à comovente despedida.

Wesley e Ana deixaram a fazenda pouco após o almoço, buzinando para os funcionários pela estrada pavimentada com pedras de basalto que nascia na colina, acenavam para os trabalhadores do vinhedo e dos campos de Alfazema.

Os dois jovens de Marissal estavam retornando à metrópole, Ana olhava para o castelo inundada pelas lembranças que carregava na mente, a saudade nem esperou que cruzasse a gigantesca porteira e ela, secando as lágrimas dos olhos com as pontas dos dedos, reclamou baixo a Wesley que sentiria muita falta da casa com lareira.

O caminho de volta é sempre muito rápido, meu companheiro leitor, nada é mais novidade, e não tardou para que a cena rural evoluísse para um asfalto quente, cercado por indústrias frias, tomado pelo ar pesado da urbanidade, em que ambos voltavam para a casa.

Ana havia aprendido a lição: não mais veria o melhor amigo para além da amizade, estava decidida a enterrar para sempre aquele amor improvável que a convivência traiçoeira fez brotar em sua rotina solitária.

Wesley pensava em falar a Ana sobre o que ele sentira na noite em que a levou para o quarto de hóspedes do castelo, mas carregava no peito a insegurança de um jovem que temia arriscar uma grande amizade por conta de um sentimento tão novo.

De repente, surgiu nele uma curiosidade inquietante sobre a vida amorosa da amiga, quando olhava em seus lábios, pensava se já havia beijado algum garoto, quando observava seu corpo, imaginava se Ana era virgem ou já tinha experiências sexuais... E quando intentava fazer perguntas sobre esses assuntos mais íntimos, que todos os dias ele conversava naturalmente com tantas outras garotas, calava-se receoso de parecer inconveniente. Na ânsia por protegê-la, agora o rapaz percebia que deixou de enxergar que havia uma mulher ao seu lado.

Por diversas vezes ao longo do caminho, Wesley sutilmente tocou-a, as mãos, o cabelo, o quadril, para testar a receptividade da amiga, também a olhou nos olhos, buscando um contato visual mais profundo. Agoniado, ele precisava de uma resposta.

— Você tem interesse por alguém, um interesse... especial? — perguntou bastante curioso.

— Eu não... Eu não gosto de... falar sobre isso — Ana desconversou tentando compreender a pergunta invasiva.

Embora houvesse sentimentos escondidos, o caminho de retorno ao litoral foi bastante divertido, recheado de diálogos corriqueiros e risadas tão espontâneas que quebravam a monotonia da estrada.

Já eram muito avançadas as horas da noite, quando o carro alto atravessou a Ponte da Conciliação e logo estacionou sobre a calçada do jardim na mansão. Wesley abraçou-a e ajudou a amiga com as sacolas cheias de guloseimas ganhadas em Fluxapaz.

16

DESCOBERTA

O feriado da Gratidão findou, a vida voltava ao velho ritmo frenético e o colégio Lótus exibia o último bimestre de 1999, exigindo dos estudantes um esforço redobrado com os resultados escolares.

Após os dias de distanciamento de Marissal, os amigos, que haviam procurado por Wesley no feriado da Gratidão para divertirem-se na cidade, vinham logo questionando o desaparecimento do amigo.

— Estive em Fluxapaz com o Grão-Duque — respondia ele, com alegria, mas preferindo ocultar a presença de Ana em sua viagem, a fim de não despertar ressentimentos.

Apesar da dedicação aos estudos que, subitamente, contagiou aos alunos, eles ainda aproveitavam o tempo com seus lazeres adolescentes, reunindo-se em festas aos finais de semana, praticando seus esportes favoritos, curtindo músicas de bandas, assistindo filmes... E foi justamente o convite para ir ao cinema recebido por Ana, dos amigos de Wesley, que a deixou ansiosa.

— Vovó Henrica, eu preciso contar algo realmente incrível...

Desta forma que a neta chegou em casa naquela sexta-feira tão promissora...

Meu caro leitor, eu não preciso expor os fatos, você — posso chamá-lo assim após tantas páginas de convívio? — percebe o quanto o esforço de Wesley em livrar Ana das perseguições sofridas na escola está tendo um bom resultado para a garota e para os alunos do colégio Lótus, que começam a reconhecer que isolar e machucar não lhes dá um prestígio positivo diante dos outros estudantes? O que você não esperava é um sentimento entre estes jovens, ou esperava? Se a resposta for afirmativa, sua senha está correta, poderá seguir até o final...

Ana ficou bastante deslumbrada em saber que aquele grupo com dez ou doze jovens esperariam por ela ao cair daquela tarde de sexta-feira, para se divertirem no *shopping* comendo e falando bobagens, e passando o tempo assistindo a um bom filme, uma boa aventura da sétima arte.

O tempo passou depressa e o motorista Teófilo foi outra vez o responsável por deixar a herdeira dos Scatena Amorim no lugar combinado com os amigos ao fim do dia.

Ana e suas novas companhias estranharam Wesley ter desmarcado o compromisso um pouco antes do encontro, mas fizeram o que ele aconselhou: divertiram-se muito! Por onde passavam falando alto, rindo e até extrapolando com gritos, chamavam a atenção pela algazarra tão típica da juventude.

Wesley esteve um tanto recluso após o retorno do feriado da Gratidão, e, aos poucos, os amigos tanto da escola, quanto de outros espaços que ele frequentava, foram desvendando o segredo que agonizava em seu peito: estava apaixonado por Ana.

Wesley revelava o fato aos seus confidentes com o pesar de quem cometia um crime, e, após ouvi-lo, recebia deles reações diversas de reprovação, de alegria e até mesmo de espanto. Ele não foi ao *shopping* com Ana e os amigos, pois preferiu ficar deitado na escuridão de seu quarto, pensando em uma forma de livrar-se daquele sentimento estúpido.

O pai bateu à porta.

— Entre, chefão! — disse reconhecendo a voz que chamou por seu nome.

— Nunca vi isto aqui em casa, quarto escuro, silêncio, você pode se levantar e colocar fogo na cidade, por favor! — ordenou o pai do rapaz acendendo a lâmpada do ambiente e fazendo o filho sentar-se à beira da cama risonho. — Filho, você precisa sair e se divertir, a adolescência dura um dia. Por que está isolado?

— Eu preciso lhe dizer que me apaixonei nesta viagem — iniciou Wesley trocando o sorriso por uma expressão de lamento.

— Meu melhor jogador de vôlei mudará para Fluxapaz? Posso perguntar ao Grão-Duque quem é a camponesa que arrebatou o coração deste garoto? — O desembargador tentava animar o filho.

— Não a conheci em Fluxapaz, eu levei-a até lá, estou apaixonado por Ana... — revelou ao pai e suspirou fundo como se estivesse decepcionado consigo mesmo.

— E agora não sabe como reverter o jogo? Eu falo sempre para você, para os seus irmãos, nada de se colocar nesta posição de melhor amigo, depois não sabe sair disso para engatar um namoro porque se tornou praticamente uma dama de companhia da garota! — As críticas do pai fizeram com que Wesley risse muito outra vez.

— É isto mesmo, pai... Eu também não posso perder a amizade... — ele completou a frase enquanto Rubá balançava a cabeça como se estivesse inconformado.

— Mas não é sobre isto que quero conversar contigo, é sobre o avião militar que levou os pais de Ana, sua nova borboletinha...

A verdade era esta: que Wesley esteve se culpando muito por ter caído naquela armadilha do convívio e não conseguia parar de refletir: esquecer ou revelar? o que diria a Ana sobre aquele desejo? Ele passou a pensar nela o dia todo, quase que de maneira obcecada, como um atleta que quer a medalha para si.

No entanto, as atitudes de Wesley eram de afastamento e Ana percebeu, com tristeza, a indiferença e as meias-palavras do melhor amigo. Ponderou que talvez ele não houvesse superado a briga de ambos na Estância Alfazema e que agora precisava de tempo e espaço para reconsiderar o perdão que prometeu a ela.

Os estudantes do colégio Lótus estavam muito mais próximos e receptivos com Ana, este fato deixava Wesley bastante tranquilo na chegada ao final do ano letivo. Ver a novata que foi desprezada e humilhada pelos alunos, agora participando das rodas de bate-papo no recreio, das atividades em sala de aula, recebendo convites para festas e exibindo um sorriso de felicidade que evidenciava o quanto a jovem havia chegado no patamar de envolvimento que ela sempre sonhou.

Micely ouviu, nos boatos estudantis, que Wesley estava interessado em Ana. Como considerou absurda aquela conversa, não tardou para chamá-lo reservadamente e confrontar o ex-namorado:

— Eu pensei que teria uma chance de reatarmos nosso namoro, mas amigos em comum disseram-me que você está interessado naquela esquisita que virou sua sombra durante esse ano inteiro — provocou a bela e popular líder de torcida.

— Você é muito especial para mim — iniciou Wesley sorrindo e acolhendo a mão da garota entre seus dedos. — Linda, uma gata, mas nossa história teve tantos desentendimentos, a mágoa desgastou...

— Porque você preferiu seus amigos e não eu — reclamou Micely cobrindo o rosto com as mãos, chorosa, afastando-se.

Wesley abraçou-a pela cintura.

— Não quero que saia daqui assim, chateada comigo. Estou sentindo algo por Ana que tem me incomodado muito mais que a você, posso garantir isso — disse ele com certa tristeza enquanto a ex-namorada abraçou-o forte.

Ana descia a rampa para o acesso central acompanhada de Carol, Givago e mais alguns amigos quando avistou Micely pendurada ao pescoço de Wesley, ela sorriu e acenou para o melhor amigo, que apenas assentiu com a cabeça, muito sério.

Para Ana, doeu ver Wesley agarrado à ex-namorada no recreio. A herdeira dos Scatena Amorim nada compreendeu, mas pensou um longo tempo sobre o fato enquanto Teófilo dirigia o carro da família rumo à mansão de seus avós. Ela imaginava que a ferida da paixão pelo melhor amigo já estivesse cicatrizada em seu coração adolescente, mas a dor de vê-lo reconciliado com a arrogante líder da torcida esportiva despertou novamente a raiva de seu ciúme cristalizado.

De íntimos confidentes, agora tão distantes; Ana tentava burlar a saudade de Wesley com as novas companhias. Na escola, ela vibrava, conversava e sorria, mas havia algo incompleto que se descortinava no retorno para a casa: a falta do melhor amigo sangrava no peito e transbordava em seus olhos.

Por diversas vezes durante aquela semana final de outubro, Ana pensou em procurar Wesley e saber o motivo do distanciamento. Carol e Givago, companheiros dela do ano letivo, sabiam as reais razões, mas nada disseram, pois Wesley não pediu segredo sobre seu sentimento, mas também não incumbiu ninguém para dar recados.

O certo é que Ana estava extremamente feliz por poder cumprimentar a todos, olhar nos olhos com liberdade, sem sentir o peso dos pré-julgamentos sobre sua personalidade e aparência, finalmente estava mostrando o que sempre quis: seu coração.

Wéllida, que constantemente estava com Ana, sabia da paixão de Wesley pela novata, e um dia, durante o treino do time de vôlei na quadra poliesportiva, resolveu investigar.

— Meu irmão é lindo — afirmou logo que se sentou ao lado de Ana na arquibancada. — Você não acha?

— Si... sim, claro — gaguejou Ana, um pouco confusa pela surpresa da pergunta.

— Qualquer garota o namoraria — provocou Wéllida e foi mais direta no assunto. — Você também?

Ana ficou um pouco em silêncio com os olhos fixos no jogo que ocorria na quadra poliesportiva.

— Com toda certeza, mas eu sou o tipo de garota que rapazes como Wesley somente enxergam como grandes amigas.

— Mas eu acho... — Wéllida tentou argumentar.

— Eu também acho que este time está cada vez mais forte — desconversou Ana sorrindo e levando o assunto para outro patamar.

Assim que chegou em casa após a aula, Wéllida contou ao irmão sobre a conversa com Ana.

— Eu senti que você tem uma grande chance, percebi que ela também tem o mesmo interesse, mas não acredita que possa se tornar real, talvez vocês precisem vencer o medo. — Sorriu Wéllida encorajando o irmão.

— Você não tem que dar opinião, nem pensar em namoro, tem que estudar. Vai para o seu quarto agora! — ordenou Wesley, enquanto Wéllida subia as escadas rindo alto, após ouvir toda a informação privilegiada que a irmã caçula trouxera.

Ana surpreendeu-se com o telefonema no meio da tarde. Como era quinta-feira e, desde que voltaram da fazenda do Grão-Duque, não mais visitaram o esconderijo, ela acreditou que a ligação de Wesley seria para irem até a mata, aproveitaria para questioná-lo sobre seu afastamento e implorar o perdão do melhor amigo.

Wesley não disse nada do que a neta dos Scatena Amorim aguardava ouvir, apenas convidou-a para uma pedalada no parque da vila de Verdemonte ao final da tarde para conversarem um pouco.

A ansiedade de Wesley por revelar a Ana o amor despertado e a insegurança de perder a amizade da garota misturavam-se, faziam-no sentir arrepios, um frio na barriga, uma tremedeira e uma coragem espantosa. Já Ana, irritada, queria confrontá-lo sobre a sua indiferença desde o retorno da viagem a Fluxapaz.

Os dois jovens pedalaram por um longo tempo, um ou outro assunto banal interrompia o silêncio entre eles, enquanto tomavam coragem e fôlego para o desafio de explicitar o que pensavam. Após certo período em que cumprimentaram amigos pelo caminho, sentaram-se.

— Eu quero conversar algo sério contigo — iniciou Wesley.

— Também quero tratar de algo sério contigo — replicou Ana.

— Então prefiro que você fale primeiro — declarou ele torcendo muito para que a amiga dissesse algo que o agradasse.

Ana ponderou um pouco e, suspirando fundo, iniciou:

— Após retornarmos de Fluxapaz, eu senti o seu distanciamento, não entendo e não compreendo o que está acontecendo. Respeito, mas é difícil para mim aceitar essa situação contigo. Eu acho que você mentiu que me perdoou pela reação tão estúpida que tive contigo na cachoeira da fazenda do Grão-Duque — desabafou.

Wesley riu da queixa da amiga, tão distante do assunto que ele queria tratar.

— Eu não menti, na verdade... — Wesley tentou argumentar, mas foi interrompido.

— Se você precisar de um tempo, por favor, avise-me! Não quero incomodá-lo com meus problemas, eu só quero entender por que está tão distante e frio — continuou a garota questionando o melhor amigo.

— Acho que você não entendeu ainda que... — ele ainda tentou ser ouvido, mas Ana voltou a falar.

— Eu não concordo, porque convivemos tantos meses e agora, por um deslize meu, você mudou drasticamente comigo, passou a me tratar com tanta frieza, só quero deixar claro que está doendo muito, você é importante para mim, acho extremamente desumana a sua postura — disse ela com um revelador aborrecimento. — Eu preciso saber o motivo de... — prosseguiu com o tom de voz exaltado.

— Precisa saber que eu estou apaixonado por você — disse Wesley mais alto que ela, a fim de ser ouvido pela amiga. — Por que estou assim? Eu estou me sentindo muito culpado por este sentimento que não muda desde que...

Wesley calou-se ao ver Ana levantar-se do lado dele com o rosto tomado pelo espanto. Ela caminhou um pouco adiante, parecendo perdida, depois retornou e, sem falar absolutamente nada, apanhou sua bicicleta e desapareceu.

Um sentimento de alívio e desespero tomou Wesley de sobressalto. Preocupado com a reação de Ana, pensou em ir até a mansão para retomar o assunto, mas decidiu dar um tempo para que a herdeira dos Scatena Amorim pudesse digerir a revelação feita por ele durante o passeio de bicicleta pelo parque.

Wesley demorou um pouco para retornar para a casa, pensando em suas palavras, martirizado pela dúvida, se realmente sentia amor ou apenas confundia romance e amizade... Não soube perceber pela conversa se os sentimentos de Ana também haviam mudado durante o convívio daquele ano, se ela o olhava de uma forma diferente, se notou que ele a observava de maneira especial.

O rapaz caminhou empurrando sua bicicleta por longos quarteirões, cumprimentando amigos e refletindo que poderia ter cometido um erro ao falar, deveria tê-la abraçado bem mais forte que de costume, elogiado sua roupa, seus cabelos, segurado as mãos em cumplicidade, ir dando pistas daquele novo sentimento e observando as reações da amiga, para então decidir se revelava ou guardava aquele desejo incontrolável de conquistá-la.

Assim que adentrou o casarão, Ríccia abordou-o a sós.

— Filho, eu vi que foi pedalar, esteve com Ana? — Após Wesley assentir com a cabeça, ela prosseguiu: — E o que aconteceu? — sussurrou.

— Acho que tomei um clássico fora — respondeu rindo muito da própria desventura e abraçando sua interlocutora.

A vida amorosa de Wesley, que sempre foi uma caixa de segredos, agora passou a ser novidade para a família. Na escola, muitos amigos e professores, até mesmo os diretores, já sabiam do impasse com Ana durante sua viagem a Fluxapaz. Na mesa do jantar, sua conversa vespertina com a amiga tornou-se o assunto.

— Então, Ana simplesmente ouviu suas confissões amorosas e saiu sem dizer uma palavra? — ponderou Rubá, fazendo com que a esposa, os filhos e a nora rissem da situação.

— Eu não deveria ter feito isso — respondeu Wesley rindo em meio às gargalhadas familiares.

— Se ela nada disse, é porque, ou não estava no mesmo clima que você, ou ficou surpresa com a novidade... — opinou William.

— Ou também está atraída, mas tem medo de estragar a amizade — completou Wellington animando o irmão.

— Acho melhor desistir disso — concluiu Wesley enquanto aproveitava o cardápio.

— Eu acho uma bobagem desistir, se já começou, vá até o fim... — incentivou Ríccia.

— Eu concordo — opinou Zaira.

— Eu também concordo — Wéllida disse com segurança, e assim todos à mesa foram concordando.

— Até alguns dias, ninguém sabia com quem eu estava me relacionando — disse Wesley. — Agora tenho minhas paixões decididas em jantares de família?

— Deve ser por que não davam errado? — perguntou Welner fazendo com que a família Amarante Paes voltasse a rir.

Na sexta-feira, nem Wesley ou Ana compareceram à aula no colégio Lótus, esse fato provocou uma onda de suposições entre os estudantes sobre o encontro dos dois jovens na praça da vila de Verdemonte.

Ana pensou muito e mal dormiu, refletindo sobre as palavras ditas pelo melhor amigo. Estava surpresa pela revelação de Wesley, era tudo que ela mais desejava e, ao mesmo tempo, poderia ser o início de um afastamento definitivo caso o envolvimento amoroso fosse somente um capricho do rapaz.

De repente, a ideia de que Wesley interessava-se por ela começou a preocupar a herdeira dos Scatena Amorim, pois Ana podia jurar ao melhor amigo que todo o sentimento verbalizado por ele, era uma ilusão, que a mente dele criou por um momento no quarto de hóspedes em Fluxapaz, uma carência da madrugada, uma arteirice da rotina... Ao mesmo tempo, ela queria comemorar aquela felicidade tão bem-vinda, aguardada por longas noites, queria muito beijá-lo, abraçá-lo, trocar seu nome por um apelido carinhoso, tão típico entre os amantes, mas temia que tudo se tornasse passageiro e, além disso, que sua história de amor com o garoto popular do colégio fosse tão breve que, quando chegasse ao fim, matasse também a verdadeira amizade entre os dois estudantes.

Wesley animou-se com o incentivo da família, que o orientava a não se afastar de Ana, a manter sua paixão em evidência, mostrar a ela que poderia confiar em sua proposta, que ele faria dar certo o amor que propunha.

A ausência dos dois à aula da sexta-feira descortinava o desejo de particularizar o assunto, de dar tempo ao problema, de organizar os pensamentos de forma racional, mas, quanto mais pensavam no que fazer, mais se desencorajavam de fazê-lo.

Meu companheiro leitor, a aventura virou drama? A missão salvadora virou paixão? Sim, não posso enrolá-lo com meias-verdades, você lê e interpreta bem os fatos e eu posso garantir aos seus olhos famintos pelo desenrolar deste romance, que essa amizade entre Ana e Wesley corre o sério risco de acabar.

O sábado amanheceu inundado pela luz profunda do sol, revelando o céu anil brilhante que animou os cidadãos de Rélvia a movimentar-se logo cedo, enchendo o comércio e as calçadas de vida e alegria.

Wesley já tinha convites para divertir-se e começou seu final de semana na praia surfando com os amigos, mal a aurora converteu-se em dia claro. Ana contou à avó durante o café da manhã sobre o passeio da última tarde no parque e o que conversou com Wesley. As revelações do melhor amigo surpreenderam a senhora, que, após ouvir todo o novo capítulo da paixão da neta, perguntou-lhe um tanto confusa:

— Não era isso que você tanto quis nestes últimos meses?

— Sim... era... mas agora sinto muito medo de que não seja isso o que ele realmente quer, que a tentativa se frustre e até a amizade se dissolva.

— Mas se não arriscarem, nunca saberão — opinou dona Henrica preocupada com o medo da neta pelo término da amizade com Wesley, mas feliz por Ana ter encontrado uma resposta para todo o amor despertado pelo melhor amigo.

À noite, Wesley adentrou a mansão da família Scatena Amorim com muita naturalidade, e como acreditava que a herdeira não teria revelado aos avós as suas pretensões amorosas, convidou Ana para um passeio de pedalinho no Lago Rosa junto a alguns amigos.

Apesar da curiosidade de Vito e Henrica, Ana conseguiu partir com ele sem maiores questionamentos, ela adentrou o carro alto e os diálogos que antes eram repletos de risadas, agora foram substituídos por longos silêncios.

Algo entre os amigos havia mudado, e, para quem os acompanhava, tornava-se cada vez mais óbvio que os gestos de um eram intencionados ao outro: Ana e Wesley já não conseguiam ocultar o impasse amoroso ao qual estavam envolvidos e todos à volta permaneciam atentos aos movimentos da dupla, curiosos pelo final feliz ou trágico daquele típico dilema juvenil.

Ao chegarem ao pedalinho, muitos amigos os cumprimentaram, com o tom de voz e os olhares de expectativa; a plateia disfarçava uma demora maior no mirador do Lago Rosa para ver se talvez flagrassem um primeiro beijo do promissor casal.

Querido amigo leitor, aos que buscam pela novidade, ela não tardou a chegar, com suas travessuras do destino: mal os dois jovens iniciaram o passeio de pedalinho e Wesley começou seu discurso um pouco desconexo sobre o que estava sentindo, Ana já modificou o olhar antes cheio de expectativas, agora angustiado por ter que falar para o melhor amigo a verdade de seus medos.

— Esta semana no parque fiquei sem uma resposta em relação a tudo que eu disse, sobre ter me apaixonado por você durante nossa viagem e hoje eu quero saber, de verdade, o que a fez fugir sem dizer se posso ir além da amizade contigo?

— Você é meu melhor amigo, confio muito em ti, Wesley... Eu acho que está enganado quanto ao que sente por mim, com certeza...

Wesley gargalhou, fazendo-a rir também.

Ficaram em silêncio outra vez, somente observando a calmaria do Lago Rosa e os amigos que ao longe pareciam espiá-los.

— Então você acha que estou confuso, não estou apaixonado?

— Eu acho que... eu acho que... — Ana calou-se e abaixou a cabeça um tanto pensativa, não imaginava que Wesley retomaria o assunto do parque.

— Tenho certeza de que tudo que vivemos como amigos construiu este sentimento forte em mim, eu quero ficar com você e não somente como minha amiga — Wesley tentou ser mais direto com suas palavras.

— Eu só acho que poderei perder o amigo e o amor, caso você esteja enganado com o que sente... — Ana revelou com a voz um pouco angustiada. — Não quero perder tudo o que tenho contigo, seu carinho, seu afeto, sua companhia, porque você sabe que poderemos estragar tudo o que vivemos até hoje e nos magoar para sempre se este passo adiante não der certo — lamentou tentando não chorar.

— E o que você sugere? Ficarmos congelados no tempo? Esperando o sentimento se esgotar? Tentando esquecer o que queremos de verdade? Desculpe-me, mas você sabe que não sou este tipo de homem... — sentenciou Wesley com o temperamento um pouco alterado.

— Então você sugere que a gente se envolva? Um namoro só tem dois caminhos: ou ele é pra valer, ou ele só destrói! — Ana alterou-se também.

— Eu vou tentar ao máximo, quero que dê certo, e você? — disse Wesley recobrando o tom paciente na voz.

— Acho melhor esquecermos isso — respondeu Ana levantando-se do pedalinho antes mesmo que ancorasse no mirador do Lago Rosa. Ela pisou em falso, escorregou e caiu com tudo na água, molhando-se toda.

Wesley não teve alternativa, pulou em seguida no Lago Rosa para ajudá-la a sair daquele banho nada programado.

Vieram à tona com os corpos colados, frente a frente, encarando-se fixamente por algum tempo, acalorados pelo ardor da paixão que os envolvia, sob a forte algazarra dos amigos que, do mirador, assistiam o atrapalhado mergulho involuntário dos melhores amigos.

Saíram da água e Ana caminhou um pouco à frente dele, sacudindo o cabelo encharcado e rindo da infelicidade na descida do pedalinho.

Wesley também riu, despedindo-se dos amigos, e mordeu os próprios lábios lembrando-se de que quase beijara a amiga e percebeu nos olhos dela que seu desejo era recíproco.

17

FORMANDOS

Era algo tradicional para os formandos da terceira grade do colégio Lótus que na primeira semana de novembro organizassem junto aos professores um grande acampamento de despedida da escola: era a chave que fechava o ciclo da vivência colegial, abrindo o caminho para a seriedade do universo acadêmico das universidades de Rélvia.

Wesley e seus amigos formandos, logo no domingo pela manhã, chegaram à escola Lótus para organizar o espaço das barracas, estabelecer as orientações de higiene e limpeza, combinar os horários de refeição e entretenimento, tudo fiscalizado e orientado pela direção e coordenadores escolares para prevenir excessos dos alunos.

O acampamento foi uma ótima forma de Wesley distrair a mente que hora ou outra voltava a pensar nas palavras de Ana sobre arriscar a amizade para viver um amor entre amigos...

Alguns companheiros diziam que ela estava dispensando-o cordialmente, outros diziam que era charme de mulher para valorizar um sim desesperado, e tinham aquelas almas de psicólogos que concordavam com a indecisão da garota, filosofando sobre a importância da amizade dos dois jovens.

Aquela semana foi realmente boa para todos, além da disciplina que foi cumprida com respeito à hierarquia escolar, houve muita animação no colégio, desde a segunda-feira quente em que os professores locaram muitos brinquedos divertidos para seus formandos, até o luau, o cinema no telão, a noite de ensaio para o baile e o banho na piscina de sabão, tudo muito bem inspecionado por Nabúdio, Hervino e por muitos pais curiosos que sempre apareciam na instituição de ensino para observar a conduta dos filhos acampados.

Ana e Wesley não se encontraram durante este período, e, nesta altura dos fatos, a escola inteira já conhecia o dilema amoroso de ambos e aguardava o desenrolar das decisões para sorrir ou chorar ao final do romance, assim como você, caro leitor!

As avaliações estudantis do último bimestre do ano de 1999 atrapalharam a convivência entre Ana e o melhor amigo e ela também estava evitando-o, com o coração desesperado, tinha medo de perder, mas a vontade de entregar-se a tudo que ele prometera durante a conversa no Lago Rosa só crescia.

A impressão de Ana era que todos na escola já estariam a par de seus assuntos mal resolvidos com o estudante mais popular, e que a aproximação de muitos alunos era a manifestação positiva de uma torcida para que tudo ficasse bem entre ela e Wesley.

O último dia de acampamento foi também o último dia das provas daquela extensa semana avaliativa e daquela noite de festa na piscina de sabão, os pais levaram aos filhos suas culinárias preferidas, compondo assim um grande banquete que terminava com músicas e danças dos filhos para ensinar aos pais, além da entrega de medalhas aos estudantes da terceira grade.

Wesley sentia-se feliz, divertia-se com as brincadeiras, como o jovem animado e ousado de sempre, embora sua mente pensasse constantemente no quanto seria melhor se Ana estivesse ali.

Os preparativos para a festa dos formandos no último final de semana de novembro caminhavam a passos apressados e o caixa cheio de notas de áries evidenciava que dinheiro não seria infortúnio para o fechamento do ciclo escolar.

A segunda semana de novembro de 1999 iniciou-se com uma manhã soalheira e calma, cheia de aves escondidas nas árvores silenciosas que filtravam a luz solar e refrescavam o caminho de quem percorria as ruas do bairro de Verdemonte rumo a qualquer lugar do litoral de Rélvia... Marissal...

Quanto mais tentou fugir, mais Ana foi se amarrando à ideia constante de entregar-se ao pedido de Wesley, mas, na quarta-feira ao qual seguiram pela estrada antiga do parque rumo ao esconderijo, não teve firmeza para assumir seu desejo.

— Eu acho que ainda não resolvemos o que vamos viver dos nossos sentimentos — insistiu Wesley rindo, não era da natureza de um Amarante Paes desistir facilmente. — Você quer namorar comigo? — perguntou agarrando a mão da amiga na subida para o esconderijo.

Ana sentia o rosto quente, avermelhado pela timidez.

— Se quer saber, eu sou apaixonada por você há um bom tempo — revelou algo entalado durante meses na garganta como um nó.

— Então está tudo perfeito — sussurrou Wesley iluminando o rosto com um enorme sorriso.

— Não vejo dessa forma — ponderou Ana com tristeza, olhando o melhor amigo nos olhos. — Não quero sentir ódio de você no futuro, por um namoro malsucedido.

— Não vai! — prometeu ele tornando-se sério.

— Como pode garantir isso? — questionou impaciente.

Ficaram em silêncio por alguns instantes, ouvindo a respiração ofegante daquela excitação crescente.

O passeio promissor estava arruinado, pois, pelo restante do caminho e retorno, dialogaram com meias palavras, esforçando-se para disfarçar a angústia de estarem cada vez mais envolvidos naquele duelo entre o amor e a amizade.

Às vezes, eu me surpreendo pensando se o estimado leitor que me acompanha até estas palavras também já viveu este conflito tão ancestral, que é a dúvida entre ser amigo ou ser amante. É legítimo acreditar neste sentimento? A amizade discretamente se usa do tempo para construir degraus até o amor? Daqui em diante serei breve em lhe mostrar como terminará esta cilada do convívio entre Ana e Wesley.

No retorno para a mansão dos Scatena Amorim, Ana foi surpreendida pela presença do pai de Wesley, o desembargador Rubá Amarante Paes, que, no jardim da propriedade, conversava com os avós Vito e Henrica com uma animação notável.

Ana respeitosamente cumprimentou-o.

— Que bom revê-la! Como estão os estudos? Preparada para o tão assustador ano de 2000? Uma nova geração totalmente tecnológica aguarda por nós, se o mundo não acabar na virada do milênio! — ponderou o pai do melhor amigo fazendo com que todos rissem.

— Meu pai disse que, em breve, o computador de mesa poderá ser levado na mochila e o telefone, no bolso da calça por qualquer jovem de Marissal. Eu não acredito, mas também não duvido — opinou Wesley animando seus ouvintes.

Assim que o desembargador se despediu de Vito e Henrica, Ana interrogou os avós sobre o possível motivo da visita inesperada do pai do melhor amigo.

— Rubá está investigando junto à embaixada de Rélvia, em Mossanês, o paradeiro do avião em que seus pais viajaram em 1989 — respondeu Vito.

Percebendo que a neta se negou a ouvir as novidades, a avó abraçou-a e o avô calou-se sobre tal assunto.

Após a primeira quinzena de novembro, os estudantes do colégio Lótus e da maioria das instituições de ensino em Marissal que garantiram as notas suficientes para a aprovação escolar, já adotaram uma postura típica do final daquele ciclo letivo: ir à aula somente para encontrar os amigos e se divertir.

Todos os alunos da escola prepararam uma gincana muito divertida com desafios para os estudantes da terceira grade, fazendo-os penar nas atividades físicas bastante bizarras que faziam rir até mesmo os rígidos diretores do colégio, Nabúdio e Hervino.

Neste ambiente de diversão, Carol aproximou-se de Ana para falar sobre o que sabia dos impasses entre a amiga e Wesley.

— Eu soube pelo próprio Wesley que você se negou a tentar um namoro com ele — Carol iniciou a polêmica.

Ana sorriu tristemente, olhou para a companheira de sala de aula e fechou os olhos.

— Se não quiser falar sobre isto, terá o meu respeito — observou Carol percebendo o desconforto da amiga.

— Wesley é meu melhor amigo e eu não quero perder a prioridade que tenho com ele, apostando em um sentimento que bem sei que não passa de um equívoco, uma confusão da mente dele — argumentou Ana revelando certo nervosismo na voz e nos gestos.

— Desculpe-me, mas eu acredito que ele esteja realmente envolvido, conheço muito Wesley desde nossa infância na antiga escola, ele está realmente apaixonado por você — Carol foi outra vez pontual quanto ao assunto.

Ana olhou à volta, averiguando se somente ela e a confiável amiga partilhavam daquele assunto.

— Como aconteceu isto, Carol? Wesley é o garoto mais popular desta escola, ele é muito conhecido na cidade, garotas lindas querem estar com ele, é difícil acreditar que essa pessoa tenha real interesse em mim. Você consegue compreender o que digo?

— O sentimento que aconteceu entre vocês foi algo um pouco parecido com o que ocorreu comigo e Givago, mas ao contrário de você e...

Calaram-se respondendo aos acenos de Givago e Wesley que, ao lado oposto do pátio escolar, conversavam observando-as.

— Acha que falam de nós? — perguntou Ana com seriedade.

— Talvez seja até o mesmo assunto — sussurrou Carol disfarçando o olhar fixo do namorado e do amigo em comum na direção de ambas.

— Como estava dizendo, tenho medo de arriscar e passar a odiar o meu melhor amigo, ele fez tanto por mim, nem mesmo um bom psicólogo dos que minha avó implorava para eu frequentar, talvez conseguiriam me ajudar a sair do alvo daquelas intimidações cruéis — disse Ana com os olhos úmidos pelas lágrimas.

— Eu e Givago não frequentamos a primeira semana de aula, nem acompanhamos a covardia da Berka contigo, mas posso sentir o quanto isso te machucou — disse Carol segurando o ombro da amiga.

— Sabe... Há algum tempo eu me apaixonei por Wesley...

— Eu já havia notado — revelou Carol —, mas não se preocupe — ressaltou percebendo o espanto no olhar de Ana. — Você é muito discreta, soube esconder o sentimento, nem o próprio Wesley notava sua paixão por ele.

As duas amigas deram-se as mãos, voltaram a se abraçar e terminaram olhando-se nos olhos.

— Eu confio em você, Carol.

— Eu confio em você, Ana.

— Acha que devo repensar o que decidi para mim em relação a Wesley?

— Ana, você só terá esta vida para viver um grande amor, não dá para ficar se escondendo por muito tempo.

— E se ele estiver enganado quanto ao que sente?

— O que aconteceu com vocês foi consequência do convívio, ele quis te proteger das intimidações, você sentiu-se segura, não consta na literatura, na ciência ou nas leis do Universo outro resultado para essa aproximação. — Sorriu Carol. — Só não espere muito para encontrar a resposta, não seja você o mau dia de alguém.

Enquanto isso, do outro lado do pátio, Givago e Wesley dialogavam sobre o mesmo assunto.

— Eu não vou ficar muito tempo preso a isso que você vive falando, de carinhos feitos com a voz, beijos dados com o olhar, não sou nada romântico para viver amores platônicos, eu sou prático! — falou a Givago.

— Só acho que você pode ir mais devagar...

— Devagar? De qual forma? — questionou em voz baixa e sorriu.

— É preciso aprender a voar como as aves que ora batem as asas fortemente contra o vento e ora deixam apenas o peso de suas penas flutuarem no ar.

— E o que isto quer dizer, amigo poeta? — Wesley perguntou com sua típica impaciência da juventude.

— Você já falou para Ana o que sente e ela já sabe, agora temos que esperar que a ideia germine no coração dela. — Givago encarou o amigo. — Água em excesso inutiliza até mesmo as sementes mais férteis — poetizou novamente fazendo com que Wesley risse outra vez.

— Estou rindo, mas eu acho bonito o jeito como enxerga o amor. Eu só quero que eu e a Ana possamos nos olhar nos olhos sempre, com muita sinceridade.

— Acredito que ela esteja certa em cuidar da amizade verdadeira de vocês, em questionar se o que você está sentindo é algo sólido.

Wesley cumprimentou Givago, seu amigo de longa data, com um

aperto de mão bem jovial, pegou seu violão preso às costas, sentaram-se no chão do pátio. Muitos estudantes se aproximaram para ouvirem e cantarem com o aluno popular, Ana achegou-se com Carol.

— Ei, minha amiga! — Ele apontou para a recém-chegada, que também se sentara no assoalho. — Existe um poema escondido em cada sorriso seu! — disse e iniciou em voz e violão uma música autoral entre gritos e assovios, algazarras e palmas dos presentes que observavam Ana receber o galanteio de cabeça baixa, com o rosto ardente de rubor.

♫ ♪ *"... Não é possível que um sentimento assim tão forte,*
Não transborde, não transborde...
Baby, eu preciso saber,
Qual o caminho que o sol percorre,
Para iluminar o seu rosto?
Baby, eu preciso saber,
Qual o caminho que a chuva percorre,
Para molhar o seu corpo?
Baby, eu preciso saber,
Qual o caminho que o vento percorre,
Para arrepiar sua pele?
Ah, que inveja deles!
Ah, que inveja deles!
Chegando assim naturalmente,
Para te tocar...
Chegando assim naturalmente,
Para te tocar.
Tão suavemente... normalmente... tranquilamente... inocentemente..." ♪ ♫

Wesley finalizou buscando o olhar de Ana, que se levantou discreta e deixou o ajuntamento estudantil enquanto ele era ovacionado pela linda canção que compôs.

Naquela noite, Wesley e alguns amigos saíram para um casamento na cidade, bem trajados. Eles aproveitaram a festa e honraram os noivos com a alegria de suas presenças.

    Marissal era linda ao anoitecer e, naquela data, a lua estava somente um sorrisinho prateado a iluminar todos os amantes.

    A turma percebeu algo diferente em Wesley, ele bebia como um louco, algo muito incomum para o atleta que sempre controlava o álcool dos amigos.

    — O que há de errado? Está pensando naquela amiga novamente? — perguntou Ferdhy. A garota encarou-o.

    — É Ana o nome dela — informou Gesta provocativa.

    — Só acho que isto é um problema pessoal — respondeu Wesley alterado pela bebida, fazendo com que os amigos se agitassem em algazarra.

    — Lá na escola, o papo que rola é esse: Wesley está perdidamente enfeitiçado pela novata! — gritou Nugo, provocando outra vez a risada generalizada no grupo de jovens.

    — Eu posso falar? Eu posso falar? — interrompeu Zaira com as mãos na barriga, que gerava o primeiro neto da família Amarante Paes.

    — Não fale nada! — gritou William rindo e abraçando-a.

    — Eu acho que alguém levou uma descartada hoje — expôs Toule referindo-se à Ana no recreio da escola.

    — Vocês estão a fim de me encher com bobagens, quer saber? Eu estou de saída! — despediu-se Wesley, com a voz embaraçada, demonstrando certo desconforto com o assunto e tentando levantar-se, mas desequilibrou-se por conta do abuso de álcool.

    Houve muitas risadas.

    — Estou achando que terei que te levar no colo — zombou Calte enquanto segurava Wesley pelo braço direito e ombro.

    — Eu não preciso — retrucou o aluno popular com a fala distorcida e sentindo a cabeça girando muito, totalmente descoordenado com suas funções motoras.

    — Nós vamos levá-lo para dormir — comunicou Toule a William enquanto ajudava Calte a levar Wesley para o carro alto, com certa dificuldade, pois o amigo havia mudado de humor, a alegria extrema deu lugar a um silêncio repentino.

    — Acredito que nosso parceiro tenha bebido tanto para esquecer o que Ana fez hoje, vocês viram? Saiu da cantina assim que Wesley dedicou a música para ela — cochichou Gesta demonstrando certa preocupação com o amigo.

— Wesley bebeu para esquecer, mas não esqueceu... — Ferdhy ponderou em voz baixa enquanto o grupo de jovens, agora preocupados, observava o carro alto partir, sendo dirigido por amigos que estavam relativamente sóbrios.

Chegando à mansão dos Amarante Paes, os amigos estacionaram o carro alto na garagem, deixando Wesley sentado na varanda um pouco escura da casa e partiram no veículo de outro companheiro que esteve ajudando naquela missão.

Wesley esperou até recobrar a confiança dos pés e caminhou escorando-se nas paredes, no corrimão da escada, abriu a porta de seu quarto e penetrou a semiluz em direção à cama, mas aquela presença o surpreendeu, o cheiro do perfume adocicado e a risada provocante e suave... Ele demorou um pouco a acreditar no que os olhos informavam ao cérebro.

Ana levantou-se rapidamente e pulou sobre ele, que a agarrou pelas pernas, puxando-lhe o vestido, alisou as coxas, apertando-as, excitado pela surpresa, segurou forte e caminhou com a amiga jogando-a no leito, deitou-se sobre ela e puxou a cintura com firmeza, ouvindo o gemido dela em seu ouvido, estava fascinado por encontrá-la ali. Impaciente, rasgou o vestido, Ana arrancou sua blusa, beijando-o ardentemente, Wesley virou-a, lambendo a nuca, mordendo suas costas, rolaram entre lençóis e travesseiros, agarrando-a pelos cabelos, pelos seios, entrelaçando braços e pernas, em um balé devorador, sentindo a explosão do prazer daquela paixão trancafiada, acariciando-se e contemplando seus corpos seminus de adolescentes.

— Você quer ser minha? — perguntou ofegante ao ouvido dela.

— Para sempre. — Suspirou Ana fechando os olhos, entregando-se a ele.

Sorriram com os olhos brilhantes na penumbra.

Wesley afastou-se para terminar de despi-la e revelar o homem que se escondia no bom amigo, mas, quando percebeu, estava atracado ao travesseiro. Havia delirado e sonhado. Estava sozinho na escuridão e, decepcionado por aquela alucinação tão idiota, deu muitos socos na almofada e caiu adormecido sobre o objeto.

18

CONVITE

O ANO DE 1999 PARECIA mal ter começado e já dava os últimos sinais de vida, era a derradeira semana de novembro, para a surpresa de muitos que observavam o calendário, somando tudo o que viveram e o que sonharam para antes da virada do milênio.

Marissal já começava a agendar a lotação dos hotéis para receber os muitos turistas que viajavam o mundo a fim de conhecer a queima-de-fogos no litoral de Rélvia às margens do Oceano Vivo, que banhava todo o continente Salineiro, aquela extensa placa tectônica entre os continentes europeu e norte-americano.

Esta semana de final de novembro também era esperada, pois tradicionalmente, na última sexta-feira deste mês, divulgavam-se oficialmente as notas escolares, as aprovações estudantis e o nome dos alunos que teriam que recuperar os resultados letivos.

Conforme o previsto, a terceira grade escolar, por meio de votação, elegeu Wesley para presidente do baile de formatura e o comunicado daquela responsabilidade não demorou a chegar.

— Lamento, mas não posso aceitar — negou-se assim que a novidade chegou aos seus ouvidos pela comissão de formatura.

— Eu não lamento porque este convite é irrevogável — expôs Flaya, a tesoureira da organização para a festa.

— Você já percebeu que eu estou bem desanimado para festas ultimamente? — perguntou em um baixo tom de voz.

— Então eu te darei um prazo para animar-se, e seja rápido nisso — sentenciou Flaya, sorrindo.

Wesley sujeitou-se à insistência dos amigos: justificou a negativa ao convite, disse-lhes que não estava em um bom momento para ser um anfitrião de uma cerimônia tão importante para os formandos, mas foi vencido pelos constantes apelos e iniciou os preparativos de discurso e abertura da pista de danças do baile de formatura.

Como Ana faltou à aula nos dois primeiros dias letivos da última semana de novembro, na quarta-feira à tarde Wesley foi até a mansão da família dos Scatena Amorim convidar a amiga para ir até o esconderijo. Ao vê-la, lembrou-se do delírio daquela noite após o casamento e do sentimento que gerou tanto desgaste na amizade de ambos, desde o retorno da fazenda do Grão-Duque de Alfazema em Fluxapaz, mas tentou distrair-se com a amiga durante todo o percurso.

— Serei o presidente do baile de formatura — revelou.

— Isso é simplesmente fantástico! — disse ela surpresa.

— Eu gostaria que você me ajudasse a ensaiar a dança que abrirá o baile.

Ana conhecia um pouco de dança clássica, de balé principalmente, por causa das aulas que foi obrigada pela avó a frequentar na esperança de que fizesse boas amizades, e, em segundo plano, a valsa, pois dançou com o avô durante seu aniversário de quinze anos.

— Será um privilégio poder ajudá-lo. — Sorriu. — Colaborar com sua festa de formatura — voluntariou-se para o melhor amigo e ali mesmo, à beira do lago, começaram a improvisar alguns passos. Wesley já era um grande dançarino, leve e desenvolto, só precisava memorizar uma boa sequência de movimentos da valsa para deslocar-se na pista de baile.

— Eu quero ir além dos três passos regulares da valsa, ter uma postura mais moderna porque é uma dança muito antiga, podemos criar movimentos originais?

— Sei, quer ir além do compasso ternário, mas seu par terá que ensaiar muito contigo.

— Não se preocupe, conduzirei a dama como se estivesse nas nuvens a bailar — disse fazendo com que Ana risse, disfarçando o ciúme sentido pelo fato de Wesley ter que escolher uma parceira para a abertura da noite de gala.

Como a festa de formatura se aproximava, passaram a ensaiar todos os dias no jardim da mansão dos Scatena Amorim a tal valsa que animava e intrigava não só a ambos, mas também aos avós da garota que, escondidos pelos cantos da mansão, sondavam e gargalhavam dos jovens dançarinos.

Ana e Wesley pareciam estar recobrando a amizade anterior àquela paixão conturbada entre eles, divertindo-se muito com as trapalhadas que cometiam durante a preparação da coreografia. Estavam felizes e isto era tudo que importava para eles.

A semana findou-se, e com ela o ano escolar de 1999, todos os alunos do colégio Lótus poderiam iniciar suas férias, mas os preparativos para a grande festa de formatura da terceira grade permaneciam.

O sábado amanheceu com sua força avassaladora, de pássaros e de nuvens, de céu e luz natural.

Ana acordou de sobressalto com a avó Henrica despertando-a, antes mesmo que o sol se estabelecesse acima da linha do horizonte.

— Estamos de férias — murmurou Ana revirando-se na cama.

— Mas Wesley está aqui — informou a avó.

Ana sentiu um arrepio no corpo e o imediato resfriamento no ventre, o coração palpitante e o sorriso que brotou na boca declarando uma alegria típica dos corações apaixonados. A neta levantou-se rapidamente e seguiu para um banho.

— Eu não combinei nada com ele! — gritou observando a avó abrindo as janelas do ambiente com uma satisfação inexplicável no rosto.

Assim que Ana surgiu descendo a escadaria principal da mansão, Wesley iniciou a canção de sorte dos dois jovens:

— Vamos vencer mais, vencer mais, vencer mais.

Ana uniu-se a ele na voz:

— Vamos ir além, ir além, ir além... Cheio de coragem está o nosso coração... Entenda que aqui só existe campeão!

Riram junto aos avós da herdeira da família Scatena Amorim.

— É cedo para tanta animação! — disse Ana curiosa com o motivo da visita do rapaz.

— Tenho um desafio para você, sobrevoar comigo todo o litoral de Marissal, no aeroporto militar teremos voos para civis, quero muito que venha — falou acolhendo a mão da amiga suavemente.

Ana sorriu um pouco nervosa, não queria que o melhor amigo voltasse a falar sobre um possível namoro entre eles. Ela pensou por alguns instantes e fez um gesto de concordância.

— Isto parece interessante... — comentou gesticulando para que o melhor amigo se sentasse à mesa para o desjejum.

Os dois jovens não se demoraram no café da manhã com os avós de Ana, porque Wesley parecia apressado, curiosamente ele viera buscá-la de motocicleta.

No caminho para o aeroporto militar de Marissal, Ana e Wesley comentaram sobre a festa dos formandos do colégio Lótus, sobre a alegria dele em terminar a terceira grade do ensino regular e seguir para a faculdade, embora conhecesse boa parte dos acadêmicos das universidades do litoral.

O trânsito tranquilo do início da manhã permitiu aos amigos um diálogo animado, em nada relacionado ao amor que carregavam um pelo outro em seus corações.

Ao chegar ao aeroporto militar, Wesley cumprimentou alguns oficiais de voo, que permitiram a ele e sua amiga subirem a uma espécie de saguão onde podiam ver a decolagem e o pouso dos aviões. A sala de espera estava lotada, muitos permaneciam em silêncio, Ana considerou o nervosismo como reflexo da tensão pelo fato de que logo iriam voar.

As janelas do saguão eram compostas por enormes vidraças espelhadas, Wesley aproximou-se delas um pouco apreensivo e Ana percebeu o incômodo do melhor amigo.

— Eu acho que você está com medo — provocou ela rindo.

— É? — questionou ele monossilábico e sério.

Ficaram por muitos minutos em silêncio, Ana tentou dialogar, mas Wesley não abria brechas para ela, muito pensativo.

Não tardou para que um avião militar aparecesse no céu inclinando a aterrissagem, o ruído das turbinas se aproximou e alguns soldados surgiram na pista sinalizando a passagem. Wesley levou um visível susto e Ana riu do amigo, mas, notando-o trêmulo, calou-se.

— Ana, eu não a trouxe até aqui para voarmos nestes aviões da força militar Relva — ele falou com muita seriedade.

— Vai me pedir em casamento? — brincou ela tentando fazer com que o amigo risse também.

— Não — respondeu concentrado.

Os dois jovens ficaram em silêncio por um pouco de tempo.

Wesley reiniciou novamente o diálogo, parecia emocionado:

— Amiga, eu não lhe convidei para vir até aqui voar comigo nestes aviões militares — reafirmou encarando-a e percebendo o sorriso dela desaparecer na face. — Na verdade, meu pai esteve procurando pelos desaparecidos de sua família no Oceano Vivo — disse ele respirando fundo.

— Eu n-não q-quero... Eu não quero ouvir n-nada... nada mais sobre isso — Ana gaguejou baixo, mas com a voz alterada pelo nervosismo.

— Calma — pediu ele em um tom mais baixo. — Eles foram encontrados, a embaixada localizou-os em Mossanês, prisioneiros de guerra...

Ana interrompeu-o com a voz chorosa, mal conseguia conter uma forte emoção que a tomou.

— Quantas vezes eu pedi que não brincasse dessa forma com esse assunto?! — ela gritou agressiva, fazendo com que as atenções dos presentes voltassem aos dois jovens.

— Eu não estou brincando — murmurou ele, pois sabia que havia repórteres presentes aguardando a comprovação da notícia que misteriosamente chegara aos ouvidos dos canais de comunicação oficiais de todo o território Relva.

Encararam-se observando em ambos os rostos as lágrimas involuntárias que dançavam em seus olhos juvenis.

— Não minta para mim! — Ana falou com a voz sufocada de lágrimas.

— Esta é a verdade — balbuciou Wesley vendo a amiga afastar-se dele com passos de recuo, de repente virou-se e correu irrompendo a multidão de jornalistas e curiosos que a cercou.

Wesley movimentou o corpo para seguir atrás de Ana, mas foi detido pelos braços, por seus amigos que chegaram trazidos pela novidade. Olhou-os firmemente, desprenderam-no e ele tentou acompanhá-la mesmo sem saber para onde a amiga iria.

Ana não acreditava ainda na notícia recente, mas seu coração palpitante e a sinceridade com que Wesley revelou os fatos fizeram-na agarrar-se a uma esperança inexplicável, mal percebeu quando já havia invadido a pista de voo, observada pelos oficiais, desesperadamente disposta a dar aquele abraço nos pais, sufocado em seu corpo durante aquela velha década.

No caminho não notou Wesley tão próximo, lembrou-se do pai, dos passeios de bicicleta, das vezes que a levou para dormir, de colher flores no jardim, dos mergulhos na piscina da mansão, lembrou-se de tudo, como se nunca estivessem separados pelo destino, ela correu rumo a um passado que queria voltar a viver, rumo à segunda chance de ser feliz com seus pais.

Ao longe na escada reconheceu a fisionomia de Jorde, o jeito maroto do pai, vindo ao seu encontro. Abriram os braços e ela sentiu-se criança novamente sendo rodada no ar com aquele abraço tão antigo em suas lembranças infantis.

Wesley abraçou-os também, ajoelharam-se, e em pouquíssimo tempo os *flashes* das câmeras fotográficas e os microfones dos repórteres cercaram-nos.

Os avós de Ana, os pais de Wesley, o embaixador, os militares e até mesmo os repórteres curiosos ficaram visivelmente emocionados com a reação da garota ao reencontrar Madalen e Jorde, a filha estava transtornada e feliz por seus pais surgirem naquela manhã diante de seus olhos tão sedentos daquele afago familiar.

O avô Vito partiu de motocicleta com Wesley, acenando para todos os curiosos assim que os militares liberaram os recém-chegados da guerra civil em Mossanês.

Os pais de Wesley levaram-nos no carro da família direto para a mansão dos Scatena Amorim.

O reencontro com os funcionários da residência e do hotel, a perseguição dos repórteres, tudo era mínimo em relação à Ana, que estava sufocada com o choro incessante, agradecendo a todos e, principalmente, ao desembargador por ter trazido seus pais novamente a sua vida.

Após um banho digno da liberdade reconquistada, Madalen e Jorde sentaram-se à mesa para o almoço junto à filha, que não os deixava nem por um instante. Durante a oração de agradecimento antes de saborear a refeição, Ana olhou-os, abraçou o melhor amigo, voltando a chorar diante do inacreditável, levando às lágrimas os presentes novamente.

— Foi por você — sussurrou Wesley ao ser abraçado pela amiga.

À mesa, os irmãos de Wesley, alguns amigos de Ana do colégio Lótus como Givago e Carol, os avós, o desembargador e sua esposa Ríccia, e também o embaixador de Rélvia procuravam conhecer um pouco mais da história dos prisioneiros vindos de Mossanês, saber sobre os fatores que geraram uma guerra civil tão longa e sangrenta, e entender o modo como os rebeldes desarmaram a maioria do contingente militar do governo em 1989.

— Eu e minha esposa fomos voluntariamente para essa missão de paz porque Mossanês precisava de nossa mão humanitária, somos médicos experientes — dizia Jorde enquanto todos os visitantes saboreavam o almoço e, silenciosamente, refletiam sobre o que ele e Madalen tinham para revelar.

— Hoje podemos dizer que evoluímos mais na medicina, no entanto passamos por situações de extremo estresse sob o poder dos rebeldes, realizando cirurgias para retiradas de balas de revólver, medicando feridos com ervas nativas no meio de florestas fechadas, tudo com improviso durante estes dez anos de guerra civil — revelou Madalen enquanto segurava no ombro de sua chorosa mãe, dona Henrica.

— Não vou conseguir expressar meu orgulho, a emoção não permitirá uma palavra a mais — disse Vito bastante fragilizado.

Após uma longa conversa, já na sala de visitas, quando muitos dos presentes se despediam alegres e comovidos por aquele final feliz, Ana retirou-se com a mãe e a avó Henrica para o descanso vespertino, ficando no ambiente somente Jorde, Wesley, seu pai e o Sr. Vito Scatena Amorim. Ambos brindaram com um champanhe trazido por Wesley de Fluxapaz, da Estância Alfazema, que pertencia à antiga coleção vinda do Grão-Duque.

Após o extenso diálogo, vendo a tarde tomada em sombras, Wesley e seu pai despediram-se dos anfitriões.

— Quero agradecê-los por terem ido tão fundo, terem pedido tantas permissões e batido em tantas portas, até mesmo sigilosas, arriscadas, para nos resgatar — falou Jorde com um olhar de gratidão.

— Esta tarefa foi difícil, mas se eu tivesse medo de negócio complicado, não teria me casado com uma professora! — respondeu o desembargador Rubá referindo-se à mãe de Wesley e levando seus ouvintes às gargalhadas.

— Obrigado por ter feito companhia a minha menina enquanto estivemos fora, a sogra já me contou tudo. Só duvidei que você seja realmente esse ciclista magistral, na subida vai ter que suar muito para me superar — desafiou Jorde e todos riram outra vez.

Rubá e Wesley retornaram para a residência da família Amarante Paes com uma sensação prazerosa de dever cumprido.

— Estou orgulhoso de você, meu velho! — finalizou Wesley assim que desceu da garupa da motocicleta do pai na garagem de casa, abraçando fortemente o desembargador.

A semana foi recheada por uma avalanche de entrevistas e uma verdadeira caça ao desembargador de Marissal e seus tripulantes ressuscitados de um avião militar até então perdido no fundo do Oceano Vivo, todos agora queriam conhecer o famoso Rubá Amarante Paes e seus repatriados, Jorde e Madalen, trazidos à civilização Relva para revelar os horrores da guerra civil em Mossanês e o modo como o consulado conseguiu resgatá-los, trocando-os por rebeldes presos durante os conflitos.

19

NA PRAIA

A PRIMEIRA SEMANA DE DEZEMBRO trouxe um calor que arrastou os estudantes em férias para a areia e a água do mar. Wesley estava aproveitando tudo isso com os amigos do colégio Lótus, que viajariam após a passagem do ano assim que honrassem as festas de Natal e *réveillon* com seus familiares.

Durante a semana, soube de Ana, ao telefone, o quanto ela estava se divertindo e retomando a rotina com seus pais. O melhor amigo preferiu manter-se reservado a fim de garantir aos Scatena Amorim um período de recuperação da intimidade anulada por toda a última década.

No entanto, na sexta-feira, véspera da festa de formatura, Wesley convidou a amiga para fecharem os ensaios da valsa que ele executaria para abrir a pista de dança do baile da terceira grade de ensino. O pedido logo pela manhã empolgou-a e o convite de seus pais para que almoçassem juntos, surpreendeu-o.

Wesley aproveitou a refeição para pedir à família Scatena Amorim que permitissem a ele um passeio com Ana.

Logo que iniciaram a caminhada pela calçada do bairro até a praia, um jipe surgiu ao lado dos adolescentes. Eram amigos do rapaz, oferecendo carona a eles. Havia outros jovens no veículo e a diversão aliada ao vento livre propiciava um momento agradável para todos.

Quando desceram do automóvel, encontraram muitos estudantes de outras escolas e regiões do país, que, também de férias, aproveitavam o sol e o mar do litoral para junto à natureza dividirem aquela felicidade coletiva.

Assim que o sol pintou de laranja-vermelho-amarelado a linha do horizonte, os jovens começaram a deixar a praia e não tardou para que somente esparsos insistentes permanecessem no local.

Sentaram-se na areia, Ana e Wesley, um pouco próximos da quebra espumosa das ondas marulhosas do Oceano Vivo.

— Todos os dias, desde a criação da Terra, essa água salgada toca a areia, nem o mar se torna seco, nem a praia se torna molhada, isso se chama limite.

— Um poeta, o novo Givago! — Aplaudiu Ana caçoando do melhor amigo.

Ambos riram.

— Nós vivemos tanta coisa neste ano... — disse Wesley observando as embarcações ao mar.

— Este ano, tão diferente de 1998, tanta coisa boa aconteceu.

— Que bom — respondeu Wesley encarando a amiga.

— Agradeço a dedicação do desembargador e a sua também, porque este ano meus pais retornaram para a minha casa e minha vida. Eu estava tão perdida, eu só pensava em desistir, Wesley. — Ana alisou os pés na areia e encolheu novamente as pernas.

— Eu que sou grato por ter conhecido você, poderia ter sido em 1998, teríamos mais tempo na escola, mas o próximo ano será incrível, isso se o mundo não acabar com uma chuva de meteoros.

Ambos riram entreolhando-se.

— Eu também já pensei nisto, sabia? O mundo inteiro está com medo desta virada de milênio. Pode ser o nosso fim...

Riram.

— Ana, meu pai começou a pesquisar sobre a sua família desde quando nos conhecemos, quando fui até sua casa saber como você estava após a... — ele calou-se para não tocar na ferida cicatrizada.

— A briga com Berka — Ana completou demonstrando leveza

quanto àquele assunto. — Pode dizer. Se essa briga não tivesse acontecido, talvez o destino tivesse ignorado nossa história.

— É sério que pensa isso? — perguntou Wesley fazendo a amiga rir alto. — Eu acho lindo esse seu sorriso bobo. Hoje está um dia perfeito para te ver sorrir... Desculpe-me, eu p-pensei a-alto! — gaguejou tornando-se sério ao ver Ana ajeitar os cabelos, muito desconcertada.

— Eu também sinto o mesmo que você, já faz tempo, muito antes de... — Ela respirou fundo, mal podia acreditar na revelação que outra vez entregava ao melhor amigo como uma refeição que chegava à mesa de um faminto.

Wesley ficou novamente chocado com a confissão. Encararam-se.

— E por quê?

— Eu não quero perder nada do que tenho com você...

Ficaram em silêncio, Wesley tentava disfarçar o sorriso de quem tinha o coração arrebentando de alegria por aquele amor correspondido.

— Meus pais, você falava sobre eles...

— Sim, claro. No aniversário do meu velho, ele já estava em contato com a embaixada, já sabia onde os rebeldes se refugiaram da guerra civil com os prisioneiros.

— Meus pais pouco falam sobre os sofrimentos que passaram em Mossanês.

— Deixe... Querem esquecer, talvez até foram torturados, trabalhando com sede, fome, sob pressão desgastante de ter que cumprir a jornada ou pagar com a vida pelos erros, em condições de medicar extremamente degradantes.

— Eu mal acredito que, às portas do século XXI, temos uma história como essa, tão próxima do continente Salineiro — lamentou. — Por que escondeu tudo de mim desde o início das buscas do desembargador?

— Porque ele mesmo disse que não sabia se conseguiria repatriar seus pais, no início ele nem sabia se o casal estava vivo. O avião da ordem militar foi sequestrado e capturado pelos rebeldes, eles explodiram a nave e jogaram ao mar, por isso todos achavam que os tripulantes haviam morrido no desastre aéreo.

— São muito espertos esses malditos...

— Fazendo assim, teriam escravos por muitos anos, sem que a polícia internacional descobrisse, e tropas aliadas ao governo de Mossanês fossem convocadas para intervir na libertação dos prisioneiros da guerra civil.

— Meus pais disseram que a guerra começou porque os rebeldes roubaram boa parte do armamento bélico do país. Eu sofri com a ausência deles por longos anos...

— Você nunca pediu ajuda, eu digo... Psicólogos?

— Minha avó implorou por bastante tempo, mas eu nunca quis abrir esse baú cheio de dor, só tinha dor nessa história, nossa vida era uma saudade insuportável.

— Confesso que depois que te conheci, muitas vezes tive medo de viajar, te deixar e, no retorno, encontrá-la morta.

— Então nunca foi pela companhia? — Ana perguntou aborrecida.

— Sempre foi pela companhia, você me faz um bem enorme.

— Será?

Riram.

— Será? — repetiu Wesley provocativo.

— A escola era um inferno, sempre foi para mim, mas você não desistiu de mostrar que eu não era aquela garota fraca que merecia tantas perseguições.

— Fiz o que deveria ser feito, o que é correto para fazer, não podem simplesmente julgar e intimidar pessoas que mal conhecem. O que Berka e os outros alunos fizeram foi injusto, desprezível, tinha que ser reparado — disse ele nervoso.

— Foi algo ruim mesmo, sofri e chorei muito, nada fácil. Se não fosse sua mão, eu teria afundado.

— Não sou um herói, fiz o que qualquer pessoa, que não se deixa levar por valentões, também faria.

— Coragem... Para não ser mais um idiota. — Suspirou ela reflexiva.

— Talvez, algum dia, eu também tenha sido um idiota no colégio... — ponderou fazendo com que a amiga o encarasse. — Mas a verdade de tudo isso é que não podemos ficar quietos diante dessas atitudes, isto é real, muita gente precisa de uma força para ser aceito, se enturmar. O primeiro dia de aula em uma escola nova nem sempre é fantástico, nem todos chegam e são bem recebidos, e os alunos mais comunicativos podem ajudar os mais tímidos, aqueles que são facilmente hostilizados, a ter espaço na turma, isso não é difícil de fazer.

— Não é mesmo, eu sinto como um punhal no peito o desprezo da Micely. Ela só quer no grupo de amigas as garotas da torcida esportiva, bonitas e magras. Ela seleciona quem pode ser da turma dela.

— Micely é muito diferente de mim, e no namoro a gente acaba ficando bem parecido com o nosso par, sabe? É uma troca.

— Ano passado então, você tinha outro comportamento?

— Não, sempre fui descomplicado. Quando percebi que Micely queria me influenciar contra o pessoal da escola, eu desisti do namoro.

Os dois jovens ficaram em silêncio olhando na mesma direção, admirando a dança das ondas intensificando-se com o vento fresco do fim de tarde à beira-mar.

— Fecha os olhos, ouve esse barulho da marulha... Sente esse vento? Nós seremos amigos para sempre.

— Seja eterno, por favor, Wesley — pediu Ana tocando suavemente o ombro do melhor amigo e sentindo o perfume de camomila dos cabelos do garoto.

— Você gosta da escola?

— Sim, aquele lugar é muito importante para mim, tenho tantos amigos lá agora.

— Era isso que eu queria ouvir, uma senha correta.

Sorriram entreolhando-se.

— Seus pais perguntaram sobre mim?

— Eu fiz boas recomendações.

— O que disse?

— Que é meu melhor amigo, que viajamos juntos, mostrei fotos até mesmo do voo de asa-delta.

— Falou sobre o esconderijo?

— Este é o nosso segredo, comandante? — questionou fazendo-o gargalhar.

— Carol e Givago falam sobre mim?

— Às vezes...

— Contou aos seus pais que quero ser seu namorado? — ele foi mais fundo no que despertava sua curiosidade.

— Talvez eu tenha dito — desconversou Ana tornando-se séria e juntando um pouco de areia com as mãos.

— Ano que vem irei para a universidade, quer dizer algo sobre isso?

— Sucesso e juízo — disse ela fazendo Wesley rir novamente.

— Podemos ser mais que bons amigos?

— Já somos. — Ela sorriu insinuante.

— Então já posso beijar a noiva? — perguntou ele aproximando o rosto da amiga de forma repentina.

— Só na festa do casamento. — Ela afastou-se achando divertida a brincadeira.

— Eu estou cansado de te convidar para a viagem dos formandos, vamos para a Savana Alagada. Será inesquecível, uns dias mais rurais, pescando, galopando com a galera.

— Não poderei ir, meus pais não gostaram nada dessa ideia quando comentei em casa.

Wesley moveu a cabeça em concordância, apesar de seu rosto evidenciar claro descontentamento.

— Ana, não deixe de visitar a minha mãe no Natal. Todos estão definitivamente encantados contigo.

Gargalharam alto.

— Eu também estou. Quando nascerá seu sobrinho?

— Acredito que após eu chegar de viagem.

— Wesley, você se aproximou de mim por pena? — desenterrou novamente a pergunta feita há meses.

— No início...

Ele parou de falar assim que a amiga se levantou repentinamente da areia e cruzou os braços como se estivesse aborrecida.

— Eu tive empatia! Foi somente isso! Juro! — retrucou erguendo-se.

Ela começou a rir. Wesley tentou puxá-la para um abraço. Ana esquivou-se. Riram novamente. Ele insistiu com o gesto. Outra esquivada. Risadas. Correram um livrando-se do alcance do outro, pisoteando o balé das ondas, sentindo as águas do mar encharcando a alegria dos dois jovens amigos.

Ao final do dia na praia, em que o bronzeamento na pele denunciava o lazer no litoral, Wesley estacionou seu carro alto, que finalmente William já havia devolvido, na calçada da casa da família Scatena Amorim.

Antes de deixar o automóvel do amigo, Ana entregou-lhe uma carta.

— Quero que leia quando estiver só.

Wesley sorriu e partiu, mas estacionou assim que desapareceu do campo de visão da amiga, abrindo o papel cheiroso e decorado, cheio de curiosidade sobre aquela mensagem:

Marissal, 02 de dezembro de 1999.
Noite quente e estrelada de verão.

Amado Wesley,

Faltam palavras, e você sabe que sou verdadeira, para expressar a enorme gratidão por ter me salvado em todos os sentidos. Eu preciso te dizer que todas as perseguições que passei antes de ti, se tornaram mais fáceis de superar com a sua ajuda, sempre ao meu lado. Às vezes, eu me pergunto: como seria se eu não tivesse lhe encontrado no colégio Lótus? Se você não viesse me ver no dia seguinte àquela briga? Se em nossas vidas não existissem pessoas como você, que se preocupam com os outros? Que tragédia! O mundo seria bem mais triste.

Eu sei que você não acha necessário, mas eu preciso lhe agradecer por ter contado minha história para o seu pai e motivado o desembargador a procurar pelos desaparecidos de minha família: você nunca foi somente um amigo.

Quando eu te vi pela primeira vez na escola, com toda aquela popularidade, senti tanta inveja e te odiei, porque comigo era diferente, tratavam-me de forma diferente. Mas hoje sinto muito amor por ti, tirou-me do alvo de tantas intimidações. Sinto vergonha por ter passado pelas humilhações; mesmo não sendo culpada, fui julgada. Mas você foi humilde, sempre preocupado se todos se sentiam realmente felizes na escola: pessoas como você deveriam existir em todos os colégios do mundo.

Você sabe que, durante a noite que sucedeu a briga, pensei várias vezes, planejei meu suicídio. As intimidações na escola nova faziam com que eu me odiasse muito ao ponto de não conseguir mais me olhar no espelho antes de partir para a aula. Eu só desejava mor-

rer e a morte não saía dos meus pensamentos... Era a solução da minha dor, mas uma força maior permitiu que eu aguentasse viva, embora estivesse destruída, até sua visita.

Esta carta é somente para dizer o que todos já falam e você já sabe: sempre será especial em nossas vidas. Siga querendo mudar o mundo, mostrando que estudantes como eu podem ter pessoas preocupadas com nossa segurança na escola, como você, e que nenhuma valentia poderá nos intimidar.

Eu sou grata, de verdade, pela sua companhia, seja eterna, por favor!

Ana Scatena Amorim.

Wesley terminou a leitura, suspirou aliviado, secou as lágrimas que rolavam dos seus olhos, guardou a carta no bolso e seguiu para a casa com a visão embaçada de emoção.

Enfim era sábado, o dia que os estudantes da terceira grade do colégio Lótus dataram para brilhar com uma bela festa de formatura, existiam tantas expectativas...

E o tempo, como sempre, não espera por ninguém.

O final da tarde trouxe Wesley, de terno e gravata, muito alinhado, sem a barba e com os cabelos cortados e penteados, exalando um perfume amadeirado, à porta da mansão da família Scatena Amorim.

Caline atendeu-o logo de chegada, surpreso ao vê-lo tão zeloso da aparência.

— Devo confessar que só não está mais bonito que eu, senhor —

comentou fazendo com que o melhor amigo da herdeira da família risse, alimentado em seu ego.

— Eu vim buscar Ana, vamos ao meu baile de formatura da terceira grade — explicou Wesley sorridente.

— Devo avisá-lo que a família já partiu, neste momento devem estar acomodados na festa... — lamentou o mordomo seriamente.

— Eu... Eu compreendo — respondeu Wesley com tristeza notável. — Mas vou ao encontro deles — disse recobrando o sorriso.

Wesley virou-se e caminhou rápido, com seu andar jovial em direção ao carro novamente, mas ouviu passos atrás de si, como os de uma mulher com sapatos de salto alto.

— Espere por mim, Wesley... — Uma voz falou baixinho.

Era Ana, e todos os membros da família estavam parados logo atrás dela, observando o encontro.

O melhor amigo olhou-a sem disfarçar a surpresa, não só pelo vestido dourado tão refinado, mas por toda a composição visual: a beleza no preparo da amiga deixou-o desconcertado por alguns instantes, admirando-a sem disfarces.

— Nossa! — balbuciou seriamente.

— Vamos? — convidou Ana animada, buscando tirá-lo daquele encanto.

— Você está muito... — disse enquanto a amiga passou por ele e entrou em seu carro alto.

Wesley cumprimentou a família Scatena Amorim e recordou a todos que os aguardaria na festa de formatura.

Durante o caminho, Ana desejou ao melhor amigo um bom desempenho na valsa que abriria a noite de comemorações.

— Eu estou bem trêmulo — disse o formando fazendo com que Ana risse um pouco.

— O garoto mais popular do colégio está trêmulo? — caçoou. — Já decidiu com quem dançará? — perguntou, pois estava com certo ciúme de Wesley.

— Você a conhece — afirmou sorrindo.

— Micely? — insistiu Ana, tocando profundamente naquele assunto delicado para ela.

— Provavelmente — desconversou Wesley tornando-se sério ao volante.

Os jovens estacionaram um tanto distante do salão de eventos à beira do litoral de Marissal, por conta da aglomeração e caminharam um pouco.

— Segure em meu braço, posso ajudá-la? — ofereceu Wesley gentilmente.

No percurso cumprimentaram com animação os outros formandos, que também chegavam acompanhados de familiares e amigos, empolgados com a euforia da noite tão promissora.

Os rapazes estavam incrivelmente bem trajados, com ternos e gravatas muito alinhados, nem sequer pareciam os costumeiros adolescentes baderneiros do ano letivo, que os professores viviam a fustigar para os estudos.

As moças pareciam verdadeiras princesas com seus cabelos enfeitados, suas peles perfumadas, seus vestidos longos extremamente elegantes, e a maquiagem que transformava o rosto das garotas em mistérios de mulher.

Wesley entrou no salão do evento muito agitado, ele era o presidente da festa de gala e passeou de mesa em mesa cumprimentando os seus amigos formandos e parentes.

Ao final dos cumprimentos, foi até o DJ que estava organizando as músicas de abertura da pista de dança da festa e conferiu tudo. Na sequência, recordou aos professores a missão de entrega simbólica de diplomas.

O presidente do baile estava sendo solicitado por todos, seja para pequenos comentários, sérios ou humorados, ou para abraços e fotos, e, por conta disso, Ana preferiu fazer companhia a Givago e Carol até que seus familiares chegassem. Constatou que o Grão-Duque de Alfazema e a duquesa Dirciê estavam no local e ocupavam a mesma mesa que os pais e avós de Wesley. Assim que os avistou, Ana apressou-se em cumprimentá-los e saber sobre Fluxapaz.

Não demorou muito para que os diretores Nabúdio e Hervino iniciassem a celebração. Com discursos emocionados, entrega de troféus aos professores, entrega de diplomas aos alunos, a formatura caminhava com sua marcante sequência de boas recordações.

Os formandos, ao final dos discursos, posaram para muitas fotos coletivas, abraçados, com os olhos encharcados de emoção e lágrimas, naquele momento único de despedida de uma etapa formidável dos estudos regulares.

— E agora? O que vocês esperam deste momento? — era Hervino

ao microfone, provocando os formandos. — Peço que venham até o meio do salão, embaixo do globo luminoso, formem um corredor humano, todas as garotas! Todas as lindas alunas presentes! Porque chamo o presidente do baile para a valsa que abrirá a pista de danças tão esperada por todos! — Entre gritos, assovios e algazarra, o vice-diretor concluiu sua fala: — Weeeesley! Vamos agora? — perguntou em voz alta, contagiado pela euforia.

Wesley apareceu no início do corredor humano de estudantes que se formou diante de todos os presentes, que, em pé, aguardavam para conferir o que o presidente do baile de formatura faria.

As alunas começaram a gritar em uníssono quando o garoto mais popular do colégio Lótus iniciou sua caminhada pelo meio do corredor de garotas.

— Eu! Eu! Eu! Eu! Eu! Eu! Eu! — gritavam elas de forma rápida e sincronizada.

Wesley seguiu com seu andar jovial até o final da fila e continuou adiante, em direção a uma das mesas. Sua escolhida, que ainda estava sentada, observando tudo, teve a nítida surpresa do convite para a valsa. Trêmula, Ana levantou-se sob os olhares curiosos de todos os convidados e dispôs-se a dançar com o melhor amigo.

O DJ iniciou uma famosa música de 1980, intensa e romantizada, conforme a tradição dos formandos daquela década.

— Eu nunca imaginei que você me escolheria — segredou Ana ao rapaz.

— Você sempre será a minha escolhida — galanteou fazendo-a rir, curvando o corpo como se pedisse permissão para dançar com a garota. Os dois jovens uniram as mãos e rodopiaram sorridentes arrancando gritos e palmas dos espectadores.

Concentraram-se nos movimentos da valsa, enquanto olhavam-se nos olhos e pareciam estar a sós, apaixonados, flutuando na pista de dança.

Wesley conduzia lindamente e com imensa leveza a parceira de vestido longo e dourado. Sorriam como se alguma boa notícia chegasse para ambos. A valsa, tão tradicional, com seus passos ternários, aos poucos revelava movimentos modernos, provocando reações de euforia nos presentes que observavam o desempenho belo e impressionante do casal de amigos. Ana livremente era levada por Wesley, cortejada pelo rapaz, que hora ou outra os convidados presenciavam-no falando baixinho à companheira e ela abria-se em sorrisos e ruborizava.

Os dois jovens amigos no centro da pista de dança alternavam os pés direito e esquerdo, exibiam-se com pequenos saltos e rodopios no ar, encantando a todos, bailando ao som daquela música tão clássica da década de 80, tão tradicional para os bailes de formatura em Rélvia.

Wesley, obviamente aproveitou a proximidade dos corpos na valsa, daquela dança que, no século XVI, foi considerada proibida, por ser a primeira a permitir que os casais tivessem um contato físico tão próximo, e passeava as mãos pela cintura, pelas costas, conforme cada giro ou levantamento que o balé oferecia, e, encantado, nem pôde dar atenção aos amigos mais desinibidos que incentivavam um beijo nos lábios da parceira.

Giravam com os posicionamentos das mãos alinhadas aos ombros e escápulas, os braços suspensos no ar demonstrando muita segurança, exibindo todo o preparo que os ensaios proporcionaram a ambos, unindo e afastando os corpos de forma encantadora. À volta, os formandos e seus convidados admiravam o alto nível da criatividade e parcimônia que a dupla agregava àquela coreografia tão tradicional.

Obedeciam belamente as marcações: um, dois, três, quatro, lateralmente, depois, um, dois, três apenas, e caminhavam, perna direita à frente, a perna esquerda atrás, um dois, três, mais curtos, giravam no sentido anti-horário, seguiam no passo básico pelas laterais, caminhavam girando, seguindo o ritmo com gestos lentos e alongados conforme o tempo da linda canção.

Os espectadores observavam o modo como Ana e Wesley ocupavam com a valsa todos os espaços da pista de dança, com sorriso, olhar e postura, as mãos sem pressa de acolher as costas, mantendo a velocidade regida pelo romantismo sonoro, sem perder a base ao ver a amiga girar, contemplando-a e retornando-a aos seus braços armados de maneira tão clássica.

A comunicação corporal entre os jovens bailantes, fazendo junções das bases laterais para as bases frontais, um, dois, três... um, dois, três... bem marcados, com duplas pisadas, enfrentando-se e se colocando para o lado com muita elegância, como uma dupla palaciana, representando toda a etiqueta da nobreza secular de Marissal.

As passadas de frente, com as posturas muito corrigidas, com bases laterais cruzadas, exibiam a beleza daquela juventude vivida com tamanha intensidade por todos os seres humanos.

A música dava sinais de término após alguns pequenos saltos, Ana sentiu-se flutuando no ar, segurada pela mão direita de Wesley, lado a lado, com o melhor amigo, sendo ovacionados e recebendo os frenéticos aplausos dos presentes.

Wesley pousou suavemente sua parceira de valsa no chão, curvou-se com um dos joelhos ao solo como em agradecimento pela ilustre apresentação, e nesse momento o DJ mudou a música para um ritmo contagiante.

Wesley levantou-se agitando com muita liberdade o corpo leve e jovem, fazendo com que os formandos liberassem uma energia surpreendente.

Ana afastou-se percebendo que o presidente do baile contagiava os estudantes, familiares e amigos com o movimento arrebatador daquela nova canção.

Wesley sacudia o corpo, deslizava os pés, improvisava passos, mexendo os braços, a cintura, as pernas, o cabelo, chegando muito perto e afastando-se da aglomeração juvenil tomada pela onda de empolgação, ele deu um salto para trás que surpreendeu novamente a plateia.

Os estudantes começavam a afastar-se e a cercar Wesley conforme a exibição dos movimentos da dança e o ritmo musical, com recuo e avanço, sobre ele, aos gritos e pulando empolgados, tentando ao máximo acompanhá-lo naquele entusiasmo que a festa propunha; por fim, a pista foi invadida por todos os jovens, que, unidos a Wesley, extravasaram toda a alegria da despedida da rotina colegial.

A festa dos formandos seguiu o fluxo normal da noite, com muitos brindes, gerando momentos para boas lembranças futuras. Wesley ordenou o jantar, os discursos de afeto entre professores e alunos, até que a pista de dança se tornou novamente o foco da diversão coletiva dos convidados.

A madrugada já se aproximava quando os pais iniciaram a retirada do ambiente, uma vez que o clima das brincadeiras e danças se concentrava nos jovens.

Não demorou muito para que a família Scatena Amorim também decidisse seguir para a sua mansão.

Madalen e Jorde preocuparam-se com o pedido de Ana para aproveitar um pouco mais a festa empolgante dos formandos do colégio Lótus, mas acabaram por permitir a estada da filha mediante ao combinado de que o motorista Teófilo, em poucas horas, retornasse para buscá-la.

Não tardou após a partida de seus pais e avós para que Ana quisesse descansar, despediu-se apenas de alguns amigos mais próximos e saiu discretamente do palácio de eventos à beira-mar, onde a festa de formatura ocorria muito animada.

Ana sentiu-se segura, pois a cidade de Marissal oferecia este conforto, e sozinha descalçou-se para seguir pela praia com a areia fustigando seus pés.

Wesley rapidamente percebeu a ausência da amiga, e, discreto, ocultou-se dos formandos. Saindo do palácio, avistou Ana a caminhar pela areia da praia, assoviou até chamar a atenção da garota e correu para alcançá-la.

— Eu posso levá-la até sua casa? — voluntariou-se ele surpreendido com a partida da jovem.

— Não quero atrapalhar a comemoração, é a última como aluno do colégio Lótus, só quero que aproveite ao máximo — considerou ela com maturidade.

— Mas eu estava feliz com sua presença, você se vai e tudo perde um pouco do sentido — declarou ele espontâneo.

Os dois jovens riram desconcertados.

— Está linda a festa de formatura, de verdade — desconversou Ana tentando despistar o galanteio.

— Que bom que gostou, fico grato pela dança e pela presença de seus familiares — disse o melhor amigo.

— Eu estou muito feliz.

Wesley percebeu pelo sorriso de Ana, pelo queixo voluntarioso, que a amiga estava receptiva a ele de uma forma diferente. Aproximou sua boca dos lábios dela e sentiu a maciez daquele beijo tão recheado de significados, sufocado por uma amizade sincera e verdadeira, mas convertida a um amor de convivência, intenso e inevitável.

Na areia, frente a frente, ambos trocavam aquele carinho, ultrapassando a barreira de bons amigos e experimentando as mudanças sentimentais tão evitadas por meses.

Ana abriu os olhos, contemplaram-se profundamente, ouvindo o ruído agitado dos formandos que haviam deixado o palácio de eventos e invadido a areia da praia em busca do presidente do baile. Ela abraçou-o, virou-se e caminhou apressada antes que a multidão os alcançasse e tivessem que esclarecer aquele contato enamorado.

Wesley ficou um pouco perplexo, prolongando a suavidade daquele toque tão íntimo entre eles...

20

ENTRE AMIGOS

Sim, meu caro leitor, eu pagaria em barras de ouro para ver o seu sorriso diante dos fatos narrados, mas preciso terminar esta história.

Nem Ana ou Wesley conseguiram dormir facilmente, já em casa após o baile de formatura; os dois jovens pensavam naquele beijo imprevisível, que derrubou o muro entre a amizade que construíram e o amor que nasceu daquele convívio cheio de proteção e reciprocidade.

Ana não esperava nada além do companheirismo de Wesley; e ele, por sua vez, não esperava nada além de protegê-la, mas, após o período de 1999, ambos concluíam que estavam verdadeiramente apaixonados e precisavam decidir o que fazer com aquele beijo tão promissor que acontecera na praia durante a madrugada próxima.

Wesley estava decidido em voltar da viagem com os formandos à Savana Alagada e pedir aos Scatena Amorim a permissão para um namoro, mas Ana estava decidida a surpreender o melhor amigo.

O dia não esperou pelas expectativas de Ana e Wesley, raiou iluminando a cidade de Marissal, o país de Rélvia, o continente Salineiro e todos os lugares do planeta Terra que adormeceram durante aquela noite.

Ana debateu-se na cama ao ouvir o som do relógio despertando-a, virou-se para um lado, demorou-se, virou-se para o outro lado, de repente sobressaltou como se lembrasse de algo urgente para fazer, agarrou a toalha de banho e seguiu rapidamente para o chuveiro.

Quando o avô Vito e o pai Jorge viram-na descer as escadas, recomendaram o cuidado no caminho, pois ela partiria na motocicleta de Wesley — sim, ele viajaria, mas deixou-a responsável pelo veículo preferido que ganhou do desembargador como prêmio pela aprovação escolar.

O ronco inconfundível do motor avisava aos familiares sobre a partida de Ana, e, após o porteiro Sullivan abrir passagem, ela seguiu pelas ruas de Verdemonte, com o vento fresco da manhã arrepiando seu corpo ainda úmido do banho.

Assim que chegou ao destino, Ana pôde ver o avião fretado para levar os formandos do colégio Lótus até a Savana Alagada e apressou-se para penhorar a estadia da motocicleta no estacionamento do aeroporto.

Ana livrou-se do capacete, e, com uma mochileta nas mãos, aproximou-se da porta de embarque. Após tudo conferido, ela seguiu para o avião. Muitos formandos que ainda estavam em pé dentro da aeronave, agitando o ambiente, surpreenderam-se ao vê-la chegar, mas a garota rapidamente fez um sinal com a mão à boca para que mantivessem o segredo.

Ana caminhou um pouco nervosa pelo interior da aeronave e logo avistou Wesley que, à janela do meio de transporte, observava a pista um tanto distraído.

A garota então se achegou e esbarrou nele como quem se acomodaria ao lado. Wesley, que já havia perguntado anteriormente aos formandos sobre quem ocuparia a poltrona vizinha no avião, virou-se curioso para descobrir quem seria sua companhia durante aquele voo de férias.

A princípio, o garoto mais popular do colégio Lótus foi tomado por um nítido espanto, que se abriu em um sorriso cardíaco e o impulso levou Wesley a levantar-se para receber Ana, sua ex-amiga, o seu novo amor.

E o final desta história você já conhece, caro leitor.

Ah! Você não conhece?

Então pode começar a imaginá-lo...

Made in the USA
Columbia, SC
12 December 2023